U0585057

Colecção Literatura de Macau

·小 说·

过三关

李懿 / 著

作家出版社

澳门文学丛书

编委名单

主　　编：吴志良（澳门）　　吴义勤　　鲍　坚　　安亚斌

执行主编：李观鼎（澳门）　　穆欣欣（澳门）

编委委员：黄丽莎（澳门）　　张亚丽

统　　筹：梁惠英（澳门）　　宋辰辰

总　序

　　值此"澳门文学丛书"出版之际，我不由想起 1997 年 3 月至 2013 年 4 月之间，对澳门的几次造访。在这几次访问中，从街边散步到社团座谈，从文化广场到大学讲堂，我遇见的文学创作者和爱好者越来越多，我置身于其中的文学气氛越来越浓，我被问及的各种各样的问题，也越来越集中于澳门文学的建设上来。这让我强烈地感觉到：澳门文学正在走向自觉，一个澳门人自己的文学时代即将到来。

　　事实确乎如此。包括诗歌、小说、散文、评论在内的"澳门文学丛书"，经过广泛征集、精心筛选，已颇具规模。这一批数量可观的文本，是文学对当代澳门的真情观照，是老中青三代写作人奋力开拓并自我证明的丰硕成果。由此，我们欣喜地发现，一块与澳门人语言、生命和精神紧密结合的文学高地，正一步一步地隆起。

　　在澳门，有一群为数不少的写作人，他们不慕荣利，不怕寂寞，在沉重的工作和生活的双重压力下，心甘情愿地挤出时间来，从事文学书写。这种纯业余的写作方式，完全是出于一种兴趣，一种热爱，一种诗意追求的精神需要。惟其如此，他们的笔触是自由的，体现着一种充分的主体性；他们的喜怒哀乐，他们对于社会人生和自身命运的思考，也是恳切的，流淌着一种发自肺腑的真诚。澳门众多的写作人，就这样从语言与生活的密切关联里，坚守着文学，坚持文学书写，使文学的重要性在心灵深处保持不变，使澳门文学的亮丽风景得以形成，从而表现了澳门人的自尊和自爱，真是弥足珍贵。这情形呼应着一个令人振奋的现实：在物欲喧嚣、拜金主义盛行的当下，在视听信息量极大的网络、多媒体面前，学问、智慧、理念、心胸、情操与文学的全部内涵，并没有被取代，即便是在博彩业特别兴旺发达的澳门小城。

文学是一个民族的精神花朵，一个民族的精神史；文学是一个民族的品位和素质，一个民族的乃至影响世界的智慧和胸襟。我们写作人要敢于看不起那些空心化、浅薄化、碎片化、一味搞笑、肆意恶搞、咋咋呼呼迎合起哄的所谓"作品"。在我们的心目中，应该有屈原、司马迁、陶渊明、李白、杜甫、王维、苏轼、辛弃疾、陆游、关汉卿、王实甫、汤显祖、曹雪芹、蒲松龄；应该有莎士比亚、歌德、雨果、巴尔扎克、普希金、托尔斯泰、陀思妥耶夫斯基、罗曼·罗兰、马尔克斯、艾略特、卡夫卡、乔伊斯、福克纳……他们才是我们写作人努力学习，并奋力追赶和超越的标杆。澳门文学成长的过程中，正不断地透露出这种勇气和追求，这让我对她的健康发展，充满了美好的期待。

毋庸讳言，澳门文学或许还存在着这样那样的不足，甚至或许还显得有些稚嫩，但正如鲁迅所说，幼稚并不可怕，不腐败就好。澳门的朋友——尤其年轻的朋友要沉得住气，静下心来，默默耕耘，日将月就，在持续的辛劳付出中，去实现走向世界的过程。从"澳门文学丛书"看，澳门文学生态状况优良，写作群体年龄层次均衡，各种文学样式齐头并进，各种风格流派不囿于一，传统性、开放性、本土性、杂糅性，将古今、中西、雅俗兼容并蓄，呈现出一种丰富多彩而又色彩各异的"鸡尾酒"式的文学景象，这在中华民族文学画卷中颇具代表性，是有特色、有生命力、可持续发展的文学。

这套作家出版社版的文学丛书，体现着一种对澳门文学的尊重、珍视和爱护，必将极大地鼓舞和推动澳门文学的发展。就小城而言，这是她回归祖国之后，文学收获的第一次较全面的总结和较集中的展示；从全国来看，这又是一个观赏的橱窗，内地写作人和读者可由此了解、认识澳门文学，澳门写作人也可以在更广远的时空里，听取物议，汲取营养，提高自信力和创造力。真应该感谢"澳门文学丛书"的策划者、编辑者和出版者，他们为澳门文学乃至中国文学建设，做了一件十分有意义的事。

是为序。

2014.6.6

目　录
CONTENTS

拉撒路现象

对于年夜饭，他们向来胸有成竹。每每春节将近，夫妻俩都会仔细推敲起那菜单，从早磨到晚，仿佛是借题发挥，要把一整年该说而未说的话全清算干净似的。有时候凌晨醒来，老旧的身体睡不了回笼觉，一方还要将另一方推醒，压着嗓子继续谈论一番。一道道菜便从被窝里飘出来，飘到微弱的晨光中去了。

可到头来，他们年年准备的仍是一样的东西。

首先要做红烧肉，这是饭桌上的重头戏、人人爱吃的硬菜、几十年不变的家乡味道。他们固定在大年二十九买肉，提早做好准备，也能保证肉的新鲜。菜市场二楼的肉铺，那一片片木板，血淋淋、冰冰冷，宝玲会伸手在上面翻翻拣拣，顶着肉贩子们不悦的目光，把每一根排骨、每一份腿肉和每一块五花腩都摸一个遍。末了，她却仍要扭过脑袋，冲家荣低声问一句："选哪块？"

家荣总有答案。不管是去老同事儿子婚宴该给多少红包，还是走亲戚串门要送什么补品，他向来能给出主意。红烧肉也一样："这一半腿肉，那一半五花，"他用食指比画，"先炒再炖。炖一个下午，才算入味儿。"

其次，需得有一条鱼。年年有余的好兆头么！女儿阿琦从小讨厌鱼腥气，怀孕后，忽地转性，又喜欢上了吃鱼。他们猜测，那可能是随她的土生葡人①老公培养出的新习惯，抑或是由于胎儿身上流着外国人的血，因此感染了母体。当时宝玲伺候她保胎，天天熬鱼汤，鱼摊从头跑到尾，精挑细选，买好后还一定要去公秤磅重。遇上缺斤少两的，就怒冲冲转身和人吵上一吵，回了家仍是一肚子火，少不了摆脸子给女儿看。

然后是包饺子。自家拌好的白菜猪肉馅，饺子皮在从前也是宝玲自己和面一张张擀出来的。这两年她风湿越发厉害了，十指全变了形，他们便改口说超市里的饺子皮也不错，口感不比手擀的差上太多。

她试吃生肉馅的毛病一直没改。不过年纪越大，舌头越迟钝，盐和酱油放得越多，味道越重。他们于是安慰自己，认为咸得发齁才是正宗的北方口味。

"北方"是相对于广东的北方。这对老夫妻，他们说起北方就像神经衰弱的人描述起自己前一夜的梦境，满怀一种令旁人不耐的絮絮叨叨的热情。他们喜欢仔细回忆小时候在家属大院烧树枝烤知了吃肉的经历，还有读大学那会儿去舞厅里把皮鞋磨穿的快乐。在满是褪了色的旧家具的狭小客厅里，对着天气预报和连续剧，他们数十年如一日地重复着青春时代的故事，末了将多年前的老家浪漫化得走了形，就像墙壁上往下掉金粉的福字贴画。

接着再准备两道素菜。不拘什么品种的绿叶菜，清炒或白灼即可。这便是他们对广东人饭桌习惯的妥协了。

最后，还要小酌一杯、喝一点小酒助兴。红酒与啤酒，家

---

① 土生葡人："澳门土生葡人（葡萄牙语：Macanese），从字面理解，是指在澳门土生土长，而以葡萄牙语作为第一语言、以葡萄牙文化作为本位文化及身份认同的人群。"——维基百科

中并不常见。前者是洋人玩意儿，涩嘴、喝了不习惯；后者容易饱腹，又不够雅致。家荣通常喜欢白酒——尤其有一瓶已经存了五六年的茅台酒，他不轻易动，只在特殊场合开盖子。那是单位运转艰难、家荣被迫提早退休时，老领导送给他的好东西。既是庆贺也是安慰，老领导称它为"女儿红"，说要等嫁女儿那天才能启封——最好能学学古人，先将酒埋在什么大树下的泥土里。殊不知家荣当时刚做了外公，只是羞于启齿，所以单位里的人无从知晓罢了。

今年会比去年热闹。去年春节，阿琦借着几年没旅游过的由头，坐"金巴"顺着港珠澳大桥游到香港看烟花、住酒店，年初三才带孩子匆匆回来吃了个午饭。屁股尚未焐热坐垫，人就急着要回澳门了。她当时刚烫了卷发，老气横秋。脸上雪白的粉，身上黑漆漆的长裙，又额外戴了一串珍珠项链。天鹅绒紧裹着身体，珍珠比小拇指甲盖大上些许。外孙安东尼奥，也叫子朗，刚满四岁，深红小西装和水钻小领结，发胶定型的"汉奸头"，搭配一个不离手的游戏机，和一双眉头微蹙的大眼睛，看得宝玲都糊涂了，乍一眼望去，还以为母子俩是从韩剧的豪门大宅里跑出来的人物。

那情形，用家荣的话来形容，就是"滑稽得像猴儿戏"。

孩子——应当叫他哪个名字，他们一直没下定论——在一侧专心打游戏。沙发正中央，阿琦挺直腰背，抱怨香港人多，抱怨食宿昂贵，抱怨名牌店的春季新款包过于抢手，她只能退而求其次，选了个冬季旧款，倒给那鬼佬省了钱。可以想见，她是在用颇为自得的口吻向他们抱怨的，语气里很有些和穷亲戚聊天时屈尊降贵的气势。临走前她照常塞红包给宝玲。红包比往年的都厚，似是要借此买断过年团圆的儿女责任。他们虽然为此感到不悦，可到底也不希望她多留：

那个白皮肤的小外孙，他们该怎么向左邻右舍解释他老爸亘古不变的缺席呢？

几年前，就在珠海，阿琦和鬼佬同样摆过酒。摆酒是为了给亲戚们一个交代。他们没通知老同事和老朋友们，毕竟双方年龄相差太大，且新娘已经显怀，看着实在不像样，于是少了许多本该有的礼金。那一大笔将女儿的青春自由卖给众人换来的赃款，由此缩水了一半不止。何况两个人不领证，或是说没法领证——名不正言不顺，连喜宴上的乳猪也在咧嘴嗤笑。

那鬼佬的葡国老婆在波尔图乡下守着一家杂货店过活，身边拢着两个未成年的女儿，压根儿不知道她的老公在澳门另外成了个家。这些他们都清楚，全是阿琦跟他们讲的。也是在这个小客厅里，她详细形容了老太婆的长相与人到中年走了形的身材，以及她男人那两个女儿难伺候的骄纵性格，听得二人心惊肉跳。"她们盼着他死呢，死了每个月就能领到手他一半的工资了。"阿琦说，一脸的义愤填膺——这也是鬼佬告诉她的。

鬼佬是个大块头。他个子很高，长了一张皮肤往下耷拉的老脸，号称五十多岁，具体五十几，他一直不愿说。光秃秃的头顶，后脑勺上残留着几缕头发，他总要珍惜地用发油将它们往前梳，似乎是盼着能以此遮一遮滑溜溜的头皮。大约自知形象不体面，或是不把女方娘家人放在眼里，鬼佬少有在他们面前露脸的时候。距离临产不满两个月，他才哆哆嗦嗦开来一辆旧奔驰车，把大腹便便的阿琦运回澳门新屋。他们后来去看过：一套不知转了几手的两室一厅，油漆味才散了两星期，孕妇如何能住得呢？可她到底还是住下去了。

那个惨白的、斑驳的、下水管道往上翻滚沼气的小家，宝玲想，实则比他们当年的婚房好多了。"儿孙自有儿孙福。"可不知怎的，宝玲每每想起那房子，人就忍不住犯哆嗦。小除夕的下午，她在厨房洗菜、剁肉，手臂上的血管一跳一跳。南方，阴湿的寒冬腊月，猪油脂肪碎凝在指甲缝里，她的手在刀柄上打滑，挥舞得异常艰难。家荣叮嘱她关窗，说下午降温了，怪冷的。她就用抹布擦了擦碎肉和油，踮脚去够窗把手。吱吱呀呀的铁锈摩擦声响起，听得她脸上发麻，像是中风的前兆。

家荣倚着厨房门框与妻子讲了几句话，然后进卫生间蹲厕所。这是惯常的午饭后安排、夫妻双方不必言说的默契。冰冰凉的马桶圈，厕所内冷飕飕的，仿佛有一阵寒风盘旋，久久不肯离去。从柜子里，他抽出一本《知音》。阿琦还在上学的时候，抱着她能成为"才女"的希望，他们斥资订购了许多杂志，直到她准备高考不容分心时才作罢。一本本脏兮兮、灰蒙蒙的《知音》《故事会》和《儿童文学》，他们不爱丢东西，尤其是女儿去外地上大学后，家里空荡荡的，确实需要这些旧文章来占领空白处。还有那一摞摞《老夫子》漫画与爱情小说。它们散落在各个角落，正如拼图碎片失落于杂物海洋之中。初时看了还叫人觉着伤感，后来成了厕所读物、一次性骨碟和桌脚垫，情况才有所不同。

他翻开摊在腿上的杂志，愉快地读起年轻女大学生给富商当二奶的"真实经历"。那是十余年前的爱恨情仇，字里行间长满霉斑，主人公早已不知是归于何处了。

夜里，宝玲煮了白粥。现在，他们习惯三餐从简。粥加榨菜，配着早点铺的馒头，再加上几块豆腐、些许蔬菜，夫妻俩能吃好几天，吃到馒头发馊，长出黑斑。他们的食欲随着岁月暮色的降临而逐渐消减，尤其是年夜饭前的两个星期。周详的计划与漫长的准备让两人精疲力竭，然而他们既不能也不敢怠慢除夕夜。正因为已经过了一整年寡淡无味的日子，他们急需一个名正言顺的表演之夜，以此建起一座临时性的节庆舞台。

"好像真的降了温。"餐桌上家荣说，"老家今天下雪，小姨还拍了视频。瞧！"他掏出手机，灯光下眯着眼睛点开微信，然后递给太太看。宝玲推一下眼镜，端详了半天，叹息道："我们那次好不容易回去一趟，也没见着雪。"

他不清楚她口中的"那次"具体指的是哪一次。毕竟每一次回去，他们都是碰不到雪的。"老家也只有小雪了，哪像小时候。"他半真半假地宽慰道，"现在这样，下到地上也成毛毛雨。"

天气预报预测接下来一周都是冷的。此处是冷的，彼处也是冷的，一整块浩瀚无垠的土地，冻在一处，成了个大疙瘩。他们停下对话，仔细听着、看着，贪婪地吸食起全世界各地的温度与天气信息。预报结束，电视机响起保健品的广告音乐，他开始收拾桌上的碗筷。宝玲挨过饭后半小时，急忙忙进了浴室洗澡。无杂质的寂静从墙壁和他们机械的章程中渗了出来，再度占了上风。厨房水池前，他停下动作，喘一口气，休息片刻。窗外，树摇晃着影子，影子的缝隙里是对面居民楼点了灯的窗。他关上水龙头，将视线投向黑漆漆的夜色深处，耳朵仍在聆听那无杂质的、从容步向死亡的寂静。老年的寂静。

有人在拍门。

初时是和缓的、犹疑的节奏，指关节均匀地敲在铁门气窗栅栏上。声音极小，家荣还以为是邻居在外地打工的儿子回来过年、记错了门牌号——也不是第一次了。

接着是手掌，猛烈、急切地拍打起门板，一整栋楼的人都能听见的雷鸣。他高喊"来了"，心跳加速，跳得他胸闷。那人没有应答。他快步走去玄关。里侧，木门的猫眼被纸巾堵死了，正是居住者缺乏安全感的典型表现。"谁啊？"家荣又嚷道，手按在门把手上，像握住了一把防身用的手枪。

"爸！"

照理，这两人明天下午才会到。家荣开门放人进来，再弯腰在鞋柜里翻找空余的拖鞋。他心感不快，所以有意把光着脚的母子二人晾在一旁。家荣是靠着按部就班的生活节奏，才得以在退休后寻回尊严的。但女儿登门过早，显然没把父亲小心翼翼的安排放在眼里，而且提着大包小包的，不知道是搞什么名堂。

他抬头打量这对不速之客：阿琦把行李从身上一一卸下，然后站在原地不动，即便进了门，仍牢牢握住儿子的小手。她脸上没有表情。他们刚给顶灯换了新灯泡，它便把静止的脸照得极亮，照得像是那类鬼鬼祟祟的日本舞台面具，皮肤的白盖过了五官。

"你妈在洗澡，"过了一会儿，见没人说话，他便开了口，"你们先看看电视。"

不脱外套，也不洗手，娘儿俩在沙发上坐下，臀部只沾着一点儿坐垫的边缘，像是在提防什么天灾人祸，随时准备要起身逃跑似的。现在播放的是访谈节目。电视上，发言人宣布2021年全国博物馆的总量是六千一百八十三家。他离得很远，躲在客厅的另一头，假装对电视节目看得津津有味，接着借口要洗碗，钻进了厨房，手忍不住掏口袋点了根烟抽。他想，好久没去博物馆了——故宫，年轻时曾跟着单位去过北京。他只记得是在秋天，腿都要走断了，最后一屁股坐在树坛边缘，在寒风中冷得打哆嗦——然后呢？六千一百八十三个博物馆，他还去过哪一家？

如同动物嗅到了远处山林大火的气息，看着女儿的面孔，他本能地察觉到了即将降临的剧变，不由得内心惊惧不已。

这些年，从阿琦手里，他们确实得了不少好处。

空调用了十余年，滴水、散热风扇轰隆隆吵得两人睡不着觉，是阿琦给他们换了新机。浴室里大而笨重的浴缸，宝玲洗完澡出浴时一脚踩空，进医院躺了小半个月，是阿琦付的医药费，然后请人上门打掉浴缸，装好全新的防滑淋浴间。每年一次的探亲旅行，也是阿琦报销的来回机票与酒店住宿。她说是拱北口岸地下商场里她租下的两间店铺生意不错。可他们心底里清楚：店铺的营收也好，她在澳门什么什么公司里赚的的"工资"也罢，全是鬼佬的钱。

一想到这里，家荣急忙忙用抹布搅和瓷碗里的水，让洗洁精起了一串白泡。"再怎么样，孝顺父母也是应该的，我问心无愧！"家荣对自己说，权作安慰，"至于她的人生嘛，嫁出去的女儿泼出去的水。儿孙自有儿孙福……"

他把碗筷叠在窗边的收纳架上，小心翼翼。擦干手，才想起来还没问那两人吃没吃过晚饭。冰箱里有肉有菜，塞得满满当当，可每一样东西都有去处，实在匀不出年夜饭以外的食材。他叹一口气，颇为自怜地感受着自己精疲力竭的躯壳。老了，不中用了。除了安宁，他什么也不想要。

"这么早到家了？"他听到宝玲的惊呼，兴奋的、疑惑的语气。呆立在厨房里，他仍能感觉到水蒸气从浴室里涌出来时热腾腾的冲击。他没有走出去，脊椎骨被抽走了似的，软着身体，一只手攀着墙壁，一边听着外头的动静。

"怕明天人太多，"阿琦说，"澳门要到初一才开始放公众假期，劳工全堆在明天过关。"

"也好，也好。"宝玲笑道，"我现在就去铺床，床单这两天刚晒过，香喷喷的！"

她们母女俩向来更亲近。毕竟家荣是有"怪脾气"的人：

千军万马过独木桥，这八十年代的大学生，他自认为有骄傲的资本，并自诩为文人，工作时向来是办公室里的"笔杆子"，尽管写来写去也不过是宣传材料或报表一类的材料。他总遗憾自己当年没有继续深造、留校任教，或是沉下心来，洋洋洒洒创作出几本旷世巨作，过上清贫但体面的"学者生活"。他老觉得是世俗限制了他的才华——赡养父母、结婚、抚育女儿、工作，哪一项不是在吃他的时间、喝他的精神？每天早上醒来，直到夜里睡去，他胸膛深处永远沸腾着怀才不遇的愤怒与遗憾。人到中年时，这股火烧得尤其厉害。

这样一个男人，对着他平淡如白开水的小家庭，自然很难有什么耐心。不过，现如今家荣上了年纪，面对不名誉的女儿，他反倒生出了自己也难以解释的畏惧之情。家荣隐约知道，女儿选择与有妇之夫厮混多年、生下身份证上没有父姓的私生子，与他这个当父亲的长年失职，两者间有着不可忽略的关联。

此念头一旦形成，就如同皮肤癣一样，时时刻刻叫他感到不适，且难以根除、挥之不去。由此，父女间就又多了一层隔阂。

眼下，宝玲正张罗着给女儿与外孙收拾次卧。他慢吞吞走出去，再慢吞吞坐下，审视起那一个个行李箱、尼龙袋。它们摊在地板上，一一开了口子，恬不知耻地露出里头的填充物，像动物把嘴张得老大、露出它鲜红的内腔：

毛巾、充电器、女士内衣、课本、手提包、铅笔盒、茶叶罐……

旧货市场的地摊，幸福家庭的屠宰场。

一眼扫过去，家荣的视线聚不了焦。哼，不提前打个商量，硬拉一车破烂回娘家，逼迫得人连脚都没处搁。他用力踢了一下那些乱七八糟的玩意儿，其中一台四仰八叉的玩具车，忽地通了电，滋溜溜空转起轮胎、发出消防车警笛变调的叫唤。小卧室里母女俩的交谈声停了片刻，但下一秒照旧若无其事地继续了下去。如此，更是让家荣感到愤恨。

"你搬回来啊？"隔了墙，他问。

半晌，对方嗯了一声，便算是回答。

家荣猛地起身，顾不上头晕，直直冲进房间；也不洗漱，就这么躺下、睡了。

午睡的、早睡的、晚醒的人，呼吸从他们微张的嘴中吐出来，阴云似的压住了整个屋子。此时蔓延开的睡意是肃穆而非慵懒。宝玲聆听着丈夫的恼怒，眼睛忙个不停往女儿脸上瞟，心思活络，可脑袋乱糟糟的，手上动作同样不停：被套要套在羽绒被上，床单得塞进床垫四个角下，嘴巴里还得轻飘飘聊些无关紧要、无伤大雅的东西。

阿琦应着母亲的家常话，视线却在轻轻扫着书桌和写字椅，桌面堆着奶粉罐和月饼盒，椅背上搭着厚外套。

房间是这样的布置：

一扇朝南的窗户，书桌摆在窗下，也充当了床头柜的角色。桌子右侧放了一张单人床，床尾墙角的空位立着一个大衣柜。墙上贴了字迹苍白的课程表，以及几张金灿灿的奖状——原封不动的家具与装修，说不清多少年了。没什么新鲜的，只是肉眼可见地变得更残破、更败落了。

五年前，这里是孕妇休养身体的小卧房；十年前，这里是高三生备战高考的学习室。现在，这里早已沦为杂物间、垃圾堆，专收无人问津但总有可能派上用场的废品。奶粉罐的圆盖子锈死在了罐身上。月饼盒要么空空如也，要么剩了几块长灰毛的双黄莲蓉，喂养着墙缝里的蟑螂，子子孙孙，一代又一代。那件外套在珠海无用武之地，只有老家的冬天与之相契合——就是在不知多少年的等待中，它浮夸的垫肩款式逐渐过了时，还未穿过几次，便已成了淘汰品。

此处也是自相矛盾的考古现场。因为书包仍塞在衣柜顶端，里头是练习册和来不及细究错题的试卷；孕妇装仍挂在衣架上，三两件纯棉的、宽大的、打了补丁的大长裙。如同古代皇帝的陵墓，他们不忍心破坏原状，而奶粉罐、月饼盒与旧外套们，它们便是叠压堆积在陵墓之上的一代代土层。

自女儿怀孕后，直到她跑去澳门生小孩以前，家里连看电视也不敢调高音量。抑扬顿挫的新闻播音员念稿声，混着阿琦给鬼佬打电话时磕磕绊绊的葡语，滔滔不绝，成了宝玲织毛背心时的白噪音。现在，宝玲每次进来拿放东西时，总会觉着那噪音尚未消散，总要错开眼珠子，不想去细看往事的痕迹。可如今，这间如同乡愁般令人倍感惆怅的小房间，即将为赤裸的、露骨的、丑陋的现实所占有。而现实就是：

女儿在澳门混不下去，于是携家带口，上门投奔老爸老妈了。

宝玲把被子铺开。被芯散着甜丝丝的霉味，她假装闻不见。"你爸是这脾气，老毛病了。"她突然抛下了天气和饮食的话题，将这句劝慰插播进来，手掌还在拍打那被褥。这股为丈夫辩解的冲动，她亦不知道是从何而来的。"他也是担心你。"宝玲又补充道。越这么说，她心里越踏实、越信以为真，"搬回来住，这么大件事，不跟我们先商量商量……"

讲到这里，她又哽住，踌躇片刻，终于还是压低声音问道："你和鬼佬到底是怎么回事？"

不光彩，但顺理成章：鬼佬当真和他的样貌一般衰老——六十五岁，他退了休，高高兴兴让澳门特区政府买断他的退休金，一次性领了一张大额支票。那套两室一厅，他老早就联系上了中介，最近终于脱了手，和买进时相比算是小赚。至于女友和儿子，他只答应每个月汇抚养费回来，然后便去了香港机场，潇潇洒洒乘国际航班飞回葡萄牙、与家人们团聚了。

鬼佬铁定有另外给她钱。具体多少，阿琦咬死不说。拱北的铺子，她打算关一间、留一间。可是允许她长期居留澳门的那张"蓝卡"，却是不能够再维持下去——没了鬼佬的"关系"，那狗屁公司再不许她挂名申请劳工证。当然了，失掉房子，阿琦又如何能继续在澳门生活呢？因此，从鬼佬准备卖房的那一刻起，她就已经在盘算搬回来住的事了。

至于为什么没有跟爸爸妈妈说一声——"事情太多，忙过头，记不起来。"

宝玲不吭声了。她回想起以前，还在上初中的阿琦，有一日放学回家，无预兆地告诉正在低头拖地的母亲："学校开家长会，快开始了。"然后冷眼看着宝玲慌慌张张夺门而出。夜里，当妈的一边烧晚饭，一边训女儿。灶台前，宝玲额上的汗水嗒嗒地往下淌。阿琦倚着冰箱，沉默地听她把话讲完，末了对着妈妈的疑问，也只是耸耸肩，答道："忘了。"

阿琦向来如此。满不在乎的、心不在焉的阿琦，她仿佛总是在琢磨些不在眼前、在于别处的东西，唯有与鬼佬厮混在一起、得了金钱的好处、穿上漂亮衣服后，才有些回过神来，变得像是个乐意享受的普通人——那特立独行的冷漠，实则来源于物质的匮乏，而非精神的丰盛。这是宝玲在许久以后才终于认清的不幸事实。

她不无遗憾地回忆起从前在女儿床头朗读过的许许多多首唐诗宋词，还有那些被她读书时数次翻开、被她为人母后喂到女儿嘴边的名著小说。她也记得床上那一双眼睛，冷淡地听着、看着，不置可否。她同样记得那股熟悉的、陈旧的失望感：当年谈恋爱时，她给家荣写过十来封信，洋洋洒洒，一句句力透纸背的情话，刀印一般刻在垫信纸的簿子上——对方的反应同样不过如此。

她甚至不能抱有这样的幻想：阿琦是出于爱情的狂热，才和有太太的老头儿纠缠不休的。可宝玲为这个家辛苦付出了大半辈子，偶尔也颇有怨言，所求的不过"安稳"二字。因此，她移开了视线，对女儿的荒唐举动、对丈夫的不满皆睁一只眼闭一只眼。

然而，家庭关系由于"放任"所生出的劳损，虽细微如发丝，日积月累下，仍会造成不可逆转的后果。互相回避着、疏远着，阿琦就此变成了家里的客人。及至一切土崩瓦解，她重又来到了父母面前，脸上再度挂起那副无所谓的表情。她随身携带的家当是那样地繁多，实际上却被褫夺了一切，甚至连夜里睡觉用的棉被，也是母亲翻箱倒柜找出来的历史旧物。想到这里，宝玲心中对女儿的怜悯和厌烦同比例地增长着，再逐渐相互抵消，最后只剩下了容忍与接纳。

她摸了摸外孙的脑袋。那孩子坐在椅子上，甚至有些够不着桌面。他抬起头，露出一张中不中、西不西的脸，朝宝玲投去疑惑的眼神。

"宝宝饿了没有？"宝玲问，"外婆给你煮面条吃，好不好？"

她伺候母子俩睡下，再洗洗弄弄，钟便敲过了午夜。从玄关、厨房、客厅到厕所（热气腾腾，还留有此二人洗澡的余温），宝玲一盏盏熄了灯、一扇扇关上窗、一道道锁好门。她悄悄进了卧室，盲着眼睛，靠双手摸到床上。家荣正是在呼噜打得剧烈的阶段。那动静，听上去就像一头猪、一个无知觉的沉重的牲畜。宝玲背对丈夫，在床沿坐下。她清了清嗓子，见那呼噜声开始抽搐，知道家荣要醒来了，便道：

"你过两天去趟家具城，挑一张大一点的床。"

接着，不等回答，她又说：

"你没看见——女儿和外孙挤在那里睡觉，好可怜啊！"

"我们以前不也是这样过来的么！"家荣回答，半梦半醒，字与字粘连在一处，"阿琦还没满月的时候，不敢放她单独睡，就一张床挤三个人。当时翻身都打哆嗦，生怕压着她。"

宝玲叹息一声。因着过去的记忆，她渐渐消了气，于是躺下。面对面，夫妻俩的脸和脸凑得很近，彼此的气息纠葛在一处，说话时能感觉到对方声带的震动，却看不大清身体轮廓和面部表情。

"鬼佬和她分手了？"家荣问。

她点一点头，懒得再去解释细节。"也好，"家荣沉吟片刻，"离婚的女人现在多了去了，带个孩子也不算什么。"他翻了个身，仰面朝上，对天花板吐露起入睡前的一系列思绪，"我想了想，是该散伙了才对。"他说，忽地来了兴致，"过去的就让它过去了……不过阿琦这样，不成家怎么行呢？隔一段时间吧，找人给介绍几个！"他打了个嗝，咂巴咂巴嘴。榨菜味儿从胃里翻上来，咸津津的。

"小孩就放我们这儿，不碍事。"

家荣盘算了个一清二楚：既然成了单亲妈妈，则过往的诸多不堪，自然全是一笔勾销了——只要对外宣称她离了婚即可，谁又会专门讨离婚证去看呢！但凡运气好些，能再嫁个人，婚姻便会如一把大火一般，烧去阿琦身上的种种不洁之处，使她重又变成一个体面的正常人。如此一来，女儿的前程有了着落。将她打发出去，他们又能再次过上平静的小日子。这是皆大欢喜的好事。

他下了结论："这主意——不错！"

宝玲没有回答，但他不做理会，兴高采烈地闭上双眼，就这样一口气睡了下去。

第二天上午，约莫是因为卸掉了心中的重担，家荣起得很晚。他醒来时依旧心情愉悦，如同刚做了一场轻盈的好梦。外头电视机开着，动画片一类滑稽的音效，还有女人们的轻柔嗓音，以及抽油烟机运转时的嗡鸣。酱油、黄酒和八角炖煮后醇厚的香气，渗进了卧室，在家荣的舌尖上留下些许滋味。他伸懒腰，心满意足地长舒一口气，穿上拖鞋，不急不忙，踱着步子走进已经缓缓舒展开的新一天。

客厅里，小外孙正襟危坐，双眼死盯电视屏幕，脸上的表情仍是万分庄重、小心谨慎的。厨房内，妻子和女儿在包饺子，灶台上砂锅冒着白汽，味道愈发浓郁。桌上盛好了白粥一碗，也摆了一碟小菜。他坐下，大模大样地吃起早餐，胃口大开。

家中已是许久没有这么热闹了。某种海市蜃楼一样的幻境，被这多余的二人唤了出来。恍惚间，他甚至觉得不真实的不是眼下，而是那死水一般沉寂的昨日。他感到自己又回到了女儿还是学生、太太尚未白头、自己仍在工作的壮年之时。在这热闹里，他万分快活，尤其是宝玲刚拧开了收音机，主持人正在播报即时路况，喋喋不休地描述起交通的繁忙，感叹人们对回家过节的期盼数十年如一日未曾有改变。听了这类话语，家荣稳坐家中，只觉着通体舒畅。

返乡的人堵在高速公路上苦等，他却不必长途跋涉，好似屋外正是疾风骤雨，屋内却照旧温暖如春。他想，前夜里的许多不愉快，如今看来确实是不必要的。他决定冰释前嫌，于是问正在干活的女儿"昨晚睡得如何"，不等回答，又和和气气地对孙儿发了话：

吃得是否习惯？累吗？第一次在外公外婆家过年，兴奋不兴奋？

习惯，不累，兴奋。"真听话，"他大声夸赞道，"晚上外公给包一个大红包，奖励你！"

"说谢谢外公！"

"谢谢外公！"

慈爱又不无遗憾地，家荣感慨道：

"现在的小孩，哪里比得上以前自由。我们小时候，一过年就聚一块儿放鞭炮、放烟花……"

他坐回沙发，把遥控器拿过来，换成新闻频道。那洋娃娃似的外孙，并不言语，同样不动弹。乖巧是乖巧，就是文静过了头，看着不像是个健壮的孩子。他暗自嘀咕，将来各式营养品、读书、课外辅导、兴趣班、头痛发热去小儿门诊……全是花钱的地方。他踌躇着：该如何让阿琦既把孩子寄养在家里，同时又不会当甩手掌柜、净用父母的养老金呢？电视台开始预热晚上的联欢晚会节目，家荣看了看花团锦簇的舞台后台，眼都花了，心里还想：不如就在吃年夜饭的时候，与女儿说清楚吧？

"等过了元宵节，我就豁出去一张老脸，找从前的熟人，给她打听打听去！"

晚上八点钟还未到，餐桌已布置得七七八八。一道道菜，盖了各式并不匹配的盖子，就等着他们开动。只有饺子是最后下锅，它们"咚"的一声沉到锅底，顺时针旋转起来。其中两颗经不起滚水和热火的沸腾，没多久就破了皮，内馅儿散成肉末、猪油浮上了水面，想来是机器加工的面皮偷工减料、不够筋道的缘故。

守着这口锅，宝玲紧皱眉头，用筷子一点点捞起碎渣子。一整天了，她寡言少语着。但要具体说明是为了什么在烦恼或不安，她却又解释不出来。

她从冰箱里拿醋。没有一碟切了姜丝的醋搭配，家荣咽不下水饺。

她清理起厨余，等一家人都入了席，这才洗一洗手、坐下，身上还系着围裙，下摆湿漉漉的。

瓷碗边缘犹有干涸的酱汁。不锈钢勺，前一顿饭的油还残留在勺柄上。男人么，洗碗做家务从来都是这样——马马虎虎、得过且过。她拿纸巾擦了好一会儿，仍是黏嗒嗒的，只好放任，不去管了。对着妻子的抱怨，家荣以前是这样说的：

"脏就脏吧……都是能吃的，其实也干净。"

这话是没有错。可她事儿多，看见有污渍的碗，总感到十分别扭，于是把碗转过去，装作看不见那痕迹。

"全家一个人都没少，是挺难得。"桌首，家荣笑道，"应该喝一点好酒，庆祝庆祝嘛！"他扭头对宝玲吩咐，"就那瓶，以前首长给的……今天拿出来！"

"你放柜子里了？"

他点点头，宝玲起身进了小卧室。女儿的东西早已被挪入房间，地板上堆得高高的。她在小小的空隙中艰难地踮起脚尖，费了大力气才成功打开衣柜门。

从一打半人高的叠好了的衣服后面，宝玲取出酒瓶子。喝茅台的杯子，家里并没有，遂用多出来的酱油碟代替。"来，满上……满上！"宝玲斟酒的手神经质地发着抖。"别洒了！"可到底还是洒了一些在桌面上。"哎呀哎呀，可惜可惜。"不过三两滴酒，就算进了口中，又能有什么差别？她把酒盖旋回去，辛辣的酒味冲进鼻孔、直上天灵盖。丈夫迫不及待地端起碟子，嘴噘得小小的，嘴唇慢慢衔住小碟的边缘，抬手，茅台酒滚入口中。他含住那口宝贝，放好酱油碟，一切安稳了，这才做了吞咽动作。

"好酒！"他感叹道，一边紧紧握住瓶子，隔着眼镜第无数次细细阅读起瓶身上的文字。他对茅台懂什么呢？何况老眼昏花，实在看不清那些个小字，便又放下了东西……不能安心，生怕待会儿吃饭夹菜时，胳膊一横，把它扫到地上去，他再将酒瓶挪去桌子中央。待它离四道悬崖边都是同等距离了，这才满意。

"要不要试一试？"他问桌尾的小外孙，"抿一下，就尝尝味道？"

"爸！"

"怕什么！男人，将来肯定要喝酒应酬的！"

隔着桌子，家荣伸了根筷子过去。美酒或是他的口水粘连于细棍末端，缓慢凝成透明的珠子，滴滴答答一路往下跌。红烧肉的肥油、蒸鱼的绿葱、白灼菜心的生抽与饺子开膛破肚后裸露出来的菜肉馅，它们无一不被这液体污染。就流量与比例而言，说是泥牛入海亦不为过。可头一回，宝玲的眼珠子跟着水珠子落下去，心也随之沉入腹中。

"辣吧？"那张白皙的脸涨得通红。小孩抬头看着妈妈，再看看外婆，泪水悬在眼眶里。"别哭，别哭！男子汉大丈夫，这点事算什么？"

她定一定神，垂下头，吃起碗中的东西，对眼前正在上演的闹剧充耳不闻。电视台开始了晚会前的倒计时，一个大大的钟表在屏幕上闪烁着它的秒针。宝玲默念起数字，脸上的表情同样是漠然。家荣要调教外孙、要把女儿再次嫁出去。于心底深处她很清楚：对于这些决定，她皆无能为力。家荣是这个家的主人，也是全家人命运的主人。早在数十年前宝玲便已接受了此现实。仰仗着鬼佬的钱财，阿琦反抗过，最后仍是宣告失败，灰溜溜地逃了回来。为了能继续苟活于落魄之中，除了服从丈夫与父亲，她们别无他法。

无主的骨头

这地方拥挤得直叫人犯恶心。好不容易过了安检，我又被旅行团拦下。大爷大妈们鱼贯而过，KN95 也盖不住外散的乡音。拉成蛇形的队伍，他们跟随旗帜，一路呼呼喝喝，不知是要去往什么地方。

至于我，我很清楚自己的目的地。上海虹桥火车站，十小时的车程，夜里将近十点才能抵达。我花大价钱订了一等座，就为了少受点罪，可刚到高铁站便已后悔：铁锈的光线把人照得灰头土脸。外地游客、归乡者，他们仿如决堤洪水泛滥于候车大厅内，乌泱泱一片无有尽头。

讽刺的是，此次出行、泥牛入海一样将自己汇入人群之中，我实则是为了避开一个人。

确切而言，是为了躲开阿欣。她要庆祝三月份的生日，才过了元宵节，就已迫不及待地邀遍了同学、好友，以及我。"你到时候一定要来。"饭桌上，她对我说。此中的情真意切，容不得半点质疑。"你一定要来，"同一句话她讲了两遍，手里紧握酒杯，整个人摇摇晃晃的，显然已进入微醺状态，"我太想你啦！换工作后，就好少见面了。"

我如今三十五岁，比阿欣大了整整十年。我和她之间的年龄差距，足够一个孩子从小学一年级读至初中毕业，甚至中途还有留一次级的余地。况且，我远非活泼外向的人，日常仅为家与办公楼间两点一线的往返。偶尔放大假，也不过是跟随旅行团去一趟日本或新马泰，走马观花游览一圈。"上车睡觉，下车尿尿"——这就算一年里我最盼着的高光时刻了。

阿欣究竟是为了什么而与我深交，在我看来一直是一个谜。

我们相识于公司茶水间。我是市场部的老员工，她新入职当了销售，本不会有什么交集。当年经济还算景气，因此茶水间地板明净光可照人，橱柜内垒着咖啡胶囊，天花板顶灯也穷奢极欲，长年累月地不熄灭。那天中午我吃完盒饭，口中油腻挥之不去，因此想冒险一用胶囊咖啡机，可捣鼓了半天依旧不得其门而入。阿欣正好在旁边洗杯子。我只记得闻到了女人脸上散粉的香味：她凑过来，皱起鼻子问"怎么啦"，然后很是自然地上了手。咖啡的气味应声外溢，如同湿而重的潮雾逐渐弥漫开，真是"暖风熏得白领醉"。我喝热饮，她说话。一杯拿铁尚未饮完，我已知晓了她的姓名、年龄、职位和教育背景。若非午休时间有限，恐怕还要讲到地老天荒去，连祖宗十八代都一一交代清楚。

一整层死寂如荒冢的办公室，平日里只能听见咳嗽和交代工作时的喃喃细语，以及台式电脑开机后的嗡嗡声，不知因何缘由，突然出现了这样一位百灵鸟似的人物。无疑，这是阿欣大学毕业后的第一份工作，因为她的面孔、四肢与身躯，皆流淌着电流一般的兴奋感。而我却躯体沉重，连口中的舌头亦懒得动弹。两相对比之下，我们仿佛是身处在时间流逝并不相同的两个世界里。

不过，阿欣似乎并不将我的愚钝放在心上。此后她总要来我的工位。有时我还在干活，一抬头，正好能看见那张白皙的面孔出现于几步开外，手里拿着什么新鲜玩意儿要给我看。她时常是微笑的，那微笑光彩夺目，好似一轮明月在海上升起。而每当她别过脸或收起笑容，其感觉便如同屋里有人熄了一盏灯、室内骤然暗了下去。

"宛如室内骤然暗了下去。"我对自己说。此刻，室内却是极亮。高铁刚刚开动，驶离了车站，初时缓慢，接着便像是悬浮在了空中。高架轨道穿过城郊，两旁是日渐衰败的老旧建筑——电脑城、居民楼与半死不活的小商铺。我想象自己也身处其间，斜躺在行道树树荫内一张小藤椅上，手上不忘挥动蒲扇。我问自己：端坐于办公桌后面对数据表格，和端坐于大马路边观看人来人往，哪一种生活更会让我无法忍受？

说不好，也不好说。驶离了中山站，时针即将转向下午一点。上车前，我打包了麦当劳。现在牛皮纸袋底端湿漉漉的，被油浸成深褐色，只看上一眼便倒尽胃口。有人站起身，捧着撕开了口子的方便面盒，往开水机方向走去。面饼被烫开那一瞬间，其强烈的气味好似一股烟，一下子飘过了整节车厢。闻着这味道，我更是饥饿，也更觉得没有食欲。

读大学时，我吃过许多方便面。

有时是为了赶时间，有时是懒得下楼去食堂，有时是深夜想来一份快捷夜宵，有时只是单纯地想吃方便面。统一、康师傅与合味道，它们无法给我惊喜，亦不会令我失望。正如我重看了无数遍的电影、重光顾了无数回的餐厅，和重吻了无数次的前女友。这可能是轻微强迫症的表现，也可能是我仍部分地停滞于童年期，毕竟孩童同样习惯让家长重复讲述早已烂熟于心的童话故事。

我是在上海读的大学，其后又在那里待了几年。此次回去，除了避开阿欣，也是为了再看看从前生活、居住过的地方，权当悼念青春。

读书时，和多数同龄人一样，我对爱情仍存在向往。前女友与我是同一个专业、同一届但不同班级的同学。她来自北方，为人爽快，不喜拖泥带水的个性。可我却十分惧怕孤独，总要在她上课的教学楼底下徘徊等候，就为了两人能一同去食堂打饭。"你太黏人了！"有一次，她抱怨道，"有必要吗？又不是小学生。"这话说完没多久，她就爱慕上另一个人，潇潇洒洒地跟我分了手。

毕业后，我进了一家留学中介公司当销售助理，负责收集国外院校资料以及其他杂务。工资不多，事情亦不多。朝九晚五，时间主要耽搁在上班下班的通勤上。地铁、公交车与步行，林林总总，每天三小时左右。避世者隐居于山野间，我则隐居于早高峰和晚高峰里。地铁高架桥跃上城市半空，我于是观看起楼厦背后的夕阳；公交车穿梭在城市主干道上，我便开始阅读沿途的广告招牌；脚下的羊肠小径伸入城市深处，我就去窥探那些不光彩的角落，与同样不光彩的普通人。

如此浑浑噩噩过了几年，最终在父母的劝说下还是回了澳门："房租那么贵，工资也不高。大城市么，体验体验就好了呀！"遂辞职、退租、打包、吃告别饭——也不过两三位好友，也不过两三顿晚饭。

此后，这座大城市从未曾入过我的梦。我对自己说，我与它是和平分手。然而，时至今日，我仍会想起那些周五晚上的例常漫游，那是我和上海共鸣共振的时刻。

我沿着马路牙子踱步。街灯隐没于叶丛与枝条中，光线昏沉，时隐时现，点亮一个个漫长却也温和的良夜。

在后半夜的凌晨，喝饱了廉价鸡尾酒，我苦等网约车，或是干脆步行回住处。这时候我总会行过一座佛寺，在一行硕大的"南无阿弥陀佛"和车流不息的马路夹缝间，我跟随自己投在寺庙外墙上的影子前进。

租屋附近，说不上是工地还是荒废了的拆迁区里，偶有一扇窗户会忽地出现。窗内"猪肉灯"照亮木板上的肋条与五花腩，房间天花板又点了日光灯。因此，明净的白透着艳丽的红，闪闪发亮于黑漆漆、朦胧胧的夜色中，仿如一幅油画的窗口。

回忆至此，我突然了悟：回澳门，我是带了一点上海的东西在身上的。同理，上海也留下了些许我本拥有的东西。这样一想，又是吓一跳：难不成此次前去，我还要将那些抛在脑后、不可名状的事物给讨要回来？

和阿欣相处时，我从不会想这些有的没的。

我们总是身处当下。我虽比她年长，这座小城的许多小街小巷，却是由她领着我探索的。她拉我去看话剧、参观展览，去恋爱电影馆看冷门纪录片：在放映厅门口的玻璃井盖上，我们相互比较彼此鞋袜的图案，一边对附着于井壁的蕨类植物啧啧称奇。

于挤满了自拍镜头的时髦咖啡馆内，我们靠窗坐下。室内空调大多冷过了头，亚热带的阳光则斜照在我们的背上，触感在温暖和灼烧之间徘徊。我两手空空，她身旁却一定会摆一个鼓鼓囊囊的帆布包，里头好似一间杂货铺、一家书店、一座博物馆。我们谈天说地，任由杯中冰块融化、冲淡咖啡的浓度，直到电影快要开场，这才急忙站起身结账。

每每与阿欣对话，我就仿佛是沐浴在春风之中，然而内心深处始终有一种不明来由的惆怅，即"美好事物不能久存"的遗憾。往往是在交谈时，对着她的笑颜，自然而然地，我的身体便会生出一阵痛楚。从前，在学生宿舍顶楼观看远方地平线上的落日时，我也曾有过类似的苦痛。

眼下，同一轮太阳顺着列车铁轨一路西沉，只在天边阴云裂缝处露出些许霞光；淡灰色的雨没过了沿途的村庄和农田；

大雾低垂在大地上，过早地带来了傍晚。透过车窗，我看不见太多的景色，除了山野上的植被：浓烈得发苦、沉郁得仿佛有鬼魂栖身其中。

从长沙南站上车的乘客众多。他们几乎都穿了羽绒服，走过我身边时，外套上还冒着室外的寒气。我没带厚衣服，因为南方的春天太过闷热，让我想不起其余地方其实仍是冷的。在珠海高铁站吃早餐时，长袖衫被汗水浸湿、紧紧贴在我的背上。那会儿，我甚至懊恼怎么没穿短袖。

我随即想起来：那些盔甲一般沉重的衣物，在离开上海以前，我或是把它们留在了房东的大衣柜里，或是将它们丢弃在了垃圾堆中。我记得离开垃圾站前回头看了一眼，那件下摆长至我脚踝的羽绒大外套，它横卧在一地的外卖白色塑料袋与黑色垃圾袋上，双臂摊开，如同一个行将就木的人。垃圾站一旁围站了一圈已经退休多年的阿叔阿婶。他们穿了成套的半旧睡衣睡裤，手里紧抱西施犬，相互用上海话说着什么，一边注视着我离开，一边抬手指向那件衣服。我加快了脚步。

在这趟高铁，所谓"近乡情更怯"有所应验，然令我胆怯的，却远非客观意义上的故乡。很快，天黑下来，窗外的世界消失殆尽。最后两小时的旅途，我简直坐不住，一会儿检查证件包，一会儿读一读书，一会儿听几首歌……手机是长时间打开的，没有未读信息，连仍在上班的同事也没找过我。我往下翻微信对话框，找到沉入底部的阿欣，点进去，再往上翻聊天记录：最后一次对话是在一个月前。那天她因朋友临时有事，所以手上多了一张演出票，于是问我想不想去看。我回答晚上要加班，没空，阿欣便发了一个微笑表情，然后我们就再没说过话了。

我长久地看着那个笑脸，手指抚摸键盘。偶尔，在梦中，我会打开手机，发一条消息过去，重新开启这一切。我总想不起来梦里具体写下的文字内容，抑或是阿欣究竟回复了些什么。可夜半醒来时，那如释重负之感，却会十分清晰地流淌在身体里，紧接着便是本能的喜悦、顿悟后的羞惭，与随之而来的失眠。

现在，我很想跟她说："我回了上海，要是你也在这里就好了。"我还想告诉她："和你在一起时，我从不曾如此想念过这个地方。"我沉浸在那些本可被诉说却永远不会宣之于口的话语里，直到广播将我唤醒，宣布高铁即将到站。人们开始收拾行李，把办公与看综艺用的笔记本电脑塞进包中。我也将背包从头顶的置物架上拿下，取出了毛衣与围巾。

酒店，我选了延安西路上的"全季"，就在从前居住的小区附近。与其他快捷酒店相比，算是便宜。结果却是"一分价钱一分货"：房间天花板低矮不说，唯一一扇窗，居然还正对着高架桥。半夜，为肉身的疲惫与精神的亢奋所纠缠，于不息车流的喧哗声中，我睡不着觉，便干脆在写字台前坐下、举目向窗外望去。

马路对面仍是那家"小肥羊"火锅餐厅，其清真寺风格的玻璃圆顶，在黑暗中影影绰绰；"喜士多"便利店二十四小时营业，点着极亮的白灯。有一次，便是在此便利店门口，我见到一名盲眼的中年男子。当时正是黄昏，即日本文化所谓的"逢魔时刻"、美国人所说的"阴阳魔界"。四下无车，亦没有第三人在场。他孤身在马路中央行走，盲棍末端一下下点触柏油路，动作中不带有一丝犹疑，伴随夕阳烈火一般的光辉，迈步向前，身影渐渐消失在街道的尽头。我看着眼前这一幕，目瞪口呆，只觉得自己确实是在昼夜交错之时，瞥见了现实与魔幻交汇的一个瞬间。

我时常也在想，或许"大马路上的盲人"便是我人生的一个隐喻。进了现在这家公司后，偶尔下了晚班已是接近午夜。办公楼外，街道上空空荡荡。横穿慕拉士大马路、停顿于中岛等待绿灯时，我能感觉到身体内部正在被孤寂蚕食。似乎吃到最后，就只会留下一个与深夜的城市一样空洞的躯壳，使我成为我自己的影子。对此，我本是全盘接受、没有怨言的。直到我认识了阿欣。

去年十二月下旬，恰逢阿欣决定离职的时候，我感染了新冠病毒。

病发前夕，我仍在上班。我只记得那会儿身体疲倦、畏寒，头昏脑涨，当下还以为是劳累所致，就发信息给阿欣抱怨了几句，她没有回复。那段时间她少有与我交流的闲暇。我想，她兴许是在忙，没看见未读信息；也可能仅是厌烦了这段友谊，终于下定决心要冷一冷我。无论是何缘故，手机另一端的沉默都令我坐立不安——遂起身去办公室另一端转一圈。

"阿欣请了三天假，你不知道吗？"她的部门同事对我说，"她订婚啊，男友昨晚送了花和钻戒——看上去起码有一克拉！"

那人立马打开微信朋友圈：九宫格的照片，色彩鲜艳。阿欣穿了连衣裙，在镜头前捂嘴微笑；果如同事所言，大钻石在指头上熠熠生辉。她怀里还搂着一束玫瑰，以及未婚夫的手臂；背景是金色的字母气球，写的是"Marry Me"。

"我们都留言恭喜了，她未婚夫很靓仔喔！"同事笑道。

接着又问："还以为会叫你去庆祝。阿欣没跟你讲？"

我思考再三，仍不知该如何作答，只好如实道："她大概是不想告诉我的。"说完，就回了自己座位、继续工作去了。

夜里，我开始发高烧，及至第二天早上，已近乎神志不清，于是向主管请假，再去山顶看医生。满满当当的人，将等候室挤得水泄不通，问诊的队伍遥遥没有尽头。冷气太大，吹得我浑身发抖、牙齿打战，膝盖一下下相互撞击着，怎么也停不下来。快要轮到时，阿欣打了电话来，在我耳边问"感觉怎样"，那轻快明亮的语气，正如一把利刃直直插入我胸膛深处。我便说"还好"，一会儿又说"没什么"，好不容易等到她结束了通话，这才赶忙起身进了医生办公室。

"新冠没那么严重，"对方见了我使劲劝慰道，一边把纸巾递过来，"不用太担心！"

待我痊愈，已是隔了一整个礼拜。回去上班，公司空了一半，多是同样"中招"的同病相怜者。我忙于赶进度，埋头苦做。中途有人跑来，叽叽喳喳讲起阿欣前几日递交辞职信一事，认定她已经考上了公务员，或计划要和未婚夫出国环游世界，我听了便点点头，只觉无话可说。

一月，百废待兴。疫病的阴霾尚未褪去，但三年不曾归来的春天总算爬出了地表、重返人间。我烦恼于生活无聊，便开始网上交友，尝试在"美图过度导致样貌失真"和"美图过少因此无人问津"间寻找平衡。交友软件上的男性用户们多半会索取裸照，或过早地要求线下见面；女性用户则较喜爱谈论电影、书籍和生活，然而终究难以聊到一块儿去。其中有一个和阿欣差不多年龄的女孩，她有一天忽地问我："你说，风是寂寞的吗？"我当下便想：多么荒谬、矫情的问题啊。风没有意识，亦无知觉，谈何寂寞不寂寞呢？继而又感慨：恐怕只有不曾出生的人才不会寂寞吧！这样一想，也就慢慢熄了与陌生人闲聊的兴致。

二月，阿欣给我发信息，称要请客吃晚饭。那是公司旁边的日料店、过去我们下班后常要光顾的餐厅。她迟到了半小时，脸上妆容比从前更为艳丽，坐下后点了一瓶麒麟啤酒，给我看一看钻戒，聊了会儿新工作，再邀请我参加下个月的生日派对。不知为什么，轻易就醉了。我回答"好"，回家入睡后于凌晨时分惊醒，出了一身冷汗，便赶忙打开手机，上网订了酒店住宿。

三月，我回了上海。到达目的地后稍作休整，第二天出发去看文艺复兴展览。春寒料峭，然阳光十分慷慨，马路两旁的树皆发了新芽。行人虽摘不下口罩，可若是走得急了，鼻子也会一点点露出来，吸食些许清凉的风。上海博物馆旁的人民公园里，玉兰花开满了树冠，游人们于树下喂食白鸽。远远望去，白玉兰好似鸟群栖息枝头，而鸽子亦如落花般抛撒在大地上。我想不起来阿欣的生日具体是今天还是明天，似乎我已把与她有关的一切都搁置在了澳门。展厅内人潮汹涌，参观者和保安争吵声不断，我注视着桑索费莱托的《祈祷的圣母》：于圣母洁白的脸庞上，一种绸缎般的、近乎穷奢极欲的华彩在绽放光芒，与她恬静安宁的神情恰是相矛盾的。我长久地凝视圣母，再一次妄图留存眼前的这一刻。但观展队伍向前移动，如同水下缓慢摇摆的金鱼藻，渐渐将我从她面前剥离。

在博物馆礼品店，我购买了这幅画作的明信片，以此来占有圣母及其背后所代表的种种一切。地铁归途中，我一路苦苦构思该在明信片上写什么，虽然心底里十分清楚：这世上不曾有可以改变孤独现状的话语，亦不存在能叫人回心转意的文字。我在上海生活过的痕迹早已消散，我于澳门爱恋的阿欣亦已远去。假期还剩一半有余，我却已感索然无味。恍惚间，我琢磨起逃回到此地——哪怕只是短暂地——是否仅是一次于事无补的垂死挣扎。说到底，一座把我遗忘的城市，和一个将我抛弃的女人，这二者本质上并没有太大的区别。

过三关

他躺在床上已有一天。窗户朝北，刚好有夕阳的光照进来，缓缓倾斜着、熄灭在他的被子里。

外间，儿子理应在写作业，但电视机开着，播的是卡通片，已经放了一下午。咯咯咯的傻笑，间歇是铅笔在纸上书写时的沙沙声，搅得他脑袋嗡嗡作响。

他睡了一整天，醒来后却比入睡前更觉疲惫不堪。太阳落下去，妻子快到家了，他不想听她唠叨，便起床，赤着脚，踩在冷却了的烟头和湿软的花生壳上。椅背披着大外套，他两根指头从口袋里夹出半包烟，但找不到打火机，就把香烟衔在嘴巴里过过干瘾。"别看了！"他冲门外喊，"写你的作业！"

那电视被慌不迭地按了关机键。他拎着往下坠的睡裤裤腰出了卧室。儿子背挺得很直，但脖子往下弯，额头几乎要抵上作业簿，看不清表情；笔握在手心里，半天不动弹。他哼了一下，也来不及教训，赶着要进厕所放水。

方便完后，他洗手时看了一眼镜子：一张邋遢的、浮肿的脸。他搔了搔下巴，指甲划过胡楂，发出哗啦哗啦的响动。该刮胡子了，他想，但旧剃须刀太钝，上次就割了个血口子。去买一个新的吧，身上也没多少零钱——何况，一家三口回老家的路费还没着落呢。

想到就快过年了，他的心直往肚子里跌。上个礼拜，不知是星期四还是星期三，晚上熄灯后，他睁眼盯着天花板发呆，一想到微信里还有母亲悄悄转给他的两千块钱，浑身上下就火烧火燎的。凌晨，钟敲响了五点，他听到旁边鼾声阵阵，知道妻子睡熟了，便偷偷从被窝里爬出来，抄起手机、披着外套进了厕所。黑灯瞎火，臭气从下水道往上返。他坐上马桶，没脱裤子，窗也懒得开，都不嫌闷。

赚钱的门路，他有。那是危险的法子、危机重重的捷径。瓷砖冷得好似冰块，隔着拖鞋也冻得他两脚发痛、膝盖发颤，可他的脸颊，热得像是在蒸桑拿、热得像是在发高烧。他点开手机上的平台，谨慎极了，一百、两百地下注。这么点本金，倍投是不可能了。何况他并不是要发大财，仅只是想让狗庄报销高铁票钱。

三十来岁的人，他也可怜自己。空有才智和胆气，本是个有本事的，现在却落得如此下场：房子抵给银行，仍欠了一屁股债。催收天天打电话骚扰要钱，公司不堪其扰，礼貌地请他走人——如今成天缩在网吧打游戏睡觉，晚上回家吃个饭还要看女人的脸色。

两千变成了三千，变成了五千，变成了一万。他咬紧牙关，太阳穴一跳一跳的。打到一万五，他停了手，身体止不住抖了起来。他想，要不就这样吧：高铁票有了，老家请客吃饭有了，给亲戚小孩们的红包也有了。但他双腿僵在原处，怎么也站不起来。口袋里一包白天新买的"黄鹤楼"，他当时没舍得拆，这下赶忙掏出来，点上一根猛抽。

"三年前，我手上有三十万。"蜷在厕所里，他自言自语道，"从三万赢到三十万，就一晚上的工夫。"

他好赌便是从三年前开始的。当时公司组织旅游，一伙人热热闹闹去了澳门。就在威尼斯人，他跟在老板屁股后面下注，有样学样。三天下来算算总账，也是赚的，便赶忙给自己买了条名牌皮带、给妻子买了个包。

三万变成三十万，却不是澳门的功劳。周末待在家，他打开电脑看盗版电影，跟着视频广告去了博彩网站，一开始只是十块十块地下注，发现赢了的钱可以提现后，便一发不可收。三十万是他最引以为豪的辉煌，每一分每一块，都是他绞尽脑汁、靠自己一点一点搏回来的。

"三十万，我当时想买一辆车。"他说。

一辆漂亮的宝马，周末开着上城郊，带太太和小孩去爬山拍照。

厕所内，他玩起了打火机。火苗一下下映在眼珠子里，晃得他头晕。隔着一道薄墙，他听见了邻居起床撒尿的动静：先是把马桶盖抬起来，再沉默片刻，最后才是一道断断续续、可怜巴巴的水柱。楼上楼下，老头老太太们一个接一个醒来，迟缓地、笨重地、无望地开始了新一天的生活。咳嗽、喃喃的对话、椅子腿在地板上撕心裂肺的摩擦，它们顺着墙内的管道涌进他的耳朵里。搭配着这些声音，他点了第二根烟。还没抽一半，他就把那一万五输了个精光。

他才想起来——两千块钱的本金，那是妈妈典当金饰换来的。他记不起具体是哪一件饰品了：一枚粗重的大金戒指，姥姥藏了大半辈子，好不容易传到闺女的大拇指上；一条细细长长的金手链，当时他大学毕业，抠抠搜搜攒了一年工资，年前高高兴兴交给妈妈的礼物；一对小拇指甲盖大小的实心金耳环，三十多年前被老爸买来送给还没坐完月子的老婆，沉甸甸的，坠得她直喊耳朵疼——人人都说那样可以拉长耳垂、修成福相。

福相！

他口袋空了——第一百次、一千次、一万次。再撸口子么？能下款的网贷，哪一个他不曾碰过？他甚至还学网上的老哥们干起了租机的勾当：头一回是一部容量128G的iPhone13，电子城里开价五千三，他忙不迭卖了。钱，要么赌光，要么用干净。那手机每个月的租金却仍是要还的。他便再租，再卖，再赌，赌到没有网贷再敢给他放款、没有平台再敢给他租iPhone。他一遍遍刷新手机页面，全是"审核不通过"的通知。而"友情贷"早就行不通了：老同学、老朋友们见了他，个个都如临大敌，其中有几个过去曾将钱借给过他的人，更是对他恨之入骨。

"又洗白咯！"

母亲的体己钱消失不见后，第二天下午，在网吧里，对常见的那几张熟面孔，他故作镇定地说。别人问："多少，老哥？"他嗤笑一下，挪动鼠标打开游戏页面，一边漫不经心地晃了晃两个指头。"还是老哥有钱，洗白两个也面不改色。"另一人捧场道。他听了，心里受用得很，输了那么些钱似乎也没那么肉痛了。一挥手，他把网管招来，干脆大方地请那二人各来一碗康师傅，外加一瓶矿泉水。

在家里，他却不那么威风。万幸的是，对于老妈塞给他的交通费，妻子一无所知，不然肯定还得闹。但那婆娘也放过话，说绝不动自己的存款——钱是要存着给儿子上学的。他如果有事，就自己想办法带全家回去过年；没本事，一家人留在原地，除夕夜吃空气、喝西北风，她也全然不在乎。

然而他骑虎难下。微信里，妈妈每天发语音，询问他买了哪一班火车票，好让表舅去车站接人。前两年，他尚能以疫情为借口不归家过年。可现如今，他还能找什么理由呢？难不成厚着脸皮再借上一笔？他探了探表舅的态度，对方不置可否，显然没有掏腰包的意思。

他走投无路，但人却不怎么觉得沮丧——走投无路，他也不是一天两天了。

网吧，他去的次数渐渐少了。家里边角翻找出来的零钱供不起网吧的开销。一天的网费、烟费、饭和水，林林总总，加起来起码一百。有这钱，还不如去跟庄家再斗上一斗。况且那些个游戏——传奇、英雄联盟、吃鸡——曾经他那样热爱、通宵达旦地玩，如今只是多看一眼就会犯恶心。还有网吧的环境：烟头泡在方便面桶里，浮在半透明的酱汤上，慢慢吸足了水、胀大成了虫。内壁起雾的矿泉水瓶、二手烟、开水烫在方便面上油腻腻的香味儿、电竞椅挥之不去的脚臭，吆喝、谩骂、公放抖音视频中男人女人咯咯咯的罐头笑声。他老了，或者说，起码不年轻了，没余下多少热血供他挥霍在昼夜颠倒的世界里。

所以，他决定在家睡大觉。睡觉不费钱也不费神，一切交付给周公。美中不足的是，儿子最近开始放寒假，家中多了一双审视他、窥探他的眼睛。午饭，孩子他妈定时赶回来做一顿热的，但他通常会躲在卧室里，等人离家上班了，再钻出房门、徒手去抓冰箱里的冷菜冷饭。为了这个，他搞坏了自己的胃，消化的时候老犯肚子痛。

有时候，他干脆不吃不喝，就这么躺着，任由儿子在外头瞎胡闹。这是他做白日梦的时刻，也是他绝望、忏悔、恢复平静又重陷绝望的轮回炼狱。有时候，他输狠了，实在睡不着、躺不下，便跪在床头，用手掌猛抽自己耳光。有时候，他小赢一笔，高兴得手舞足蹈，接着一把拉上儿子出去"吃一顿好的"，通常是肯德基、麦当劳这类快餐。

有时候，对着满脸晦气的妻子，他会思考老半天：当时如果真离了婚、把房子挂在小孩名下，他们还会沦落到这步田地吗？他回忆起债务第一次爆发的那一年，父母从老家赶来，对着儿媳妇又是下跪又是磕头，"君君不能没有爸爸啊！"妈妈抱着她的腿哀求。哭号声震天动地，但他仍是察觉到了邻居徘徊在门外偷听的动静。她那会儿心软低了头，事后好面子，拉不下脸反悔，两个人到底没去民政局一拍两散，可她同样没帮上什么忙！他愤愤不平地想。钱，她不给；债，她当然不分担，天天只知道哄儿子，或是跟朋友一起去逛街唱K，回家后依旧对他板着脸，死人一样。

但他就要走运了。他感觉得到：一种令人汗毛倒竖的雀跃感，流淌在他的血管里。

电话另一头，老刘亲口说过要带他转运——那样铿锵有力的保证，容不得他质疑。

老刘是北方人，壮硕高大得像一座山，也不知道是吃了家里多少斤的米面才能长成这样魁梧的身材。这家伙性格爽利、为人干脆，连走路的步子都比旁人更坚决些。前两年被公司开除后，他再难找到正常的工作，便进厂里"拧螺丝"。宿舍内住他上铺的就是老刘。当时刚进去没几天，他坐牢一般不自在，半夜，躺在窄而硬的床板上翻来覆去，愣是睡不着。老刘在床沿垂下一只手，抓着个烟盒晃了晃说，哥们儿第一次进厂吧？别慌，抽一根定定神。两个人就此成了好兄弟。

老刘也结过婚，没几年就离了。女方不要孩子，男方养不起孩子，孩子便留给了乡下的爷爷奶奶。孩子的照片，老刘身上没有，从各处搜罗来的各式香烟倒是很多。老刘喜欢捧着个烟盒四处请人抽一口，要是哪天兜里有钱，还得跟兄弟们一起喝点小酒、吃点小菜，吹嘘一下七年前靠一场世界杯球赛赢回一辆雅阁的光辉事迹。"玩时时彩、百家乐，我能从五百打到十七个，"蹲在酒瓶丛中，老刘说，"也能一把洗白二十个。一上头，什么都没了。"

"死死彩、百家哭！"

虽说和老刘一起混，他感到十分自在——老刘欠下的债，可比他厉害多了，不还照样吃香喝辣吗——他并没能在厂里待太久。累、钱不多，人不是人，是流水带、机械臂，碰上夜班更是折磨。何况大家总说进厂老老实实打工，就一定会有上岸的曙光，可他倒好，吃个盒饭、蹲个厕所、睡个觉，皆成了他玩上一把的时机。工资刚发到银行卡，他刚收到短信提示、摸出手机、低头看上一眼，钱就没了，蒸发了，连一点灰烬、一片黑影和一道白烟都见不着。他自己也不知道是怎么一回事。

洗白，他就是个废人；红了，他不舍得好手气。工厂内，周而复始的复赌、戒赌，复赌、戒赌，他昼夜颠倒的梦里全是牌局和数字，精神吃不消了。

从工厂出来，他一分钱没赚回家，甚至还倒欠几个狐朋狗友些许饭费。他没脸再去找工作，又心疼自己吃不好睡不香、瘦了五六斤，便再度开始靠借钱度日，一直鬼混到现在——快到大年三十了。

前两天，他买了一只烧鸡，用塑料袋一兜，就急忙忙跑去找老刘饮酒叙旧。到地方了，老刘却不让他上楼，说家中太乱不能见客，他暗暗好笑，怀疑老刘是在房间里藏了个女人。居民楼下的自行车棚旁立着桌椅，是被扔下楼、任由收破烂的人随意处置的旧家具，正好方便了他俩。老刘拿出一张纸巾，煞有介事地擦了擦桌上的灰，再擦了擦木板凳。当时是下午两点，住客们要么在上班，要么是孤僻不下楼的老人，除了两三个脏兮兮的孩子，放了假，嘻嘻哈哈在大门附近奔跑玩耍，周遭没有旁人。

二人对坐，不知为何，竟半晌没说话。他被老刘的严肃表情给镇住了。寒风穿过大门洞开的楼道口，直往他脸上扑，对此他毫无察觉。"来，先喝几口暖暖。"老刘最后憋出这么句话，一边把两排罐装啤酒拎上台面。青岛啤酒，配上一包还没拆封的泡椒凤爪，和他带去的烧鸡，算是极丰盛了。他们没餐具，开了啤酒后，干脆徒手去撕扯骨架上的肉。两只野猫在杂草丛中现身，朝他们缓缓踱过来，走走停停。白色，透着股脏兮兮的灰。它俩停在几步开外，蹲坐着，对二人手里的吃食虎视眈眈。

"去！"老刘朝猫的方位用力一跺脚，见它们四下逃窜还不够，又往地上啐了一口，"畜生！"

猫跑开了，那惨烈的嚎叫，听得他浑身不自在。"你吃枪药了啊？"他笑道，"这两天谁得罪你了？"

老刘摇摇头，只将塑料袋里的烧鸡朝他推了推，手用裤腿擦干净，再掏出香烟和打火机，也没请他拿一根，自顾自地抽起了闷烟。

这一下，搞得他心神更不安宁，眼珠子就四下乱瞟，算是给自己找点事做，消解尴尬。冬天的小区，围墙旁稀稀拉拉的高树，叶子早已掉了个干净，徒留干瘦的枯枝在空中晃荡。一切都是光秃秃的。一排排七层高的老旧楼房，墙面一部分是新补上的漆，一部分是深褐色的里子。水泥地，道路边缘用粉笔画下的黄圈和白圈，圈内还粘连着些许纸钱灰烬尚未散尽。自行车棚，里面全是锈铁，车辐辘、车架和车把手缠绕在一块儿，像是个什么半风干的动物尸体，被捕食者撕咬得七零八落。

确实是安静的，这样一个年老的小区。只有远处孩子尖细的笑声，顺着尘土往四面八方散去。冬天的太阳，它的光被云层稀释了，阴郁地垂在空荡荡的大地上。他坐着、吃着、看着，不知怎么的，忽然觉着自己实则是身处在无垠旷野之中。

一种庞大的、悬浮在旷野之上的虚无吞没了他。去电子厂上夜班的途中，他一度也曾目睹过同样的旷野。凌晨时分的大马路，浓雾被聚光灯照得发白，公交站长长的人蛇就隐在此浓雾中。朝着车站，他前进，与人流步调一致，正如传送带将零件送向该去的地方。人人皆是面容模糊的，唯身上四件套清晰无比：黑冬衣、白口罩、保温杯、塑料袋。因为沉默，没有话语的人与黑色的天幕连成了一片。便是置身于这广袤的人群里，他融化、冷却、凝结成了浓雾的一颗水滴。

　　他并不明白这样的感觉由何而来，甚至这感觉对他而言是不可名状的。他看见老刘抽起第二根烟，烟头上的微火将灭未灭。他盯着那零星一点火光，和它背后无言的嘴唇。白烟被吐出，急速上涌，又突然凝在半空中，被风打散了。他继续咀嚼鸡肉，肉在他口中咸得发涩，硬得又好似柴火，但他慢慢用后槽牙将它们磨碎、吞咽下肚。他吃啊、喝啊，沉醉在酒的苦辣与甘甜里，心中的忐忑逐渐褪去，取而代之的是空洞的平和感。"哎，真不错，"他开了第二罐啤酒，说，"好久没这么尽兴了。"

　　这句话似乎惊醒了老刘。这人掐灭了烟，端着易拉罐站起身，半鞠躬一般要凑过来与他碰杯。此类动作放在等闲酒桌上算是常见，在这一张摇摇欲坠的待回收的破烂餐桌上，就显得很是滑稽了。饶是如此，他还是十分有眼力见儿地跟着一块儿站起来，干杯，喝了一大口！

　　"老弟啊，"老刘拍拍他的肩膀，"你是个好的——你，是这个！"他竖起大拇指，然后又继续道，"你是最讲义气的——好人！"

　　"唉，就是——就是这世道，这狗屁世道。好人被人欺！"老刘骂了一句脏话，"好人，穷，活该被欺辱、被压死！"

"一分钱难倒英雄汉……要不是咱们穷，哪来的胆子去跟狗庄搏！富贵险中求……"

他不搭茬儿，扭头左右看看。在这露天无遮盖的地方，说着如此无遮拦的话，就仿佛被当众扒了衣服一样，叫他感到怪窘迫的。这边厢，老刘仍絮叨不停，已开始讲起自己当年从赌神惨痛堕落成赌狗的经历，全是老生常谈了。"……别的老哥跟我说翻倍打法能赢钱。我就从五百开始，一路压，眼睛都不眨，压到八万了，它愣是不给我中……"

最后总结经验教训："就不该只在一个平台上投，它们杀熟，把人养肥了当猪宰！"

末了，老刘又来了一句："老弟，你现在还欠了多少？"

他疑心对方喝醉了，但仍掰手指随便算了个账。"三十万吧。"他含含糊糊地回答，实则没底。他已经许久没有计算过债务了。本金、利息、罚息、逾期通知、律师函，他将它们全部埋在了胸膛深处、不做理会。他现在只等哪天出个什么意外，或是跑回老家、一路躺下去，睡到人死债消。

"左右三十来万。"他心虚地补充道。

"三十万，也就三十万，三十万就能把好人压得翻不了身。"对方叹息道，"那些个有钱的老板、生意佬，指缝漏出来的饭渣子，都不止三十万……"

老刘点了第三根烟。这一回，他抽得很凶。火苗燃得热烈，急促地焚烧着纸与烟草，不一会儿工夫就烧到了指头。"老弟，"他把烟头摁在桌上，似是下了什么决心，"跟你说实话，我这次找你，是因为你是我弟——咱俩的交情，顶得上亲兄弟！"

"我知道你这人，仗义，热心肠，是个顶天立地的大老爷们儿。有什么好事，我都不能忘了你！"他一拍胸口，两只眼睛瞪得老圆，粗眉毛恶狠狠地蹙起来，一脸凶相。"我呢，我！别的没有，最讲义气！"

说完这话，老刘停下来，猛灌一大口啤酒，易拉罐喝空了，就往旁边一丢，打了个嗝，手背擦擦嘴角，然后才挪了挪屁股下的板凳，手指朝他勾了勾，示意他把脸凑过去，嗓音忽地压得又低又轻，近乎成了气音，绒毛一样撒在他耳朵上："我跟你说——我找你，是因为我有个上岸的法子。"

老刘的法子，乍一听上去荒谬得很。独自归家的路上，他将这个办法翻来覆去地琢磨。初时还暗自窃笑，"老刘疯啦！"刚挤入下班高峰的地铁时，他还在心中念叨，"这种事情——他怎么敢！"然而，想到这个"敢"的时候，他的身体不由自主地哆嗦了一下，惹得旁边的姑娘瞟了他一眼，随后不屑地别过脸去。他没有反应，仍兀自沉浸在自己的思绪里，"老刘……刘大胆！"他记起了老刘的另一个外号，"……没钱了，我睡大街，睡桥底下，睡公园里。三更半夜，什么牛鬼蛇神我没见过？"老刘那会儿在宿舍里吹牛，讲从前各式各样闻所未闻的奇遇，以及种种偷鸡摸狗的肮脏行当，听得几个人睁大了眼睛。"瞧这儿，"老刘扯开衣领，指着一道肿胀的红疤，"之前吃夜宵，一哥们儿喝醉了，用啤酒瓶给我扎的，嘿我这暴脾气，当场给他脑袋砸开花！"

"兄弟，"就在刚才，就着尼古丁昏茫茫的温热香气，老刘低声对他说，"我楼上住了个老板，我都打听清楚了，这人——有钱！"

生意兴隆的小酒吧老板，每日的营收随身带回住处，月末才存到银行去。可惜手机支付太流行了，老刘解释道，不然肯定会有更多的现金。当然，作为东山再起的本钱，已是绰绰有余。"咱们去借，借他一笔大的，然后网上开七八个平台，每个平台都见好就收，一到二十几万马上提现。这不就两百万轻松到手了？到时候还钱上岸，还能做个小买卖，安安稳稳过日子，一辈子不算白活！"

"借？"他问，"不认识的人，他肯借钱给我？"

老刘嗤笑一声，抬手做了个抹脖子的动作。"怎么不肯？有钱人谁不惜命？黑灯瞎火，一把刀按他脖子上比画比画，直接吓失禁！这种人我见得多了，胆小怕事。能拿钱消灾，他巴不得！"

地铁，他差点儿坐过站。踩着众人的脚，他挤了出去，一离开车厢，便觉浑身自在了许多。"疯啦？疯啦！人家找警察咋办，"他自言自语道，"抓了，要坐牢的。"

"可老刘说了，那酒吧不干净，什么乱七八糟的东西都有。只要老刘提一嘴，他肯定不敢报警！"

刷票出站的时候，他又对自己说："老刘——老刘是个胆儿大的，刘大胆！"

到了租屋楼下，他立在楼道里顶着风口抽烟，眼睛熏得直流眼泪："干不干？"

回家，他蒙头睡了两天大觉，净梦见刀子和血。半夜，他被枕边人推醒。妻子说他在讲梦话，胡言乱语地喊叫。她听不出内容。

白天，他照旧无所事事。老刘给他发微信。后天是小年夜，黄道吉日，老刘叫他晚上九点前到地方，他回了个表情包，马上把手机抛进被子，不敢再看。

他想起了妈妈给的两千块钱。但凡剩了几百没赌干净，他现在一定买一张火车票逃回家去。

厨房的水果刀，他拎在手上，掂了掂分量，再用力握紧刀柄，指关节都发白了。

儿子仍在写作业，但时不时朝他偷瞄一眼，手上翻页的动作很慢，显然是在开小差。他来回踱步，冷得打哆嗦，裤腿盖过脚背，时不时被绞进拖鞋鞋底，差点儿叫他绊上一跤，他半点反应也没有，照样背着手在屋里走来走去。

临近年关，讨钱的催收们纷纷加剧攻势。谁不想过个肥年？真是一帮畜生！晚上七点，不过吃一顿饭的工夫，就有几拨人锲而不舍地给他打电话，逼得他开了飞行模式，眼不见心不烦。

"年夜饭还吃白菜猪肉？"妻子问，"超市真够贪的，速冻饺子全涨价了。"

他咽下一口汤，紫菜蛋花汤，透明得跟白开水似的，淡出个鸟来，擦擦嘴。"妈让咱们回老家过年，"他答道，"说好久没见孙子了，怪想的。"

她不接话，懒得理会。之前为了这个，夫妻俩吵过多少回了。没钱，全是白搭。

"过两天买票。"他听见自己说，"你请个假，置些年货。今年咱们早点儿回去，我妈肯定高兴。"

不等对方开口，他又补了一句，斩钉截铁："钱我会有，到时候给你。"

他伸手摸了摸儿子的头，满怀柔情，突然成了天地间最爱孩子的父亲。刀藏在外套口袋里，木质的柄被焐得温热。对于妻子接踵而来的风凉话，他充耳不闻。只有心脏，在他的太阳穴、手掌、胸膛内强有力地跳动着。自开始欠债以来便萦绕其身的绵绵睡意，因着这颗心脏的复苏，终于就要消散了。仿佛有人打开了一扇窗户，新点亮了一盏灯。仿佛他眼球表面有一层朦胧的膜在逐渐化开。仿佛他之前是在冬眠，现在总算醒了过来。世界重现生机——三年前，在他赢到三十万的那个晚上，世界便是如此可爱的——他有了指望，不再需要躲进床榻，以此遮掩自己有愧的脸和心。

当晚，他早早躺下，为的是养精蓄锐。窗户关不紧，夜风由缝隙钻进来，吹得他鼻尖发凉。远方是风的呼啸，近处是座钟秒针的震荡，此二种声音交织，更显屋中寂静。而寂静将决心交付与他——那是舞台剧演员上场前同样能感受到的庄严的决心。

他握拳，放在胸口，郑重地闭上眼睛，慢慢睡着了。

春的答复

　　此时她已踏入了三十岁的人生大关，用姨父的话来形容，便是"花期已尽"。这句俗气且残酷的评语并没有叫她觉着羞恼——或许是因为她仅是一项守恒钟摆运动，于两房一厅的私人住宅和高耸入云的友邦广场间循环往复、永不停歇，犹如考试卷上一道干巴巴的物理应用题；或许是因为她过早地遗忘了青春（一个梦幻的、从未被真正拥有过的青春）：半露天走廊里的窃窃私语、汗臭、胆怯却不乏渴望的眼神、睡意蒙眬的一个吻，以及学校天台水泥地上仍留有余温的香烟头。

　　又或许，她其实压根儿没听清别人在说什么。那些事关婚姻与生育的疑问、轻飘飘的打量、孤独终老的预言与诅咒，它们淌过笨重的白瓷盘，还未到达目的地，就已经流逝在了清脆的碰杯声里。总而言之，于嘈杂、湿润、光线刺眼的酒楼家庭聚餐上，在幼童的尖叫与哭闹包围下，她坦然地注视着表兄妹的孩子们，双手文雅地搭着雪白桌布，面部长时间维持一种没有焦点的微笑，就像会议桌上半梦半醒的边缘角色。

　　她时常是半梦半醒着的（起码在旁人看来）。眼睛既不深邃也不凸起，稍嫌太小又欠缺保养，眼角浮起几道皱纹，长时间维持着虚焦状态，很容易使人联想到手机背后擦不干净的玻璃镜头；嘴角朝上，法令纹左右对称，昭示着肉体的干涸和衰竭；肤色不够白，也没有日晒充足后甜蜜的焦糖色，而是泛着无精打采的黄，正如衣柜深处的陈年白衬衫。

她的沉默总叫人略感不适，这大概是从前诸多相亲与约会皆悉数失败的原因之一。

那些从父亲的办公室里拖着沉重脚步挪入茶餐厅的小职员，那些被姨妈、表姑怂恿着穿上锃亮黑皮鞋的大学生，那些在微信对话框里徘徊不定最终失去踪迹的陌生人，还有那些在本地独立书店讲座或现代艺术展上侃侃而谈、自命不凡的画家、诗人、学者、话剧演员，业余、粗粝、不乏才华也同样欠缺天赋。

于活动结束后的酒吧小酌间歇，戴着半旧不新的鸭舌帽，他们抬起疲惫的双眼，朝她投去若有所思的视线，口中还在咀嚼烤串（被微波炉草草加热，干而无味），手指则虚握着半空的啤酒瓶，仿佛那就是他们日复一日竭力挣扎的阳具。

偶有夜不归宿的日子。一些幽会，对象通常是某个不同部门的男同事，在提前半个月订好的特价酒店房间里。浴缸和落地窗、地毯里挥之不去的香烟味、不知所云的油画装饰、喝了一半沦为烟灰缸的可乐罐，微凉的白床单被床头灯照出一种肮脏的昏黄色，她开始发福的身体半被掩埋、半暴露在外。正是一具为随葬而烧成的陶俑，还未得到应有的爱抚，就已被遗弃在泥土深处的寝宫之中。

窗帘通常是要拉严实的，但也有拢不紧的时刻，似乎他们暗地里需要从现实中借得一点安慰，以此弥补爱情不在场的缺憾。夜色便趁机透了进来，闯入一个不该有白天黑夜之分的没有时间的欲望的腹地（和赌场一样，酒店用人造光与隔音墙再造了一个个小小的世外之地）。渗着霓虹灯的光，夜晚是浑浊的。它悬浮在中央空调的冷风里，包裹着床上那场正在发生的仓促交媾，如同羊水包裹着赤裸的胎儿。

结束后，她懒得洗澡，仍躺在原处，面朝外侧。身后，情人微微打着鼾，枕边的手机还在播放抖音视频。这些天来，对方老是一沾枕头就睡过去了，因为疲惫，也是因为想不出要和她说什么话。而她既不是睡着，同样不是醒着。空气中弥漫着石楠花的腥味，让她想起了大学时代的春天。躁动的、熏人的春天，飘浮着柳絮和尘土的春天。那时她是话剧社的活跃社员之一，在舞台上演过对生活一无所知的少女，也演过生活出卖肉体的妇人。演技不怎么样，成绩下降了不少，但那股春意已经生在了她的骨头缝里，所以她继续演了下去。她想起了草草装订好的剧本、击打耳膜的心跳，还有上台前的腹式呼吸：松弛的肚皮因为吸气的动作逐渐绷紧。那是她的第一个导演教会她的。他说声音要从腹部出去，而不是喉咙，不然坐在后排的观众会听不清台词。她想起了那位个头不高、语速极快的导演：演出结束后，在 KTV 包厢的酒瓶丛中，他把脑袋枕在她的肚子上，像是在听着什么、等待着什么。过了气的粤语歌、跌落于潮湿地板消失不见的骰子、只剩下汁水的果盘、屏幕上逐字逐句亮起的歌词——什么也没发生。第二年他毕了业，跑去做了销售顾问，倒也是在意料之中：在大学里，他学的是商科。

她躺在床上，就想着这些。甚至于不是想着，而是再经历一回。她的寿命比任何人都要长，因为在脑海里，她一而再，再而三地重复着过去的日子，正如小孩子重复地去读同一个童话故事、看同一本绘本。也就是说，她不是在重温过去的喜悦（因为那里并不存在着什么喜悦），而是从重复中得到平静。这和临死前的走马灯可能是同一个道理。

如此这般的重复于她而言很是常见：在一家三口寂静无声的晚饭桌对面，香港无线新闻台也是这样重复地播放着家具、房地产和借贷广告。一整年下来，有些新的广告插了进来，有些旧的广告退了出去，不过万变不离其宗，卖的商品、代言的明星和提供的服务，都没什么太大的区别。它们被新闻里欧亚大陆的战火灼烧着，融解复又凝固，成了一团难解难分的半固态胶状物：纱窗随风扬起，年轻夫妇偎依于意大利皮质长沙发的怀中，新生儿躺在德国榉木婴儿床上。油漆未干的新屋宽敞明亮——英国的油漆——这新屋是他们靠背负贷款换来的安乐窝，也是下一次向银行或来路不明的金融公司借钱时备受瞩目的抵押品。

现代都市人美好生活的娃娃屋剖面。不消说，与她毫无瓜葛，可她却爱看，看得津津有味。

她喜欢观看掺了人工香精的生活切片——观看，即是保持距离。比如仿琥珀的赛璐珞项链、安迪沃霍尔的印刷海报，以及独立书店橘黄灯光下的黑胶唱片。既是色彩斑斓的视觉毒品，也是社会地位安稳的参照物，观看它们的感觉就像是吃麦当劳一样，是对味蕾的刺激，同时亦符合心理上的预期。同理，她也喜欢新八佰伴一楼化妆品专柜旁精致漂亮的售货小姐们。她喜欢她们紧贴腰肢的制服、微蹙的双眉与年轻气盛的气质。她们同样部分地属于商品。诚然，她从未在四周镶嵌了灯泡的水银镜前逗留过、任由一双双纤纤玉手往脸上涂抹遮瑕霜、阴影和腮红：摩西渡过红海，她则是穿过死物的海洋，径直走向扶手电梯，然后向上、向上，直到踏进七楼的超级市场。在这过程中，她对身边的事物仿佛浑然不觉，然而视线却是涣散的，从眼球表层向四面八方辐射开，捕捉着她感兴趣的一切：

挂在扶手电梯旁墙壁上厚重的镀金镜框；

玻璃柜里沉甸甸的 Zippo 打火机；

柔软、干净的毛绒玩偶（它们的下半身是擦手毛巾，就像人鱼一样），堆在漆味未散的藤篮中；

包裹衣物的淡灰蜡纸，于经验老到的售货员手里沙沙作响；

等等等等。

她有朋友，多是泛泛之交。她们当然不能理解她对这类事物只停留于观赏层面的热爱——中学时期遗留至今的两位老同学、一名只在凌晨三点向她倾吐苦痛心声的网友（恋爱、抑郁症和暴饮暴食，一个陈腔滥调的死循环）、在外地的几个大学室友，以及最近刚联系上的旧同事 Kathy——

一位不招女人喜欢的女人，在新环境里搭不上新的知己，便杀了个回马枪，十分果断地痴缠上了她；前年考上公务员，大概快要结婚了；未婚夫也是公务员，于人前露过两次面。一次是在 Kathy 的二十五岁生日烧烤聚会上。他穿得像是个设计师，一身棉麻，头上戴了一顶软毡帽，站在木麻黄树荫里一脸的郁郁寡欢；一次是周日的下午茶，永利酒店的咖啡苑，可以瞧见内庭花园与泳池的好座位。他来作陪了一会儿。隔着鸟笼形状的点心架子，她看不大清楚对方的表情，只能听见对面情侣俩冷战时震耳欲聋的沉默。他什么也没吃，光顾着晃荡冷饮里稀里哗啦的碎冰块；前脚刚走，Kathy 后脚就哭了。

Kathy 经常是要约她出门的。说不上来是惧怕寂寞，还是爱慕虚荣。试衣服、饮下午茶、看电影、去海边野餐、探索新开的网红店，然而其注意力永远只在手机上。有太多的小玩意儿要买，有太多的综艺要看，有太多的照片需要被美白、祛痘、拉长、缩小。贴了碎钻假甲片的十指在屏幕上晃动，修长的四肢缠绕着木制咖啡桌，这类画面总会让她幻想出一只得了白化病的盲蛛：

在白色丝网上跃动的白色躯体。白色的手，白色的脸，白色的脚踝。白手帕，白衣领，白耳机。

夜间动物，眼盲耳聪，从百货商场到应允来宾用闪光灯自拍的多媒体展览，栖息在每一个精心雕琢的小角落里。现代时髦女性的总和、典范和巅峰。无所畏惧，除了爱情的挫折——连那点挫折也是无伤大雅的、可爱的，年轻的生命里不可或缺的调剂品……

她离不了这种被人造琥珀包裹着的西洋景。Kathy 也迫切地需要她：她的平庸、她的顺从和她的寡言少语。

四月，澳门终于是宜人的了。街道被阳光洗净。风吹散了冬天的阴冷和湿气。车流、商铺的通风管道与学校运动场上的哨声，它们是这座小城的轰鸣、它活过来的迹象。人们露出了胳膊，走路时不再缩着脑袋躲避凄风苦雨。热天还在前头，还在可见却也遥远的地平线上。像一只蜥蜴试探性地吐出舌头又迅速缩了回去，酷暑短暂地触碰着石砖与树叶锯齿状的边缘，行人只会在额头上渗出几点薄汗。城市，这座喧嚣中犹如钟乳石般缓慢扩张的峡谷（宛如一颗蛀牙上恶臭的龋洞），每一个行走其中的人都能感觉到（但未必意识得到）它逐渐增快的脉搏。

新一年的生机带来了同等分量的兴奋和恐惧。几个月来头一回，于下班的路上，她被唤醒了。在摩肩接踵的游客群中，滑过耳边的交谈声、车轮胎的摩擦声和沿街金铺门口员工的哈欠声，是这些声音将她拉出了水面。

回家太早，漫步却也太迟。街上已经点了灯，霞光仍残存于楼厦缝隙深处。既像是来自海上又像是由树丛中诞生的清风温柔地拂过人群。南湾湖在夜色里暗了下去，岸上的人只能看见独木舟划过影影绰绰的湖面。倚着湖边骑楼走廊的栏杆，她眺望了片刻，朝向西南方向，即湖心岛喷泉和落日的方位。良久，她感到不耐烦了，也觉着不满足，因为看来看去，她并不能从眼前的景色里总结出什么特别的东西。一颗空荡荡的心脏置身于空荡荡的自然之中；一具笨重的躯壳，深深陷进了水泥地里，她再一次感受到了自己身上的愚钝（她自幼以来就无法摆脱的根深蒂固的特质）。那不得其门而入的焦灼感……

家里不待她坐下便已开了饭。照例是三个饭碗围着一荤一素两道菜：蒸鱼的鱼皮粘在了瓷盘边缘，清炒时蔬火候过了头。浅灰和淡绿，贫瘠得使人不忍多看。

饭后，母亲朝她努努嘴，她就在沙发上坐下，双手埋进金银纸堆，叠起了元宝。元宝么，买现成的虽然方便，可不够诚心——母亲每年清明节前都这么说，顺理成章省下一点不值一提的零钱。

……山一样堆积在茶几上的元宝，烧给外公外婆，烧给爷爷奶奶，烧给几个快要记不起名字、不幸早逝的旧相识，也烧给生活在内地刚刚去世的小姨婆。铁桶歇在脚边，内里熏得黑不溜秋的，即一张等着吞食冥币的死人的嘴。她挪动小腿，小心翼翼避开了它。一旁的母亲又开始讲起了小姨婆的事迹：年轻时没考大学，进工厂做女工，爱上了有老婆孩子的车间主任——对方好巧不巧，又是优柔寡断的性格。小姨婆为此不惜和娘家人闹翻，搬进集体宿舍。因着"破坏他人婚姻"的道德污点，升不了职，分不到房，结不了婚。多少难堪、多少纠葛、多少怨憎……一个不幸的女人。长辈们说起小姨婆，总会用那种语气、那种用词、那种深感厌烦的惋惜口吻——茶余饭后的谈资，翻来覆去的旧话题。等人老了也就无事了。退休，靠积蓄杳无音信地活着，直到上个月煤气公司上门催收，这才发现她已死去多时。报警、运尸、火化、海葬。一块反骨沉入海底，就此消失殆尽——不幸的女人啊！母亲沉浸在陈腔滥调的感慨里，兴奋得嗓音都在发颤：

多么不幸。没有老公，没有小孩，没有陪伴也没有传承，做了鬼还得靠平时不来往的亲戚烧纸钱救济。

她知道母亲为什么喜欢这则寓言。对于尚未成家的女儿而言，它是个教训；对于辛苦操劳了大半辈子的母亲来说，它是个安慰。现在，寓言有了个正儿八经的结局，讲起来就更称心如意了。她便点头，手上动作不停（你大可以说，她是在殷勤准备着主人公应得的报酬），但心里其实分不清那教训究竟是什么——是要嫁人，要生子，要子孙后代逢年过节都不忘在自己的肖像照前上一炷香，还是不要去爱，不要去恨，不要纵身跃入使人精神失常的火堆之中。

可能两者皆是。

她站起身，跨过铁桶（有那么一瞬间，她未曾生育的下体正对着那张即将燃烧的圆嘴），挪进厨房好煮一壶开水。她渴了，鼻子发痒，掌心灰扑扑的，浮了一层金银纸的红金色粉末，难以洗净。她回忆起小时候参加的中式婚礼，新娘子的面颊与眼睑同样浮着这层华彩。纸钱糊在喜宴的女主人脸上，于宴会厅灯下闪闪发亮，于是她不可避免地又想到了小姨婆。

封面是雷峰塔的泛着霉味儿的黑白家庭相册的角落里，一张单人照。不到二十岁的年轻姑娘，面孔微微朝上，厚嘴唇略显粗鄙，眼睛凝视着镜头右侧，粗辫子斜在身后。和她一样，算不上丑陋，更算不上漂亮。她懒洋洋地想，一个什么都没有的人，孤零零地活着，又孤零零地死了。取下脚上的拖鞋，她追打起水槽旁的一只蟑螂。红褐色的外壳，棕黄的斑点，一节小拇指的大小，被她击成一摊肉泥。广告单页的一个小角就是它的裹尸布，垃圾桶即为它的坟场。她开窗，楼下羊肉火锅店的膻味儿顺势涌了进来。俗世的香气，平白吊起楼上居民们的胃口。街对面娱乐场外墙的灯恍惚照亮了她的脸。她探出上半身，注视着当铺密密麻麻的霓虹招牌、桑拿浴后门口抽烟闲聊的男人们，还有远处的新葡京酒店：一把倒悬的宝剑，光芒万丈，连夜空也为之变色。

生死对这世界全无意义的年轻女工，和同样无意义的害虫，她思索着两者间的联系，一边轻轻哼起了情歌。

手机在蟑螂的游乐场里振动。Kathy 给她发了微信，提醒她这周末的约定——

她（他们）买了话剧票。演出就在旧法院的黑盒剧场，离她家近得很。这仍是 Kathy 的主意，她为此还特地空出半个下午的光阴来梳妆打扮，甚至一周前就谋划好了当晚衣着的搭配。毫不稀奇，因为看演出的人本身也是演出的一部分，正是在这合法的、理直气壮的窥探之中，观看者才愿意承认：自己原来也是渴望被人偷窥的。星期六，无所事事的晴天，于Kathy 狭窄的卧房里（犹如甲板之下幽暗的船舱），她半坐在床沿、半依靠着双腿悬空臀部以上的身体，依着对方的愿望，目不转睛地观察起镜前的女人。那是幕布背后的准备阶段：

腮红刷通体橘黄，在颧骨上轻柔地转着圈儿，扑出淡淡的血色。LED 灯围着镜框亮着白光。粉尘，打着旋儿，从半空中缓缓下落，应当是胭脂，混在粉底液与香水刺鼻的芬芳里，无疑即将沉入她们的肺部、由内到外装饰起她们的身体。

为了打破这漫长得叫人无法忍受的瞬间，她问起晚上演出的内容。

女人丢下刷子——静默的表演被中断了。凑近镜子，Kathy 仔细端详了一会儿自己的脸，随后做了个不耐烦的手势，似乎是在责怪对方问了个不得体的问题：

"好像是个爱情故事，我记不清了。"

想了想，她又补充道："一个朋友推荐的，叫我去支持一下本地剧团……"

说完这话，仿佛是觉得已经尽了什么义务似的，她站起身，开始抚平裙摆上的褶皱。桌上，瓶瓶罐罐深处，手机兀自响动，在玻璃丛中激荡出震天动地的波纹，但Kathy不做理会，仍专注地欣赏着镜面里自己的身段。

"肯定是阿龙打来的，催我们呢。"她噘着嘴，手上拈起唇线笔，"——你倒是帮忙接一下！"

来电的确实是她的男友。发现不是Kathy接电话，他的态度便缓和了许多。两人悄声说话时，Kathy正忙着往嘴唇上敷一层黏稠唇蜜。她就一边偷看，一边和阿龙闲谈：他提醒她晚上可能会下雨，接着——正如Kathy所料——要她们快点出门，因为之前约好会在翠华吃饭（是星际酒店三楼的那家翠华餐厅，漂亮的门面，有些旧了，里头戴着金项链的赌客和拖家带口的本地人混成一堆）。时间卡得很紧，他说，更何况在黄金时分，一个人是很难独占三人的空位的。

她知道后者才是他焦虑的真正原因，闻言，心里不由得生出些许怜惜之情。

在这之后，对话剩下的只有寒暄。如此寡淡、卡顿、晦涩，像一阵灰扑扑的雾，从听筒里钻出来，把她整个淹没了。然而阿龙不愿挂电话。他不停地讲啊讲啊，颠三倒四、毫无逻辑可言，几乎是胡言乱语，又因为含混不清，大半部分的内容都遗失在了无线电波里。她茫然地听着，连嗯嗯啊啊式的敷衍应对也做不到了，视网膜里只剩下那对红肿的、血淋淋的嘴唇。

中途他问道："有什么想点的菜？"

想了想，他又补充道："上次叫的叉烧饭不错。"

她抬头一看：镜子里的嘴唇消失了，剩下一双眼睛，比从前明亮，但含着怒气，直直地望着她；一双手，照旧是美的，向她伸过去；一把嗓子，忽地变得沙哑，朝她下了命令：

"你把手机还给我……"

八点钟开始的演出。吃完饭（一顿多么无趣的饭！菜单和人一样，一年到头都没多少变化），三个人尴尴尬尬并作一排，往旧法院的方向走去，拦住了不少在他们身后企图"超车"的行人。口罩蒙着脸，她悄悄把鼻子露出来，闻到了嫩叶酸涩的气味。顺着殷皇子大道，在葡文学校花纹繁复的深蓝瓷砖外墙下，一股风，席卷了雨的味道，宛如一条小溪，流经了她的身体。

这是一个难得的夜晚，她想，这是一个让人心生希望的夜晚。

她张开十指，再握紧双拳，似乎是要从这空无、湿润的夜晚里抓取出什么东西一般。

……她忽地感到难为情：没有化妆，脸上泛着油光，衣服半旧不新，鞋也沾满了灰。左肩挂着皱巴巴的帆布包，右手捏着矿泉水瓶。"看上去像是个要饭的。"她暗自说道，随即把塑料瓶塞回包中。一个落魄、蓬头垢面、枯干了的人——

她的视线避开了人行道旁的玻璃镜面，但眼角还是忍不住捕捉了此刻的影像：香槟色的水银镜，生了潮湿的斑纹，不祥地将人摄进去。今天，她同样扎了个麻花辫。三把长发，缠成一股，沉重地拉扯着头皮、敲打她的后背。这或许是个宣言，也可能是含蓄的招魂仪式，用以召唤出血液里的某种联结、母系亲缘关系中的世代流传之物……她意识到自己是在渴求着一些强烈的、高密度的、足以击溃她坚实外壳的——什么呢？

拐了个弯，新八佰伴出现在正前方（水泥柱子般敦实的方形大厦，已经永远摆脱不了它头衔里的那个"新"字了）。她突然话多了起来，仿佛那阵鼓起女人裙摆的风同样鼓起了她的魂魄。她知道他俩不曾在旧法院看过戏，便开始详细描述这栋建筑：它高大、空阔的走廊，灯光和墙壁皆是惨白，把人照得像鬼一样；它现如今黑不溜秋的剧场，观众席上摆着一排排折叠椅——坐得人腰酸背痛；它一楼年久失修、少有公众涉足的右翼：墙壁因着后天补漆的缘故，白得十分不均匀。一扇窗户，玻璃上陈列着裂痕，下半截用木板胡乱遮盖好，眯眼看去，能见到房间里面杂七杂八地堆着不祥的旧物。最后是天花板，破了个四方形的大洞，露出一条条钢筋，像一张竖着尖牙的血盆大口。

"还有那些导演、编剧：演出开场后，总要躲在最后一排、黑暗的角落里，悄没声地，一双双眼睛直往观众们的后脑勺上扫……要是发现有谁偷偷拿出手机看一眼时间——指不定心里会怎么想！"

另两人的反应却十分冷淡。Kathy 由鼻孔里轻哼了一声，说不清是附和还是嘲弄；被女友遮挡着，阿龙脸上的神情是看不清楚的。他只低声应了句"是么"，于是她剩下的话又吞回了肚子里，然而心跳仍未慢下去。天上下起了小雨，绵软得像白砂糖。她撑开伞骨，愈发听不清小情侣的声音了，只知道两人慢了半步，跟在她后头，打着同一把长柄伞……口罩仅盖过下巴，她用伞面遮掩着，以此避开行人审视的目光，那一张张没有表情的脸，没有面孔的脸，没有病菌的脸，雪白的脸……她深吸一口气。夜晚是美的，光这一点便足以补偿她所受到的冷遇了。透过雨幕，路灯将万物染成了金色。人、地砖、柏油马路、来来往往的私家车，以及英皇酒店招牌上那顶扁平的皇冠：流光溢彩，可到底有些陈腐、过了时，和现代格格不入的风格反倒成了它魅力之所在……一顶上个世纪的旧皇冠，那个时代的欲望纪念品，褪了色的假黄金。

"——好像快要倒闭了。"她身后，Kathy 在说话，模糊不清地，"赌场，英皇好像只关赌场。他们要留着酒店。"

她便想象出一个空茫的大厅（她毕竟不曾踏进过英皇）：墙面铺着红天鹅绒，绿色赌桌空无一物，纸牌烂在了地毯里，无人看护的水晶灯黯然失色，以及一座无形的钟——自然，现实中还在运作赌场是时间以外的，没有钟，没有表，没有太阳也没有月亮——那将会是一座庞大的时钟，每隔一小时便敲响一回。无人在场，无人见证，钟摆只为时间本身而摆动。

她的大脑胡乱地运转着，这是思想活跃起来的征兆。不过想法皆不清明。她听见阿龙应和道："关赌场，可见经济不好——也不知道多少人要失业了！"然而想必诸人心里并不为此觉着苦恼。就像在报纸上看到什么人跳楼自杀或是意外死了，嘴上总得简短哀悼几句一样。

……他们到得太早，仍有半小时的空余。旧法院大门洞开，灯光是死寂的白，对这场雨无动于衷。等候的人渐渐变得密集，多为花枝招展的小年轻，成双结对的，不是情侣就是好友。她抱起双臂，身体初时如同一尊缺胳膊少腿的石膏雕像，后来却开始微微战栗，即冻僵了的人回温时的典型反应。发丝与衣料上残留的雨滴被室内高温蒸发了——那些散发着秘密的腥气的喃喃细语、那些心照不宣的眼神，和那些等待着亲吻的红唇——人群向外散着热。那是动物的热，肉的热，使人头昏脑涨的热……她翻开场刊。旁边，Kathy 与阿龙讨论着故事内容，两人皆是心不在焉的语气。她便读起简介，一字一句，可什么都读不懂：字从眼睛里进去，又从嘴巴里出来，唯独没在脑袋里留下印记。

某一刻，心有灵犀一般，她抬起头。越过在淘宝上专心拣选甲片的 Kathy，她望向阿龙的双眼，以及他近乎少年般青涩的面容。两人长时间对视着，一言不发……闪电刺入她的指尖。一种既是生理的亦是心理的痛楚撕裂了她。

工作人员开始放行。她把票夹在场刊里，随着人们往楼上走。梦游的步伐，她听任四肢动作，由着它们自顾自地做机械运动。有什么事情就要发生了，她想，在视野的盲区里……灾害将临的预感麻痹了她的大脑……她在时间之外、平静地观看着这一切，同样也在时间以内、备受煎熬地经历着这一切：楼梯平台贴了张大海报，演员们的侧影模模糊糊地印在上头，不知是品质低劣还是有意为之。二楼，剧场仍是黑漆漆的，但亮黄色的光束又从观众头上打去，熏得人眼睛直冒热泪——倒成了头顶悬挂灯的剧中角色。她挑了二排正中央的座位，一屁股坐下，也不张望另两人跑去了何处。可能已经坐好，可能临时改主意偷跑出去喝酒约会，也可能是又吵了架、一拍两散各自作乐了。眼下她是孤身一人，却又和千千万万名男男女女同为一体。情欲在她的肉身上燃烧，时针在她的胸腔内旋转。她抖着腿，汗从额角往下滴。她直觉知道外面雨势大了，哪怕隔了一堵堵墙、一个个人和他们一张张骚动不安的嘴。饱含海潮气息的雨、无声无息地把人淋透的雨、轻飘飘的雨……

灯暗了下去。有人在窸窸窣窣地往舞台上搬动道具。戏即将开场，一个不知头尾的故事。后颈汗毛竖起，她期许着这个故事，满腔热忱也失魂落魄。不明不白地，她说不清楚，只恨此刻不能有一声爆炸、一道雷鸣……她沉醉在被人注视的幻想之中，直到台上的演员念起了独白，她才堪堪醒来。

囚徒

　　不幸的是，傍晚时分下了一场暴雨，把阿元早上晒在楼顶的被褥淋了个湿透。当时离放工还有一段时间，风席卷着雨，海浪一般击打起商厦外墙。雷电滚动，其轰鸣一阵阵撼动着高耸入云的楼宇，惊起一众昏昏欲睡的白领。她倒十分清醒，在工位上坐立不安，便假托口干，每隔五分钟就站起身，踮脚溜进茶水间瞅一眼外面的天气，整层办公室只有那儿的窗户没人占着。

　　那是——正方形的死窗，嵌在水斗后的墙壁上，边缝胶条斑驳、已经剥落了大半，可仍封得极严实。她几次身体前倾，越过水斗里满满当当的脏杯子，困苦地望向斜上方的天空，脸肉都要贴过去了。然而乌云静止不动，笼罩于铁锈色的光线之中，盯久了直叫人眼睛疼。雨密密麻麻垂在玻璃上，她的视线便跟着雨滴往下滑。挂钟的秒针——平日里细微得无法察觉——这会儿却出奇地响，嗒、嗒、嗒，仿佛转在她的耳膜上。

　　"好大的雨啊！"她说。四下无人，这声感慨也不知道是讲给谁听的。

　　回家路上，她满脑子都是那床被子。想得越久，脚步越快，到最后直接小跑起来、蹚过一摊摊污水，上气不接下气地，新买的皮鞋便这样白白糟蹋了。偏偏儿子今天放学晚。在学校侧门口，她耽搁了好些时间。雨由盛转衰，可那道铁门总是不开。一道道伞檐横切着她的眼珠子，刺得她双目含泪；家长和保姆们身上散着湿热的潮气，熏出她一身臭汗。她掏出手帕擦了又擦，一张瘦巴巴的长脸涨得通红。人人都仰着脖子往门后头打量，近乎像是在讨要些什么，看上去多少有些凄凉。偶有一两张光鲜的面孔，也是紧皱眉头、双目满含怒气，大约是因为今日心血来潮决定亲自接孩子放学，却不巧碰上这样一场不体面的大雨。

旁边有相熟的妈妈挤了过来，喋喋不休地说起考试，说起申请不上的普通话课，说起不理想的数学成绩。她点头，点头，再点头，手悄悄捏着口罩边缘，轻轻往下拉。

开门泄洪的瞬间，阿元仍在发呆。矫健的葡萄牙女中学生、瘦弱的中国小孩、乍一眼看不出人种的混血儿，他们汹涌而出，没有半点犹疑，那股子迫不及待的劲儿看着既让人佩服，又令人倍感疲惫。她被冲倒了，跟跄几步。雨早停了，可伞还在面前挡着，晃得她眼花缭乱。"云仔妈妈！"有人喊她，"云仔在后面！"

她不记得儿子同学的名字，只好含混谢了一句。云仔应声出现在眼前——十岁的、乱糟糟的、精力正旺的云仔，他的书包肩带滑下肩膀、在上臂处绷紧，看着不像是他在背书包，倒是书包捆绑住了他似的——阿元看着云仔满不在乎地穿过层层叠叠的人，心里顿时一阵欣喜，仿佛一整日的辛劳终于有了回报。

她把云仔拢在怀中，怕他尴尬，就只摸了摸他的脑袋，接着把书包卸下来，忙不迭地背在自己身上。

"肚子饿了没？"她问，嗓音尖得直发颤，随后又急急降下去，同"怎么口罩不戴好啊？口罩呢？"

一只小手塞进裤口袋掏了许久，好不容易拽出一团灰扑扑的东西。

皮包里没有备用的,她便将口罩舒展开,于半空中甩了又甩,再慌忙给儿子戴上。

"行了——回家吧!"

巴士上,云仔埋头玩手机,那都是阿元看不懂的游戏。她就站在座椅旁,出神地望着手机屏幕上卡通人物来来往往。跨海大桥侧翼,岸上高楼大厦的玻璃幕墙亮起了血红大字,其倒影颓唐地涣散在了海平面上。小时候云仔还会对着那些广告一个字一个字地读出声,然后仰脸接受妈妈的表扬,聪慧极了。可惜这两年学校老师水平太差,累得他还要去补习社。她探手,眷恋地捏了一下儿子的袖口,想着明晚要煲一锅靓汤给他补身体,想着星期日该送他学网球了,想着将来读大学让他去香港,想着毕业后叫他考公务员,想着结婚前得帮他买房——这一幕幕人生幻灯片在她脑海里循环流动着。车堵在了桥梁拱起的高处,挤作一团的乘客们怨声载道,但她兀自想象着云仔辉煌的未来,竟对周遭的一切充耳不闻。

"唉,阿妈!"云仔嚷了一声,她不由抖了抖,从白日梦里醒来,"手机没电了!"

"是吗?哎呀,我下午不记得要充电。"

"下一次要充电啊,游戏打到一半就黑屏了!"

"好,知道了。"

看着变成死砖一块的手机,她才反应过来:今日明华提前下班,本该打电话叫他去天台收被子,然而现在却是举步维艰,叫天天不应、叫地地不灵。窗外又漫不经心地下起了雨,该是刚才那场暴雨的残羹冷炙,软绵得使人恼火。车流吞吞吐吐朝前挪动,刹停的惯性摇得她头晕——这是老毛病了,生完云仔就有的症状。中药吃了多少剂、西医瞧了多少回,总不见有改善。最后一次看病,伏在诊所狭长的木质楼梯扶手上,她听着电话另一端的明华教训道:"你身体根本没事,不过是心里太敏感,一看就是心因性的头晕。"因为用了"心因性"这三个字,做丈夫的自豪极了,语调变得高昂且果决,似乎就因着他翻箱倒柜找出了一个高级的词语,她的情况便被斩钉截铁地成功下了诊断。

母子俩都不喜欢明华回家太早。可一旦他连日加班,或是出去寻欢作乐,她又会觉得心里空落落的,深夜里翻来覆去睡不着觉。

他唯一的优点就是公务员这个工作。抛开政府工的身份,他什么都不是。可正因为有了这个身份,他又什么都是了。

明华喜欢看电视。球赛、广告、肥皂剧、电影、纪录片——他像吞药片一样将它们统统服下。阿元钳住云仔的手,在电梯里好似铁桶一般围着儿子。电梯门刚打开,就能听见无线新闻台播报员念新闻稿的声音。购物袋勒着腕部,她艰难地寻出钥匙,还没来得及卸下重负,就急着让云仔换鞋、洗手、喝水。"怎么才回来,"男人斜靠在沙发上,"晚上吃什么?"他又问,头专注地朝向着电视一动不动。

"堵车,好大的雨!我买了苦瓜,炖排骨。"她接着再叹,"楼下新苗太贵了,一根苦瓜是别的超市四倍的价钱……"

"哎!"她打了个激灵,赶忙把东西往洗手池里一丢,"又忘记收那条被子——"

等到她汗津津扛着湿漉漉的冷气被重回了家门,电视上新闻已经播完了一轮。"去冲凉,"她对儿子喊,"衣服丢给我,等一下要扔洗衣机!"

"阿妈,我不要吃苦瓜!"

"要吃,要吃。"她说。被子临时搭在了两把并排的椅子上,还在朝地板滴水。

"不吃，不吃！"

"秋天啦，秋天干燥啊，要降火。"

"我没火！"云仔生气地大喊起来，"不用降火！"

沙发上，明华重重哼了一下。母子俩连忙收声。云仔做了个鬼脸，干脆冲进浴室洗澡去了。男人从电视机前站起身，手里还握着遥控器——他的权杖——像巨人踏出了他的宝座，仿佛连墙壁和地板都为之震动。他先是伸了个懒腰，再扭曲着脸，打了一个丑陋的哈欠——眼泪鼻涕从五官里溢了出来，如同从海绵里被挤出来的脏水。她撇开头，心里生出了极深的厌烦。"哎，被子怎么湿了，"他说，"夜里盖什么？"

"你盖我那一条，"她回答，"我晚上睡云仔房间。"

他又哼了一声，那怪音在嗓子眼和鼻腔中间绕了个圈儿，末了像一口浓痰一样被吐了出来："进去躺半小时，吃饭的时候叫我。"

说完，不等回应，他抬手关了电视，再将遥控器往沙发上一掷，闪身进了卧室，"咚"一下把门摔在身后。这是一个惯性要作威作福的人常会表现出来的粗暴姿态，当妻子的和做儿子的都已经习惯了。然而这样的习惯并不会减轻摔门那一下的动作必然会引发的恐惧和畏缩。阿元大约能猜到：在部门里，明华又过了不顺心的一天。被主管责骂，被同僚埋怨，被后辈瞧不起——多是那类摆不上台面、不能被一张过于有尊严的嘴向旁人倾诉的琐事。此中种种羞恼只能通过在家中发脾气才能得到消解，而发泄之后的好心情所带来的好话，他又是只会说给某个女朋友听的。

阿元低头把生苦瓜片整齐地码在碟子里，同时漠然地得出了结论：明华是个没出息的男人。

几年前她就知道丈夫在外面有人了，而且是一茬接着一苒——似乎离了女人的床榻，他就无法在这世上立足一般。头一回——在手机屏幕上瞥见了用词下流的短信息——她大闹了一场，拉上云仔回了父母家。半夜，躺在艰难搭成单人床的沙发上，阿元抱着儿子哭泣了许久，只觉得万念俱灰，唯有怀中这块从自己身上掉下来的肉是靠得住的。她决定要离婚，但第二天不过才上午，公公婆婆就已十分果决地把明华押过来赔罪，还双手奉上一盒灵芝与一瓶药酒，都是家里藏着不轻易动的好东西，给足了亲家公面子。阿元的父母初时没有好脸色，被磨到快吃午饭的时候，也觉得差不多了，便敲开她的卧房门（在她结婚成家后已摇身一变，成了个杂物间，专放过了期的月饼和发了潮的茶叶），做起了说客。

"孩子还小，不能没有爸爸。"这是父亲的说辞。

"明华是政府工，法院未必会把云仔判给你。"这是母亲的担忧。

阿元呆坐原处，旁边云仔呼呼大睡、半陷进轻飘飘的床单和空荡荡的被套里，唯有肥嘟嘟的右手臂被当妈的抓在手中。两把声音絮絮叨叨说了许多话，她听不进，话语却沉甸甸压上胸口，逼迫得她喘不过气来。客厅里，有人正小声嘀咕着什么。她被自己父母恐吓过了头，顿时疑心那一家三口是在商讨财产分割和监护权的事。惊惧的心跳击打起她的太阳穴，惨淡的、一无所有的未来在地平线上冉冉升起。她起身，一旁的两人顿时闭了嘴，看着女儿好似梦游一样拖着步子晃了出去。

"阿元啊！"婆婆坐在沙发上，一见到儿媳妇就叹息着开了口，"明华太年轻了，不懂事……这孩子，我们替你狠狠教训了他！"

"阿元啊！"公公站在沙发后，手指死死嵌在明华的肩膀肉里，攥得他龇牙咧嘴，"唉，男人的老毛病了……一定断！

这小子一定跟那狐狸精断了！"

她立在客厅中央，呆呆站着，两手低垂、两腿虚软。一双热烘烘的胳膊，抱着孩子挤到她身侧。"云仔想爸爸嘞，睡醒见不着爸爸可该哭了。"明华赶忙凑过来，松垮垮将妻儿揽入怀中，嘴唇嚅动半晌，好不容易才憋出一句"我错了老婆"。她默不作声，额头抵上他宽阔的肩膀，一股汗水刺鼻的酸臭味直冲口鼻，初时只叫她感到恶心，没过多久也是"久而不闻其臭"了。

在这之后，明华很是老实了一会儿。可那羞愧的态度并不纯粹。他自认为退步便是牺牲，而牺牲就是他的赎罪券。靠着饭后多洗几个碗、情人节订一大束鲜花送到太太公司前台，他重又成了个诚实的丈夫、正直的好男人。然而不过才半年的清静、恩爱时光，明华又开始埋头和女人在网上谈天说地，接着是深夜"开会"，凌晨回家冲个澡，蒙头大睡到周末中午，起床后没事人似的吃起老婆做好的热饭热菜。她却是不想再吵了：把自己闹得歇斯底里、将云仔吓得睡不着觉、逼得亲戚轮番上阵劝服他们做一对美满的好夫妻——能换回来什么呢？"把钱看看好，其他的就睁一只眼闭一只眼吧。"母亲在电话里细声细气道，然后让她平复心绪、收起眼泪，毕竟——"你也要考虑一下爸爸的心脏！"

怒火是极耗费精神的。一如当年的妈妈，阿元并没有维持愤怒的本钱：她爸在拱北养了个年轻女人，前几年因为诊断出心脏病，怕死，又怕病重后妻女不照顾自己，才终于断掉。

怒火熄灭后，留下的仅是一具空洞的躯壳。躺在香水味经久不散的丈夫右侧，阿元用孤独换来了婚姻的胜利。在近乎与世隔绝的静谧之中，她瞪大双眼凝视天花板，失眠有半个月之久，简直成了个植物人。半梦半醒之际，她搜肠刮肚地挖掘出一点浪漫的回忆，居然是在新婚后去泰国度蜜月的飞机上：阿元胃肠炎发作，一闻到飞机餐就想吐（被锡纸盒装着，鸡肉块和面条被热气蒸成一团不分你我的糊糊），明华变戏法一样拿出一盒洗得极干净、切得很均匀的水果，用塑料叉子一块块喂到她嘴边。

当时阿元便不无遗憾地想：父母看人确实准。明华当真是那类不会甜言蜜语、实则疼老婆的好男人。

现在，她下定决心只爱孩子——仅是她的孩子，不属于其他任何人。肉乎乎、粉嫩嫩的云仔，为母爱所笼罩，就像被用云朵缝制成的襁褓包裹着，不能被伤及哪怕一根毫毛。在其无微不至的照顾下，阿元欣慰也伤感地看着云仔渐渐长大。两人便成了家中的秘密同盟，在总是缺席的丈夫兼父亲的背后，他们老喜欢相互交换意味深长的眼神，如同课堂里在老师眼皮底下交换小纸条的同桌同学。她将二人对明华的共同抗拒看作是母子俩心有灵犀的证明，自认为已经成功窃取了家庭的腹地。于爱情不在场的婚姻里，亲情既是良药也是毒药。明华本能地感觉到了地下抵抗组织阴险的背叛行径，大多数时候都只是一笑了之：他瞧不起阿元在云仔身上注入的满腔柔情，看不上母亲掏心掏肺、愿意为儿子付出一切的爱——没出息，上不得台面，都是女人的玩意儿！

对妻子，他不屑一顾地提醒道："你现在这样疼他，等以后他娶老婆了，岂不是要哭死？"

对儿子，他派头十足地训斥道："你吃的、穿的、住的、用的，都是你老爸辛苦挣来的！你将来的老婆本——这套房，也是我出的钱！"

这类讥讽虽然刺耳，却同样透着些许苦涩的味道。阿元看不起他也怜悯他，不仅是因为他无法去爱，更是因为他意识不到爱的可能性。明华只有欲望。他靠情人消磨性欲，靠太太排解食欲，靠金钱满足占有欲，但归根结底它们同出一宗、有着同一个来由，即一个吞噬一切的黑洞——内里空无一物之人唯一的生存之道。

一个只能在电视节目掩护下向随便什么女人发送色情信息的失败者。阿元也怨憎他，不仅是因为他惯常将失败所带来的痛苦和恼怒发泄在家人身上，更是因为他的失败也是她的失败，他的庸碌也是她的庸碌。家庭支柱，他早已被五光十色的社会蛀空了：那样多的娱乐、那样多的打发时间的工具、那样多的逃避自我的途径，到最后残留下来的只有陈腔滥调。于是这个家也被陈腔滥调所占领，充斥着男性野蛮的自负和女性不耐烦的顺从。饭桌上唯有火药味十足的沉默，卧室里只剩下例行公事的性交。

……锅里热油刺啦着冒出白烟，阿元翻炒起苦瓜和排骨。抽油烟机坏了许久，他们懒得找师傅上门修，更不想出钱换新的，便任由上面的两盏照明灯无规律地闪动、发着"嘀嘀嘀"的响声，像两枚永无休止的闪电被镶嵌在了钨丝里，又像人世间的什么真理正在密码电报机内嘀嘀作响、等着被人破译。此类烂漫的比喻只有在不挥洒汗水的时候，才能被想出来、书写在纸上。阿元则什么也不想、什么也不指望、什么也不懊恼——或许还是有一点懊恼的。

当年被父母逼着求着跟初恋男友分了手（那人后来跑去内地做生意，现如今成了个大腹便便的小老板），在姑妈的介绍下和明华相识，之后顺利结了婚，阿元从一个什么也不懂的年轻女人，摇身一变，成了一个什么都要操持的疲惫妇人，这不可能不叫她背地里觉着懊恼。万幸中途添了个儿子，冲淡了一点悔恨。可到头来，丈夫的背叛仍是给她的人生带去了一股苦涩且无可奈何的滋味。

生活的幻灭发生在太久以前，久得他们甚至想不起来具体是发生在什么时候、为了什么缘由，久得甚至不能再叫他们感到悲愤。不过，公平而言，幻灭的罪魁祸首并非全然是他们个人——并非是来自母亲子宫的骨和血诅咒他们失去希望和相爱的能力。可是每次她鼓起勇气，试图对祸源寻根问底，到最后却都只能瞥见一片摸不着、看不透的迷雾——笼罩在每一个人身上，那是一片恐怖的、不可言说的迷雾，单只是试图赋予它某个称谓，都足以叫阿元不寒而栗。

于是阿元垂下头，"两耳不闻窗外事"，一心一意地过起自己的小日子——什么样的日子啊！没有不雷同的分钟，不存在不空白的小时……她的工作填补了她的白天，她的家务填补了她的夜晚。她的天伦之乐——渗进白天与夜晚的细孔内，就像沙粒渗进岩石的缝隙里。如果阿元是个泼妇，嗓门敞亮，每天揪着老公的耳朵大发雷霆、挥舞锅铲教训儿子好好学习，那她未必会比现在更不如意，起码能直抒胸臆，身体不容易闷出问题：除了经常头晕，她老是怀疑自己得了癌症或心脏病。自从踏入中年人的行列，阿元便经常在天亮前猛地惊醒，胸口掠过一阵骇人的钝痛，右脚发麻，额头渗出一层冷汗。这时候，她总要用食指和中指搭上手腕内侧，一边数起自己的脉搏，一边算起自己余下的光阴。

……她把苦瓜和排骨铲到碟子上，用清水涮了涮锅，倒一点油，再将切好的生菜扔了进去，翻炒几下，倒水、盖上锅盖，准备焖个几分钟就完事。手机在厨房柜台上充电，她用围裙擦擦手，接着解锁屏幕。没有新的未读信息，没有父母的叮嘱、同事的问候和情人的喃喃细语，有的只是被各大新闻媒体争先恐后呈现在用户眼前的天灾人祸：撞车、火灾、恐怖袭击、名人神秘而可怖的悲惨终局，和死者众多的远方战争。这些从东南西北翩翩飞来的报道与文章、长串长串没有尽头的文字，它们缓慢地被手机屏幕的光打在视网膜上，又迅速被下一条新鲜出炉的消息取而代之。她将它们一一读过，转眼就又把它们忘在了空气里。

云仔冲进厨房打开冰箱，头发没擦干，滴滴答答流了一地水珠子——她长久地沉浸在自怜之中，除此外没有能进行反复思索的其他主题。直到见到儿子，阿元才回过神来，埋怨道："马上就吃饭啦。"过了一会儿又说："下星期测验，你要温书了喔！"云仔嘴巴里不知道含着什么，随便应付了几声，很快便吧嗒吧嗒跑回自己的房间，小狗儿一样，不知是玩游戏还是写作业去了。

晚饭，他们把餐桌和椅子往客厅中心轻轻挪动，依然是为了能看电视。播音员说起了各国的天气情况，他们看得津津有味。她一脸惊讶地感叹"俄罗斯已经下雪了"，自己则对这句感慨的荒诞成分浑然不觉——对于那个冬季几乎不存在尽头的遥远国度，阿元没有丝毫的兴趣，更谈不上有什么深刻的理解。如果把"俄罗斯"换成"墨西哥"，她也会生出同样的诧异。因为他们是流于表面地活着。对于未曾踏足过的土地、对于北方的漫天大雪、对于还未抵达澳门的寒风、对于地平线上遮天蔽日的乌云，他们都只能以空空如也的几句废话来应对，甚至是别过脸、移开视线、平静地保持缄默。

皆是常态。

饭碗旁堆积着一截一截丢了肉的排骨，被人齿啃咬得极干净。在白亮光洁的牲畜遗骨堆簇拥下，明华抹了抹嘴。吃饱喝足，他舒舒服服躺回沙发上，随便挑了个电视剧，脑袋一歪，自顾自打起了瞌睡。云仔很快躲回了卧室，生怕老爸突发奇想开始过问他的功课。阿元利落地将碎骨头和烂菜叶子扫进垃圾桶,时不时抬头瞟一眼椅背上那床仍湿得透亮的冷气被。她思来想去,觉得吹风机容易吵到儿子和老公,是派不上用场了。她又暗自窃喜,这两天晚上能抱着儿子睡觉,倒也不错。她还对自己说:明天要起得更早些,赶去拱北市场买菜;下午再到八佰伴转一圈,想办法哄明华出钱买一条好点的新被子。

要做的事情太多,然而阿元的一天已是快要结束了。

日复一日,年复一年。

厨房里没有窗,她端着碗筷钻进去,看不见屋外黑漆漆的雨。降温了,但灶台尚有点残余的热气,叫人一时并不能感觉到寒冷。她拧开水龙头,墙内的管道开始呜呜咽咽、剧烈晃动起来,抖得瓷砖直往下掉碎屑。这是气压不稳引起的震颤,在刮风下雨天更为严重,也是老毛病了——今夜嘶吼得尤其惨烈,像是个远古的怪物,被封进墙砖里尚不死心:合着远处的雷声,它活了过来、拼命挣扎,铆足力气要破开这道危墙,将种种业已绝迹的灾患重新带回人间。

阿元侧耳听了一会儿。片刻过后,她叹了一口气,低下头专心洗碗,再不作他想。

浮域

与以往不同，这次罗庆全是带着行李箱上门的。她听到拍门声，推开门看见了男人的眼睛，但动作太急，铁门砸上了墙壁。那震耳欲聋的声音使二人屏住呼吸。走廊十分空旷，一整层只剩她一个住户，因此响声不能被人吸收、稀释，反倒可能渗入墙壁，顺着砖缝与管道，传入楼下管理员的耳中。

任清轻声说：外地人都走了，你还没走？他摇头。她听见他的呼吸声，在心里说，沉得像个死人。"我没地方去。"他哀求，脸涨得通红，没有戴口罩，身体前倾，有一点鼻音，不知道是因为哽咽，还是因为生了病。她想，这时候可不能生病啊！罗庆全见她没有反应，就又说："我真没地方去了。"音量更大了些，嘴巴传出一股味儿，是不常喝水的吸烟者会从胃和牙缝里溢出来的气味。这气味，倒不如说是它发出的热力，让她脑袋晕眩了起来，几乎什么都看不见，也说不出话。她就往后退了一步，让人进去。

"谢谢你。"他说，肩膀塌了下去，脸颊上的肉耷拉得更厉害了。

他将鞋子踢在门外，东一只西一只，白色短袜踩在瓷砖地板上，脚踝像女人一样纤细，骨头的凸起与凹陷让人想到自然博物馆没有肉的标本，皮肤白皙得又像是冬天路边脱了皮的桉树；往上，却有肌肉藏在裤管里，他男子汉鼓鼓囊囊的宝藏。他几次发力，行李箱的轮子卡在门框，被提起又被重重地摔下。他停下，喘口气，往上猛地一拉，箱子终于碾过门口，笨拙地进了屋。她怕管理员巡楼时见到陌生男人的鞋，于是弯下腰，右手的食指与中指伸入鞋洞，将深红的运动鞋钩起。再一次地，那残留在鞋内的体温烫到了她的指头。她将鞋子放进门外的鞋柜，埋在皮鞋、高跟鞋与凉鞋之中。它们都是她不会再穿的鞋子，冰冰凉，只有皮革与灰尘的味道。

这一日的夜晚在罗庆全拍门前，是很散乱的。它被电视节目、中午吃剩的饭菜与湿漉漉的淋浴分割成一小块一小块，碎片遗落在她荒凉的单身世界里。她当然没有穿内衣，睡衣下摆的边缘有三个破洞，两小一大，像被老鼠啃过，不过是长年累月的洗涤与拉伸所致；她的长发未被完全吹干，在背上留下蜿蜒的痕迹，因为刚刚是坐在沙发上看晚间新闻，冷水滴下渗进沙发套内，沙发套便有了发了馊的洗头精的香气。他们进了屋子，她关门。在合上内侧的木门前，外侧的铁门反射出她的脸，她拢了下头发，但又马上放弃，干脆转身去看罗庆全：他站在门厅中央，像一只刚掉出了鸟巢的幼鸟落在了地上，因此他看不见她粘连在一起的头发、她睡衣下疲软的乳房，与她油腻的面孔。

她让他坐在餐桌旁的靠背椅上，然后进厨房烧开水。她琢磨着罗庆全大概算是候鸟。他冬季飞来南方，饮茶、输钱、幽会、购物，春季归家，用香烟盖过身上陌生人皮肉的体味，重又成为一个老板，时不时也要装模作样当一位丈夫。

她知道现在外面的人群已散，群鸦也沦为了一只只抽搐的鸟儿。人的面孔反射着人群聚拢时的面孔，也反射着消散了的人群的面孔。罗庆全就是人群，人群找上了她的门，人群也需要向她低头了。等她回过神，水壶已经装满，水哗啦啦往外溢，她关上龙头，再倒掉些水，不然烧水时热水会从壶嘴里溢出来；她按下热水壶开关，啪嗒一声，又听到罗庆全起身站在厨房门口，好像说了句什么话；她扭头望去，男人仍背对着她坐在餐桌旁，一动不动。应该是幻觉。

等水烧开了，她才想到应该给罗庆全找一双拖鞋，但空闲的拖鞋都在门外的鞋柜里。她自己有两双拖鞋，一双是淡黄碎花软拖鞋，一双是深蓝塑料凉拖鞋。她穿着的是凉拖鞋，现在还湿漉漉的，黏着脚背。她将鞋脱下，用纸巾擦了几下，拿了过去，轻轻扔在餐椅旁。他道了谢，脚摸索着要钻进去，但动作有些吃力，因为脚太大、鞋太小。她站在旁边，目不转睛地看着他将鞋穿上。拖鞋最后紧紧箍住他的双脚，他站起时，因为血液不循环的疼痛，低低地叫唤了一声。

罗庆全便在任清的房子里住下。这是套陈旧的两居室，外有客厅、阳台、带浴缸的卫生间与书房，窗帘布浸满了尘土，阳光下很是骇人。她父母当初挑选的多是结实而非舒适的家具，墙壁也全漆成雪白色，白炽灯光线从墙壁上折入眼球，近乎要使人患上雪盲症。这房子与现代格格不入的装修风格，把一切新的、潮流的、即将过时的事物都拦在了门外。比如客厅，沙发上方挂了一幅水墨画，画的是喜鹊站在梅花的枝条上，取"喜上眉梢"之意。画家是任清父亲的旧同事，名字用一方红印印在喜鹊的脚下。画家老年时迷上了赌博，频繁向他们家借钱，最后中断了往来，再无音信。

罗庆全第一次上她家来时，还指着那画点评了一番，但具体得出了什么结论，任清已经忘得一干二净。

对于任清而言，不在此处居住便是一种亵渎。现在，有时是天亮前，她在自己的床上醒来，恍惚听见了父亲在隔壁房间里咳嗽、喘气的动静，等眼睛习惯了窗帘缝漏进来的光雾，她才会想起父亲去年进了养老院，已经认不出她了。这时候她会翻个身，脸朝向墙壁，安静地去听卧室内凝固的空气、外面汽车向前行驶时轮胎的滑行声（如同海浪）和一些年轻人喝醉后在街头不成调子的歌唱；她的脑袋里也会出现一些光怪陆离的画面，关于一种虚幻的，却与现在没有本质上区别的人生。在想象的时候，她的舌头上会偶尔泛起甜味，可能是分解了的淀粉，也可能是从肚子里翻上来的无糖可乐（她每晚看电视时都要喝掉一罐），总而言之，那是叫人很觉得腻烦的甜味。她通常会想着起床去洗手间漱口，但身体死死沉进床铺深处，最后也就稀里糊涂地重新入睡了。

在第二次入住的这个晚上，罗庆全喝了一杯水，吃了一碗方便面。为了能看新闻，他也是在客厅茶几旁弯着腰吃喝的，因此肚子折叠了起来，所以时不时要直起身，挺一挺腰，让面条从食管滑进胃里。那碗面刚泡好，新闻就已经播到了尾巴。她在旁边说，这是新闻频道，会一直重播的。说话时身体前倾，贴得那样近，像只母猫，几乎要趴上他的肩膀。肉体的热气从睡衣的领口往外涌，烘热了他的耳垂。他哆嗦了一下，不知道该往前躲避，还是仰后去贴那女人的脸庞。只是当他准备动作时，任清已经站起身，若无其事地进浴室吹头发去了。

吹风机鼓起任清的发丝，在心里，她暗道：明朝是今夜的延续，今夜来自从前，从前便是他俩无言的媾和，因此，此时与彼时都是没有言语的。

任清还是个中学老师时，三年前，她任职的学校突发奇想，决定将年轻的教师们派去黄冈做交流。这批人到了外地，无所事事，夜里喝酒嬉闹，白天在陌生的教室后排坐着打哈欠，很不像样。酒店同屋的语文老师神经衰弱，受不了任清微弱的鼾声，便掏钱开了个单人间，再想办法报销。于是开头整整一个星期，任清都是一个人住在那没有窗户的双人卧房里。

晚上听着隔壁房间男男女女打牌的动静，她感到了撕心裂肺的寂寞，却也睡得格外香甜。有天傍晚，活动结束得早，大家商量着要去对面一家火锅店大吃一顿。到地方后，她肠胃不舒服，闻着红油和荤腥的气味，脸都白了。别人劝她回去休息，但等人走了，嘴里又嘀咕，说一桌人看她捂着鼻子，还怎么吃得下东西？接着又顺势讲到她是如何一直没男人看得上，家人安排的几次相亲都告吹，大概最后是得做个老姑娘了——长得不丑，就是胖了点，夏天一抬胳膊写粉笔字，腋下就露出两块黑色的圆形汗斑，远远看去像破了两个洞，学生们见状纷纷交头接耳，嗤笑怎么也止不住。

火锅店外，夜幕已从柏油路里升起。炎热夏夜，一丝风也不见踪迹，她孤身一人穿过广阔的马路，突然干渴难忍，便在酒店大堂的角落停下，用纸杯倒了点冷水。因为汗浸湿了衬衫，所以动作慢吞吞的。落地窗外的路灯一盏盏亮起，暗橙色的光，将夜色衬得更加混浊。这时，她注意到一个商人打扮的男人，坐在大堂中央的沙发上，正盯着她上下打量，赤裸而清澈的眼神。那人胆子挺大，见她在笑，就站起身走过去，点了咖啡机的开关，为的是能顺理成章地与她靠近。男人比任清高一个头，任清看不全他的长相，只能见到两片薄薄的嘴唇，它们中间两排很整齐的牙齿，慢条斯理地张合着，说了许多的话。

那人便是罗庆全。他当时还是一个企业的部门经理，跑去外地开会，不承想能勾搭上不是妓女的女人，外加上听到任清是从澳门过来的，顿时觉得她仿佛血管里流的血都与从前的姘头们不一样，不免得意了起来，那天夜里砰砰砰地敲响了她的房门。隔壁同事们刚打完牌，踮脚从猫眼往外看，惊讶地屏住呼吸；待男人钻进房间、门又重新关上后，仍窥视了许久，将耳朵也贴在门板上，像一只只畸形、发胀的爬墙虎；最后见实在是没动静了，才缩回被窝，一边与同住人七嘴八舌地八卦，觉都没睡好。不过，第二天在自助餐厅吃早饭时，任清仍像是什么事也没发生一样，给自己倒了一杯用色素和糖精调兑的柳橙汁，与一碗米线。别人不好贸然去问她，只能在背后挤眉弄眼，说些肮脏下流的双关语聊以自慰。

事实上，第一次幽会远不如别人想的那样热烈。房门刚关上，罗庆全的勇气就已消失殆尽。他喝了酒，浑身发烫，前几小时的机灵已随着酒气消散在了空中。他不去看床上任清的眼睛，几乎是低着头将衣服脱下，同时心里有种模模糊糊的熟悉感：仿佛他是回到了家中，即将背靠着妻子，在冰冷的床上睡下。

不过，结束后，任清伸出长而丰满的胳膊，揽住罗庆全的脖子，在他的嘴巴上留下了一道长长的吻。亲吻时，女人的乳房压在他胸膛上，似乎并不是一点情意也没有。因此，这之后连着四五天，他都敲开了任清的门，在黑暗里搂抱那具微凉、富饶的身体，待晨光乍起，才匆忙套上衣服，蹑手蹑脚逃回自己的房间，倒下便呼呼大睡，中午疲劳地吃饭、开会，等着晚上。周而复始，这一套流程几乎成了一种乏味的惯例。两人在白日从不曾于公共场合有过任何接触，哪怕是在狭窄的电梯厢内碰见，也不会表露出相识的意思，可一到夜里，他们却平躺在同一张床上。这样的前后反差使罗庆全为之着迷，乃至于在酒店餐厅里远远见到她，望着她坐在一群教师中间吃饭、喝水时，也会忍不住去回忆她的裸体。但在性事的间歇，他又总是不合时宜地想起白天女人什么也没有的表情，因此，动作起来更加笨拙、鲁莽，如同泄愤。

第三个周日，罗庆全决定回去了。他在这家酒店、这条主干道、这座用白色泡沫塑料堆积而成的城市里待了太久，闭着眼睛也能一一背出从街头到街尾的商店名称。沙县小吃尤其与他熟识。若是没赶上酒店自助早餐，他就走进沙县小吃点一盘蒸饺，或叫一碗拌面，并且总是坐在离门口最近的四人位上，但背对着门口，为了埋头苦吃时能有一阵穿堂风，吹拂自己汗津津的背。他逐渐生出一个很不理智的恐惧：他害怕再不走，生活就会不得不在此地扎下根。那必然会是无趣、没有希望的生活。于是在一次颓丧的午睡后，罗庆全订了星期一下午的机票。临走前，他从当地企业发给参会者的礼包内抽出一块丝巾，送给了任清。丝巾上红紫粉三色没有边界，混在了一处，整个好似霓虹一般轻盈，云团一样不可捉摸，和任清平常的衣着打扮完全不搭，但的确是真丝，冰凉如同幽深井水。任清接过去，手轻轻拂过帕子的表面，仿佛是在抚摸一个婴儿的脸颊；阳光被丝巾晃入了人的皮肤里，一时间，她也坠入到艳丽的光照之中。罗庆全在旁边看了，竟起了层不知是来源于恐惧还是兴奋的鸡皮疙瘩。他们交换了电话号码，礼貌地表示会再联络。他刚坐上飞机就把她忘了，一干二净，简直不可思议。

任清同样也有两三年不曾再想起这个男人。在这段时间里，她考上了公务员，从一个一成不变的岗位，搬迁到了另一个一成不变的岗位上。有一天中午午休，她到办公楼附近的一座公园里散步，依旧是一个人。春季潮湿的风从海上吹来，她的手掌心渗出了汗，仅仅几步路，腋下又是湿透，便干脆站在树荫里歇息，手臂紧贴身体两侧。公园长椅上，许多菲律宾女佣在吃自制盒饭。她望去，看着一棵棵榕树繁茂的气生根丛中，黑白相间的葡萄牙马赛克地砖上，陈列着晒得黝黑的热带女人与主人家白净、瘦小的孩童。女佣们所着的衣裳大多不合身，且已经褪色，边角都泛了白，她们身体与容貌的线条融化进了背景，看上去好像是被刮花了的人。雨后的腥味从泥土里蒸腾而起，在酷暑的逼迫下，她慢慢向这群人靠拢。恍惚中她闻到了大蒜辛辣的香气，胃里咕噜了几下，声音很大，不完全是出于饥饿，更是由于身体没有将公园、人群与大树消化干净，不适感因此从胃和肺部里荡漾了出来；她停下，离人群还有三四步的距离，大约两三秒吧，直到一个男童尖叫着从她脚下跑过。尖而细的嗓音惊醒了她。她回过神，发现自己正站在公园主干道正中央，一动不动，不由得万分羞愧，扭头藏起自己通红的面孔，匆忙往公园外面走。慌乱中，她迎面撞上了一个正在跑步的男人。男人"啊"的一声，踉跄两步，抬脸往她眼睛里望去。

他额头上的汗珠正好暴露在正午阳光下。

到了办公楼底层的便利店里，任清才恍然大悟：那男人的眼眉，与罗庆全有某种说不清道不明的相似之处，只是脸孔更年轻、身体更健硕，下半身穿的是运动用的短裤，小腿毛茸茸的；嘴唇厚实，仿佛时刻离不了被人亲吻。她站在空调风口下，冷气嗖嗖地往头上吹，热涨的情欲非但没有被吹散，反而变为钢铁般强硬的盔甲，牢牢压在了身上……她捏着金枪鱼饭团，指尖深深陷了进去。把东西扔到柜台上时，饭团已经很不像样。收银员看了她一眼，递回找钱时问了句要加热吗？她摇头，牛仔裤兜被硬币一点点塞满，像贪食妇人小巧的肚子，鼓胀了起来。

大概在这之后的一个月，一个周五的傍晚，毫无预兆地，罗庆全打了电话过来，说自己昨天刚到澳门，问她有没有空见上一面。她原以为拨电话的是个推销员，但还是接通了，结果被对方的声音吓了一跳。然而时隔多年，双方都摸不透对方的想法，只能尴尬地讲了几句，最后约定第二日一起喝茶。挂电话后，她坐在原处沉默了许久。电视新闻正巧开始放广告，她的母亲便扭过头来看她一眼，接着问是不是出什么事了，怎么表情这样凝重。她闻言猛地站起身，眼前刹那间一片惨白，这是血液一时供应不足的缘故。我今天先冲凉，她边走边道，梦游一般缥缈的声音；在播音员铿锵有力的播报声中，她轻轻地说，我要洗头。

于是，任清与罗庆全重又成了一对情人。时而是男的想办法来澳门出差，时而女的借故去内地旅行，两人各自的行程变成一条条相交的直线，不可避免地，生活也慢慢沦为一团乱麻。或是她将珍珠耳环掉落在罗庆全的行李箱内，险些叫家里的妻子发现；或是在酒店餐厅进食时，碰到任清的同事，还得费心不让流言蜚语传到亲戚乃至父母的耳中。不过，比起幽会时的快慰，这点困难似乎不值一提，甚至还锦上添花一样，给他们独处时增加了许多谈资，因为除此以外，两个人并没有什么共同话题可谈论。况且，任清凭直觉知道，这男人还与别的女人有首尾，或许不止一个，但她并不表示出嫉妒，也不想以朋友般亲昵的口吻去开玩笑、调侃他风流的毛病。因为自小性格拘谨、寡言少语的缘故，任清连向父母撒娇都是少有，又如何能摆出女人的媚态，去痴缠罗庆全呢？但对情爱的渴望，却十分自然地从亲吻与眼神里辐射出来，毫无遮拦，到最后，竟让罗庆全有些吃不消，甚至每每到了酒店房间，当她脱去衣服、一丝不挂站在面前时，都会不由自主别开视线，由心底里生出一点怯意。他难以从这样的女人身上，寻找到母亲的温柔与女儿的仰慕，终于变得不知所措起来，失去了温存的兴致，从某一日开始再不接电话，也再不回短信，一声不吭，就这样断了往来。在风月场，这也是常有的事。

罗庆全敲开她家门的第二天，两人都醒得很早，却并不知道对方已经睁开眼睛，只是各自躺在各自的床上，恍惚去听外面街道上的广播。那镇静的声音说，勤洗手，戴口罩，尽量待在家中，不要去人多的地方聚集，等等，用了粤语、普通话、英文和葡语，声音从前夜未被堵上的窗户缝溜进人的耳朵，命令人们安定。罗庆全夜里没有给手机充电，屏幕漆黑，手表也不知放到了哪里，一觉醒来，浑浑噩噩，靠着公共巴士弯过街角时轰隆隆的响动，勉强猜测眼下是几点钟。他睡在陌生的床铺上，冷气被薄而湿冷，布料上樟脑丸的气味唤醒了他的神经。罗庆全想，这应该是很久都没有人盖过的被子，透着股死物的寒凉，不知道自己的体温能不能去掉些上头的晦气。此时，风鼓胀起窗帘布，他未被遮盖的脚尖变得冰冰冷。"脚么，人体离心脏最远的部位。"高中数学老师如是道。他微微仰起上半身去瞧，觉得自己的双脚真像电影里裸露在裹尸布外的尸体的脚，苍白无力的脚，远离家乡的脚，疼痛的脚。他想，干脆睡到中午。然而午时的阳光透进窗帘布，照亮了高悬于床头上方的双人结婚照。他坐起身，回头望向那两个僵硬的笑脸，似乎隐约听到了唢呐在耳边吹响。相框上贴着的双喜字纸花，经历多年风吹雨打，现如今已是鬼影一般苍白。一种难言的恐怖浮上心头，他不得不赤脚去拉开窗帘、用力推开窗户。铁锈刺啦刺啦，寒凉的风涌入室内。已经作古的新婚夫妻仍在注视他的后脑勺。

他看着空无一人、只有零星三两辆车的街道，鼻子闻到了海的腥气。

我走过了一条多么短暂的路。从机场到机场，从酒店到民宿。点与点糅作一团，连微弱的线也挤不下。洗漱后，罗庆全畅快淋漓地对着马桶放水，一边自问道：我躲在这里干什么？这座残破不堪的公寓，挤满了废纸、药盒、奶粉罐与旧报纸，只需一个火星便能将一切焚烧殆尽——

他想起行李箱夹层里有个打火机。他按下抽水键，昏黄、熏人的尿液回旋着被吸入管道，奔向大海不复返。他洗手再抹干，也不管旁边搭着的是擦头发、擦脸、擦身还是擦脚的毛巾。他走出去，客厅上空腾起热气，他见到一桌子菜，拉开椅子，坐下。他用筷子夹起一根莴苣丝，回想起家中的妻子最爱烹饪、食用这一道菜，鲜嫩、春天的绿。生命刺眼的颜色。她无法生育的痛苦，和备孕时反复翻阅的童话书，统统搅和在了一起。石榴、花生与下奶的鲫鱼汤。莴苣能生精壮阳吗？为什么能壮阳的食物都能滋阴呢？

他再从蒸鱼的背部拾起一片雪白的肉。腥咸海鱼，往下滴着黄澄澄的油。浸泡于我的排泄物中长大的鱼，我骨我肉我血。

最后，他将一块猪肋排含入口中。肉烧得酥烂，被生抽与黄酒提前腌过，顺着油脂的润滑，沉沉沉入腹中。价格高昂，最近愈发吃不起了，这挂在生锈铁钩上腹腔大开的、被开水烫走毛发的、粉红色的猪。

瘟猪。

电视仍是在播新闻。与昨晚是同一个频道，不同的播音员，机械地重复着同样的旧闻：凌晨时分，一座城市被掘土机挖走了。不敢置信，前夜入睡前他翻来覆去地想，不敢置信。现在他望向电视上的画面，已经平复了心绪，死水一样平静。是的，这一切正在发生，没什么大不了的，接受吧：火车站被警察与围栏截断，肩负背囊的异乡人伸长脖子，站在几步外，不敢靠近；机场挤满了人，赶赴午夜前起飞的航班；黑夜里，大道上川流不息的人，车灯汇成地面上的银河，逃离——

我的母亲，我父亲的坟墓，我的妻子，还有我孤独的狗儿。

现如今他成功地藏匿进了避难所，世外桃源，收容者含情脉脉地向被收容者敞开怀抱，辛苦从超市扛回家的蔬菜水果鸡鸭鱼肉成了慈悲的口粮，化为甘露吊针，一滴滴渗入他的身体。他放下碗筷，眼睛仍然盯着电视，然而并没有去看、去听、去想，那饱腹后冉冉升起的微醺感，配合起抑扬顿挫、节奏鲜明的广告口号，让罗庆全在短短的两三分钟内，成功逃入了无我境界，领会到了死的无意义。

生出死亡的家乡、井然有序的生活，与赌场香气扑鼻的妓女，这些都已被他抛之脑后，但是，身边这位站起来、准备去厨房洗碗的妇人，却使他的日子里，多出了一块近乎不能忍耐的病变囊肿。他故意扭头冲向阳台的方向，凝视那一盆盆灰蒙蒙的芦荟与仙人掌，视线在它们上了年纪伤痕累累的盆体上徘徊，但又用眼尾去偷窥任清一耸一耸的肩膀、露在裙摆外光裸的小腿，与越发粗野的腰肢。连衣裙绷得太紧，样式过于正经，却配了条脏兮兮的围裙，看上去还是一如既往地不合时宜。罗庆全回忆起以前的幽会，可怖的夜间交合，她脱下一件件过了时、不合身的外衣，欲望如野火蔓延在枯干的灌木丛上，将他的力气烧了个一干二净。他恍然明白过来，看见了任清随着年龄增长变得越发庞大的欲望。她发胀的肉体像一座沉甸甸的石山扎根在他的脑海之中。在这个瞬间，他起了杀心，想，不如我掐死她，反正不会有人发现。她是一人独住，她没有朋友，她的工作单位正在给员工放假，无止境的假期——除了罗庆全，不会再有人知道她是怎样活着的了。

杀了她，独占此地，等疫情结束后，再戴上帽子和口罩，拿上行李，大摇大摆买机票回家。

无来由的欲望叫他热血沸腾，脑袋都发了昏。罗庆全站起来，慢慢踱至厨房门口。她在长长的另一头，面朝窗户，双手埋在水槽深处清洗，嘴里哼着歌，拖鞋在瓷砖地板上刮擦出许多噪音。他抱起双臂，看了她一会儿，然后垂下了头，松开双拳。

下午，他们在次卧的床榻上做爱。没有说话，喉间呻吟微弱婉转，很容易叫邻居错认成鬼婴的哭号。在沉默里，他们接吻，牙齿与牙齿轻轻碰撞，将一点钝痛留在了嘴唇上。临近结束前，他对着那双混浊的眼睛出了神，汗从额头上垂下，点在自己的眼皮上，一阵刺痛，被她用舌尖轻轻舔去；他心里只想着数字，嘀嗒嘀嗒的数字在他的脑海中隐隐作响，缓慢、坚定。人命在视网膜屏幕上闪烁，多一个数字便少一个人。

只有肉体快感的一瞬白光，淹没了那点无助的忧愁。平复呼吸后，他翻了个身，伸长胳膊去捞床头柜上正在充电的手机。他先看微信，妻子与母亲的头像沉默着，没有新消息便是好消息；他再看微博，一刷新，又是新一轮的惨剧、疑虑与争吵，几张照片，苍白的面孔，记者招待会上缓慢、缓慢的唱词；他最后再看了眼新闻，大概半分钟不到，又给关上了，手机扔回去，砸在桌面上，哗啦一声响，他心不在焉地亲吻起她汗津津的脖颈，动脉在他的舌下缓缓跃动。他使劲嗅了几下，察觉到她的肉有一种爽肤水与樟脑丸交替的香气，既像酒店房间，又像是一件在衣柜深处留存太久的旧衣服，让人闻了后懒洋洋的，无精打采，只想一直昏昏睡下去。

在缠绵的困倦里，罗庆全抚摸起她枯干的乳房，一边侧耳去听窗外广播悠长地在街道上荡漾，如同落石于山谷之中的回响。警报声消失后，他长呼出一口气，半合上眼，仿佛他的光阴凝聚成了永远跌不到泥土里的一滴雨，仿佛他终于可以放任蜡做的肉身慢慢熔化，变成一座白色的蜡山。西斜的太阳被高楼遮挡，它阴冷、潮湿的光，从街对面窗玻璃上折射入卧房，照亮了他们赤裸不洁的身体。任清打了个哈欠，口中传出一阵酸涩的气味。她半俯在罗庆全的侧身上，搂住他的肩膀，喃喃自语。他没听清她说了什么，只觉得眼皮沉重，神志却紧抓住情人多肉的臂膀，脱离了躯壳，向上、向上，浮向了水面。底下，是布满疫病的大地；半空中，两人渐渐睡着了。

豹窥

1

灰褐色霉斑呈左右对称的形状，像一株羸弱的树，紧贴着惨白的墙面。金慧兰端着咖啡从厨房出来时，余光瞥到了那处，不由得大皱眉头。她想，装修结束刚两个月，霉菌就迫不及待地破开了新涂层，实在叫人愕然。一整个屋子大约是早已腐朽到了芯子里。在这之上，一切装模作样的打理都是枉费工夫。

她也不怕这霉菌，仍旧是赤脚，在餐桌旁坐下，吃力地来回刮擦起吐司片焦黑的表层，用一把锋利的水果刀。絮絮叨叨的刺啦声在空旷的住所里逐渐膨胀，最后盖过了阳台外这座城市恒久、沉重的呼吸，成为她耳中唯一的活物。如此反复的动作与声音使她感到厌烦，但对胃癌、食道癌与其余一切癌细胞的恐惧压倒了个人喜恶。她很清楚，于此近乎没有尽头的乏味瞬间中，再如何仔细地思考或自省，也不可能生出什么有意义的东西。因此，她索性放任自己陷入至精神的白日梦里，对在自己手上缓慢开始冷却的早餐无动于衷。

对于金慧兰而言，这是一个太大、太冷漠的住处，如同一座内外颠倒、对居住者紧闭大门的堡垒。它前身是挤满了放数佬的群租房，盛过太多形迹可疑的肉体，如今乍一放空，竟反而有些容不下孤身一人的金慧兰。饶是如此，她仍签了两年的租约，当天便付钱请楼下的看更将那几张上下双层铁架床搬走。到头来金钱窝便仅剩下刻满喃喃低语的残破墙纸，和几盆枯死的仙人掌。

她那日上门看房时已是傍晚。暮色将至，街对面赌场深沉的香槟色光芒笼罩了客厅。她踮脚进去，匆忙走了个过场，全程缄默不语，可临了又似是改了主意，在玄关站定，一边听外头楼道的动静，一边与房东一搭没一搭地聊起天。

"这层楼，"她的食指左右晃荡一下，将门外一整条空白的走廊囊括在内，"怎么没有住户呢？"

"有人住，有人住。"房东叠声答道。他打开门，抬手指向与这 H 座隔了一扇门的 J 座。那对着电梯的寓所，其门口右侧斜下方的墙壁上按照习俗安了土地神神位。可惜香火萧瑟，香炉里堆满了烟头——大约烟丝是比香灰更值当的供品。

正在此时，电梯井传来细微的嗡嗡声。轿厢顺着大厦长长的喉管上升、停顿，最后咚一声钝响，声音拉得极长，门扉粗暴地滑入一旁的缝隙。两人一时陷入静默，皆伸长脖子去张望来人。

一个男人，个头不大，穿了件淡红花衬衫，一头乱发像鸡窝，打着哈欠从牛仔裤兜里掏出一大串钥匙。丁零当啷的，他也懒得仔细分辨，一把把捏起来轮流去戳那锁眼，折腾好半天，终于艰难地弄开了房门，人却不进去，而是微微侧身，与伫立在走廊尽头一声不吭的两人对望片刻。

奇特的是，污垢中也能生出美艳的花儿——他长了一张宛如爱神般俊朗的脸：皮肤白皙，下巴稍短，因着黑眼圈的缘故，双目显得大而幽深。隔着一整道长廊的寂寥，在白炽灯管临近末日的余晖下，那张脸看上去是有些朦胧。然而，这不过短短一瞬的注视，竟使金慧兰感到一阵头晕目眩，血液沸腾着往脑袋里涌，鼓起了左右两侧的太阳穴。

还未等那阵恍惚消散，J座的主人便已经进了屋。铁门哐当一下砸在了身后。

她舔了下嘴唇，定一定神，哑着嗓子问："今天可以签吗？"房东挑高眉毛，思索几秒后点点头，"晚上把合同送来——你现在住什么地方？"

仅是刷漆、修窗、布线与改管道，就花去了近三个月的时间。等着散味的时候，金慧兰选了必要的几样家具。它们多是淘宝上的便宜货，包括乳胶床垫（她后来很快便买了床架，在澳门，潮气会从地板向上爬，渗入针织布与海绵中，把风湿带给无知的沉睡者）、一张北欧风圆形胡桃色餐桌（薄而轻，喷漆表层坑坑洼洼，送来没几天就开始往下掉细屑）、一把带滑轮的浅灰办公椅（她吃饭、玩手机都是在这张椅子上）、一个比她稍矮一头的冰箱（寂静的夜里，它发出阵阵咆哮），和一台用来煮泡面与火锅的电磁炉。这些杂七杂八的玩意儿若是都摆在客厅里，定会焕发出那类单身公寓特有的安逸氛围。可这样一来，剩余的几间空房显然就会被浪费了。然而，一旦将它们按照功能区分开——大厅、厨房、卧室与书房，一切又会显得太过潦草、冷淡，如同监狱或是讲究卫生的疗养院，光秃秃的四壁催生出自我放逐的惩戒气息。

金慧兰选择了后者。

在九点，她觉着早餐已消化了大半，于是合上笔记本电脑，进浴室梳洗一番。这是间没有窗户的"黑厕"。白光从顶上跃下，弹跳于湿漉漉的白瓷砖间，照得卫生间异常亮堂。由此，镜面反射出人满是瑕疵的面容。她垂下眼帘，不愿将所剩无几的小时与分秒断送在惆怅和哀愁上。快到点了，她提醒自己。洗脸、刷牙、梳头、化妆，穿一条紧身铅笔裙，箍得喘不上气。高跟鞋？黑色那双，前些天给脚踝后头磨出两个口子，漆皮边缘也染上了血。她扶着鞋柜，将鞋往脚上套，嘴里倒抽冷气，一滴汗从额角往下跌落。

楼道里照例是空无一人的。她行过走廊，鞋跟打在地板上，嗒、嗒、嗒，胸膛中提着一口气，像是想要把自己的身体提至半空中。停驻于电梯门前，她等待，浑身绷紧，心中开始倒数：十、九、八、七——

J座铁门被利落地推开又关上。她连忙按了电梯下楼键。那男人，应当是穿着凉拖鞋，拖泥带水地，慢慢向她走来，嘴里哼着听不出调子的小曲儿。

她朝对方扭过头去，笑了。

为了能付清房租且不至于饿死，现如今除了照旧在家接私活外，金慧兰每天还会去保险公司上半天班。那栋大楼位于"新八佰伴"百货商场旁边，一进大门就是狭长的电动扶梯。黑白两色的职员们徐徐涌入，其中不乏精于此道者。此类人极好辨认：大多衣着光鲜、脸上带着略显造作的冷漠神色。于扶梯孜孜不倦的运转下，他们驶离了五月满是暑气的大地，汗水凝固在额角与衬衫领上，身体滑向不同楼层内同样肃穆的大理石棋盘之中——然而气度依旧不凡。那是一种月入几万元、开私家车、每年能去欧洲或美国旅行一次的气度。年轻的中产阶级的气度。

中央空调庇佑一切。

她是在为一个明星销售当助理：录入数据、处理文件、写写社交媒体上常见的广告文章。到了月初，就将茶水间外那张密密麻麻的绩效排行榜重新排列一番。几百万几百万的数字被粉笔写上复又被擦去。与她无关的人名与头像照被她的手指钳住，提溜着向上，或是沉甸甸朝下。于是她偶尔会生出错觉，仿佛是她在决定着这些人的命运——工资、奖金，喜怒哀乐。

眼下，金慧兰所属的这一整层楼，依然堆砌着隔壁商场橱窗里热卖的包、鞋、衣服，从容不迫的谈吐，和一双双握紧咖啡纸杯的白皙的手。她的座位是由隔板划分而来的方寸之间。她朝后仰躺在办公椅上，闭起眼睛。狭小过道内，同事们已经挥去了早餐后睡意的迷雾，满是笑意地相互打着招呼，对这崭新的一天跃跃欲试。被这等人潮席卷，她忍不住再次推敲起刚刚在电梯厢里的对话。

"又这么巧？"那人说，笑嘻嘻晃着嘴里的烟。

她点点头。

"去上班啊？"他把烟挪走，凑过来一步，降低嗓音，仿佛是在倾吐一个秘密。古龙水刺鼻的香气直涌向她的眼睛。

"对呀。"她回答。右侧，对方看不见的角落，金慧兰的手捏成了拳头。

"穿那么靓，"他眼角纹可爱地皱起来，狡黠的眼珠子滴溜溜往她身上扫，"做你同事一定开心啦。"

她拢了拢丝巾，不肯再说话，但脸红了。

办公室里，冷风无声地往头上吹。衣物被汗水浸湿，贴在裸露的皮肤上，一阵恶寒。她睁开双眼，口中仍喃喃重复着"做你同事一定开心"，双手开始拆解缠绕在脖子上的织物。那活结越发结实，死死扣在她的喉咙口，卡住她的呼吸，折腾许久后才被撕扯开——在手上，它轻飘飘、皱巴巴、暗沉沉的，简直是一团污秽。她垂眼看了，心头一痛，连忙将东西塞进抽屉深处。

"好似老奶奶才会买的古董哦。"金慧兰记得自己曾这样评价过这条丝巾。

"你个老土冒当然不懂啦，"好友当时爽朗地答道，"送你，戴上！这是复古，现下正流行……"

2

与金慧兰低迷、无趣的个人风格不同，丝巾的原主人何沁是一个热衷于打扮、喜爱往手袋里装上各式各样小玩意儿的时髦女人。读书那会儿，两人当了一学期的同桌，再往后便形影不离：体育课一定选对方当搭档、小组作业总凑一起，连课间上厕所也要手拉着手。幸运的是，在终觉厌烦前，两人已经分别考上了本地与北方的两所大学。这段友谊从而得以保存、延续，于过冷的寒假与过长的暑假间时不时碰撞一番，擦出零星几点苟延残喘的火花。

"谈恋爱没有啊？"

"师范大学，没有男生啦！"

"哎，真是急死人，"何沁这时候就神气了，"你呀，太迟钝了，明明交通大学就在你学校对面……"

她抱怨几句，接着急忙忙细数起自己的几任男友，时而嘲笑他们过于愚笨的头脑，时而哀叹着情感的不如意，絮絮叨叨的。光是诉说她的爱情，就能耗掉一壶果茶、一碟甜点与一下午的空闲。金慧兰初时觉得好笑，再后来有些不耐烦，最终是谦卑地聆听。从这独一个少年时的伙伴身上，她看到了世间一切爱恋的皮影戏。走马灯在咖啡厅与小餐馆内回旋，听者的面孔被二手情爱的光照褪了色。她吹去咖啡杯上悬浮的热气，一边点头附和：是啊，爱情当真是不简单！

毕业后，金慧兰回了澳门，何沁则是为了陪伴父母而留在了珠海。两人约好了——哪天谁要是结婚，另一个人就得去做伴娘。可说这话时，金慧兰仍是单身，何沁则前脚刚踏进一段不安稳的男女关系里，离寿终正寝还有很长的距离。

那新男朋友是澳门人，名叫蒋秋。其来历，在金慧兰听来，实在可疑。何沁一开始介绍说他是开公司的商人，可当被问到具体是做什么生意时，她又支支吾吾讲不出个所以然来。后来她改了口，解释男友实际仅是个机灵的打工仔，得老板看重，还算能挣钱，因此平日里有些风光。无论如何，金慧兰都应当为她觉着高兴，因为"他好爱我，我也好爱他啊"。

讲出这番话时，两个人正躲在麦当劳里避雨。哪怕是到了临死的那一日，金慧兰也能回忆起当时她面上浮出的那个难以捉摸的微笑。雨帘隔着落地玻璃窗无休止地向下垂落。天幕、马路与行人都浸润在靛蓝色的雾气之中，唯有这小小 M 记还点着橙黄的光，将何沁照得浑身透亮。她半是直视金慧兰，半是注视着虚空中莫须有的某个点，细长身体裹在缎面长裙下，石膏雕塑一般苍白、优雅，接着，她的右手食指忽地向上抬起，指向了天空的方向，似是有神谕就要随着闪电打入自己的肉身，可下一秒却恢复原状，轻飘飘地捏起已经冷却了的软薯条。

这动作给金慧兰留下了极深刻的印象，仿佛何沁是占有了一个秘密，出于窃喜与怜悯，而表现得格外高深莫测。她想，对方大概真的是明白了什么。接着，不知为何，聆听者的心底里又生出卑鄙的结论："倘若这次还是不成，何沁或许就得搭上命去了。"

葬礼是在同年的十二月，圣诞节后，街上彩灯与饰物还未摘下的时候。

在自杀前，何沁签下了许多欠条。包括金慧兰的。她转了三万过去，对方不曾解释过借钱的用途。于是她猜测何沁是家中出事，或是迷上了赌博——她不敢问，给钱纯粹是为了避开询问与关心的重责——为的是心安。同样是为了心安理得地面对友人的死亡，金慧兰去了追悼会，在会场边缘饱受折磨地待了一晚上。当时她腰痛发作，只好时而前倾时而后仰，折叠椅在臀部下吱呀作响。从那角度看不大清楚正中央的黑白照。来人不多，只有年老的父母站在台上哀哀哭泣，时不时从眼泪与哽咽中挤出一两句话。剩下的围在一旁，面上皆是淡淡的，没什么深切的表情。"她拿了我五千块呀，"坐在金慧兰前排的一个年轻女人对同伴嘀咕道，"之前一直跟我讲要还要还——打水漂啦！"

打水漂啦！钱、爱、人，统统没啦！

结束后，她负责送两个老人回家。和十年前一样，他们住的仍是楼梯房，金慧兰便挽着两人往六楼走。过道声控灯形同虚设，只有一点黯淡的黄光，哭声便在黑暗中回旋。邻居们躲在门后顺着猫眼偷窥，发出些似有若无的叹息。

撕心裂肺的绝望——何沁是他们的老来子。以前在中学读书时，当女儿的总不许父母在学校里露面，约莫是惧怕同学会嘲笑她竟有这样年老的父亲母亲。在金慧兰面前，她也甚少提起家里人，最多便是抱怨他们迂腐无趣——做饭永远是两碟素一盘荤，电视常年只看戏曲频道，成日咿咿呀呀，叫她牙齿发酸、倒尽了胃口。

女儿死后，那儿早已不像家。更像是家的废墟、遗址、考古现场。金慧兰将妇人扶进去：她哭得声嘶力竭，身体半弯，头冲向地板，眼泪、鼻涕与汗滴滴答答朝下流淌，最后摇摇晃晃进了卧室，昏沉酣睡入梦。等折腾完已是过了午夜。曾为人父的老先生点了根烟，在白雾中叹息着说现如今世道不安，请金慧兰进好友生前的卧室对付着睡上一晚，莫要赶夜路。出于好奇，金慧兰答应了下来。临道晚安时，他又加了句解释：

"阿沁是在……是在浴缸里过身的，不是睡房里。你不用担心。"听完这话，金慧兰才感觉出害怕来。

天光越亮，这家庭的破败越是不讲情面地败露在人的眼前。照片、硬币与烟灰缸徒劳地遮盖着电视柜上四四方方的白色留痕，同样自相矛盾的情形在四处上演：电器、古董摆设与红木家具都进了当铺和二手商店。屋子被搬空一半，可腾出的空间却被脏碗筷、皱衣物、烂水果等琐碎杂物占据，于是出现了一种既虚又实、既空又满的状态。正如人死后，其遗留在人间的位置也会为骨灰罐、香炉供果和日渐衰微的悼念所吞没。但眼下，那人形的空位尚未得到填补：死者的床褥残留着寡淡的体味，其长裙仍挂在床头。金慧兰不敢伸手将它取下，因此一夜未眠，第二日早早告辞。避开两双眼睛红肿疲惫的祈求，她跌跌撞撞地朝外走去。清晨八点钟的太阳照进楼梯间，照亮白墙上刻下的"欠债还钱"四个血红大字。她匆匆瞟过去，双手直打哆嗦，差点儿搂不住昨晚从衣柜深处翻找出来的那本日记。

3

"他答应不再赌了。"纸上，混乱的字迹在金慧兰耳边窃窃私语："我站在阳台上看着他出门借钱，一想到刚订的喜糖就哭了。"

下一页贴了四张糖纸，旁边注明了口味、数量和价格。金慧兰低头使劲吸了吸鼻子，只能闻到微弱的椰子味。再往后翻就是二人的合影：男的穿了西装，女的套了旗袍，都不大合身，颜色也显得廉价。人物动作僵硬，后期电脑修饰过度，脸皆有些失真。这大概是结婚照的预演，金慧兰悄悄想，透着股虚假的气息，像是影楼柜台玻璃板下贴着的样板相片。

个人的记叙兼有深不可测与含糊不清两种特性。于是阅读使她与何沁之间的距离愈发地遥远。到头来，这本日记还是将她脑海中友人的形象击碎成了阴郁的粉末——反而是那罪魁祸首的影子变得越发清晰。然而直到与他做成了邻居，她才意识到：比起照相馆镜头下的蒋秋，他在现实中长相更为俊美。尤其是一双厚嘴唇，能让人联想到热带正当季的果子，熟透了，薄薄的果皮下汹涌着甜蜜的血肉。早上这几次打照面后，连她也有些吃不消。情欲与暑气蒸腾、烧灼着她的身体，叫她喉咙口肿痛起来。

她开始跟踪蒋秋。这其中也存在着冒险的乐趣：她戴口罩、换发型、改变走路姿势、穿大一号的衣服鞋子。她的眼线密集而绵长。门口与走廊贴着她从淘宝上买来的摄像头，信箱轻易便被她撬开，深夜喑哑的垃圾房任由她翻个底朝天。她试图——或许也有所成功——解剖对方的日常生活：归纳他的起居规律，摸清他的喜好，猜测他的情欲之所在。

五月五日，金慧兰第一次尝试对他下手，未果。

那是在澳门大会堂电影院。晚上七点半的场，他选了一部港产电影。排队买票时，金慧兰身上藏了把水果刀。她与被跟踪的人中间隔了对年轻情侣，不得不从嘈杂的甜言蜜语中仔细分辨他油滑的嗓音。"有什么好片啊？"她听到他这样问道，"枪战？好哇——"她踮脚偷窥，在大大的纸板选座表上看到了电影名，和落在上面的指头。斜前方的女孩子以为她想插队，警觉地把手臂放在了栏杆上，一边挑高眉毛上下打量金慧兰的深灰防风冲锋衣和那顶运动帽。

汗珠子从她的鼻尖、眉间与脖颈上滚落。队伍缓慢向前递减。售票窗口里戴着老花镜的阿姨低头看向她。她凭借记忆，选了个与蒋秋差不太远的座位。递钱进去后，她不安分的眼睛到处扫射：高高隆起的假发、只剩下一条细线的眉毛，和老妪背后墙壁上的红色对联，上联"真理传普世"，下联"主爱满人间"，中间贴了张菱形的"福"字。她觉得有趣，当下就想把它们背诵在心里。售票员叫了几次她才回神，伸手接过一张蓝底蓝字的电影票。

出乎她的意料，回头一看，蒋秋仍在门口。他靠着立柱吸烟，侧脸轮廓被晚霞的光清晰勾勒在傍晚的幕布下，显然是在享用着眼下这悠长的一分钟。金慧兰不敢从他面前走过，只好假装对张贴在墙上的海报起了兴趣。她手背在身后，煞有介事地研究一番，对着"即日上映"四个红字着了迷，过一会儿又凑近到公告栏前，摇头晃脑——她什么字都读不进去。

等待开场的空隙里，她钻进水坑尾的檀香山咖啡馆点了份下午茶。里头没什么人。柜台旁一张小餐桌上摆了一串稀疏的葡萄，和一片月牙形状的哈密瓜，不知是前头食客吃剩下的，还是有别的什么用处。她盯着那两碟东西看了几眼，像是在观赏一幅静物画，喉间的干渴从而得到了暂时的平复。她挑了个最里面的位置坐下，又探身抄起隔壁桌上那杳无人问津的日报。无甚大事。头版头条《青茂口岸竣工验收》，这也是她从前未曾听说过的，可惜依旧激不起兴趣。南方大热的暑天，仅只是几张晴空下伟岸建筑的照片，便足以让人想象出阳光灼烧皮肤时的刺痛感。她调整一下椅子位置，使空调冷风能够凶猛地浇灌她的身体。

"餐蛋治和奶茶。"她冲服务生如是说道，对着想象中软趴趴、热乎乎的三明治垂涎不已。"餐蛋治用麦包还是白面包？"对方问。她想了想，回忆起蒋秋包裹在垃圾袋里的面包褐色的边缘，于是耸耸肩，要了前者。

电影开场过了二十来分钟后，金慧兰才慢吞吞回到了电影院。她的力气、她的一腔热血早已在餐桌上和报纸间耗费殆尽。恐惧，也可能是忧愁，使她踌躇着不敢迈步。若是口袋里刚巧有一盒烟，她应当会在门口一根根将它们点完。不管怎么说，在她把票递给工作人员时，那刀仍旧是安稳地缩在她的外套口袋里。空气是安静的，即电影院放映厅外过道走廊里特有的静谧，如同尘埃在空中的舞蹈，一种无人叨扰时物的怡然自得。于此无声之中，她不被人注视地攀爬上陡峭的楼梯，右手按在口袋里，牢牢抓住了刀柄。咸津津的汗渗进她的眼皮、腐蚀了视网膜。她抬手抹几下，擦不干净，眼珠子酸痛不已。

站在放映厅门口，她等了等。无言地追问，万物以沉默作答。

最后，她知道是避无可避了，于是推开门，带着一时冲上脑袋的愤怒。力度太大、动静太响，观众席里有几个人恼怒地回头看了一眼。好在她戴着口罩，金慧兰想，不然自己的脸就要被这么多双眼睛记在心里了。她低头，缩着身体，做出一副因为迟到而倍感羞愧的模样（她是觉得羞愧，但全然不是为了这个缘由），笨拙地挤过许多条大腿，差点儿踩上他们的脚、碰倒他们的饮料。之前她曾担心（或者说暗地里希望）会有人眼红这正中央座位的便利，将它偷去。到头来还是她自己牢靠地坐了上去。

为了防疫，左右都是空座。她便将手脚摊开，等待心跳与血压恢复正常。

前排男子不算高，发顶堪堪挡住字幕的边缘。她摘下口罩俯身靠近，深呼吸，鼻翼张大，几乎要昏厥在他身上熟悉的香味与藏不住的汗臭里。她警觉地朝四周看看，银幕上的情节正巧演到节奏和缓的中场，光线暗了下去，底下观影者谁也瞧不见谁。于是她将左手压在了蒋秋的椅背上，牢牢握住边缘，为的是稳住自己的身体，也像是在掐他的喉咙；右手以同样的力度攥住刀柄，恶狠狠地。

她心中预演着血腥、不真实的情节：她抓住他的头发，刀锋划开他的脖子，血在数秒内喷向幕布；她隔着椅背用力向他捅去，刀刃卡在半途，只刺破一点他的花短袖衬衫；她站起来，刀尖朝下挥动，叫他脑壳迸裂，流一地脑浆。

然而她僵在原处许久，动弹不得。刀柄被汗液打湿，几次滑出她的手心。热潮在她体内涌动，眼前黑茫茫一片，胸膛里燃烧着可怖的火焰，双手静脉却流淌着冰冷的胆怯。不堪忍受，她抬头望向电影，男主角坐在小轿车里说了句蹩脚的台词："你是不是现在里外不是人。"这句话放在粤语里听上去格外地不自然。她神经质地笑出声，下一秒赶紧闭上嘴。蒋秋晃了晃脑袋，似是有所察觉，可仍没有回头。于是她醒悟了：时机已过——因为勇气已经消散。

散场后，蒋秋跑到马路上拦了辆计程车，潇洒离去，全然不知自己刚刚其实是躲过了一场死劫。金慧兰摘下口罩、脱去外套，微风拂过她发了高烧的额头，带去一丝转瞬即逝的清凉。她慢腾腾朝前走，左侧是加思栏花园，昏黄的路灯，树木和高草丛生长旺盛，向街道泼出深绿的湿气。她稀里糊涂地想，要不要去花园里坐一会儿？但疼痛的四肢继续前进：粉刷成粉色的陆军俱乐部，气派的葡式建筑，像一大块精致、昂贵的奶油糕点；马路对面是摩托车停车场，铁骑群将几栋老旧矮楼围得水泄不通，用霓虹灯管写成的"晶晶宾馆"在不起眼的楼道门上闪烁，从不曾被目睹过有客人往来；金色的新葡京酒店，如同一把金属剑倒插入大地深处，直达数千数万公里土层下的火狱；旧葡京，按照当地人津津乐道多年的说法，是个用黄金打成的鸟笼，其来自旧时代的华彩尚未退却，仍能诱捕夜里游经此地的鱼群。

她又想，我该上赌桌试试手气，运气毕竟是相连的。赢钱的运道或许也是杀人的运道。

她行过窄巷、大道与地下停车场。澳门没有黑夜，当铺的招牌是地上的群星。它们为赌场而生，如同巨大天体的陨石带，那样茂密、延绵不绝，竟能够将寂静的道路一一点亮："金丰""金发""佑发""顺百"，等等等等。店门口总有人坐着，在一张没有靠背的凳子上，百无聊赖，呆滞地注视着来去的人。名表、翡翠和手机流进去，铸成一打打筹码，再流向火红色的赌桌。何沁也流向了赌桌。她忽然想起了故人——这几天头一次。她想起了她指向天空的手指、她的微笑、她的家。在高热的梦魇中，她看到了那个浴缸：盛放着死人赤裸的身体，一池血水，那双眼睛无神地——向上，仍向着天空。

"给予我勇气吧，朋友。"她小声说道，如此戏剧化，唯有醉酒或病重的人才能自如地对自己做出这样的表演。"给予我胆量吧，朋友！"金慧兰又说，手再度握上刀柄，肌肉剧烈地疼痛起来。一个坐在"独赢押"门口的女人微微瞪大了眼睛，好奇地望向她，大概是听到了那句拙劣的台词。她不在乎，半是哭泣、半是微笑，她盯着马路、车辆、灯柱、赌场外美丽的棕榈树、远处狭窄的海。她想要被车撞死，想要跳海，也想要回家，躺下，将冰凉的湿毛巾敷在额头上。我会杀了他的，她对自己说。或早或晚，总有一天。在那之前，她需要的只是继续去看——直到她再也看不下去。

上岸

她的手是哆嗦的。

按下开关键像是按下定时炸弹按钮，她十分清楚这一点，但仍顺从于命运，似乎掌心里被汗浸湿的刻纹已经牢牢捆住了她的指头。巴掌大的 iPhone 开了机，一个遥远、可怖的现实世界就此醒来，睁开了一只满是血丝的眼睛。

短信与未接来电的轰炸出现得很是缓慢，如同闪电过后迟迟不来的雷声，叫张孟华深感不安。等待自有其独特的残酷之处，因着它会催生出源源不绝的恐惧与希冀。她开始上下抖腿，倒不如说是那膝盖与大腿自发地抖动起来，又张嘴咬住拇指指甲边微硬的茧，动作略显神经质，结果牙齿不幸地在深红指甲油涂层上留下一道咬痕，毁掉了刚做好没几天的美甲。

隔着金丝框眼镜，她一会儿扫一眼屏幕，下一秒慌忙转开视线，试图看些别的东西：天空、对面宿舍阳台高高挂起的女式内衣、即将脱落的白色外墙墙砖、脚边扫帚上缠缠绕绕的长头发——看什么都行，总之比看回过神来的手机要好的。

直到下了课、吃完午饭、回到宿舍后，她才敢钻进这绝对安全、布满灰烬与枯死盆栽的阳台里，偷偷摸摸重新打开手机。

顺着虚空中的无线电波，厉鬼即将爬到她身边。于心里她恐惧地想："他们要来催我的命了。"

正是夏日最旺盛的时刻，窗玻璃被热浪烘烤得格外透明，仿佛是暑气将玻璃又淬炼了一番，连带着玻璃以外的景物也色彩鲜明得不同寻常。然而，于干瘪绿植的残骸和由衣杆向下低垂的湿衣服之中，她仿佛是被埋葬了。

宿舍房间里空调大开，一丝冷风从门缝往外钻，刺入空调外置机无休止的噪音里，吹拂起她湿透的背。它透进衣料，贴上她的皮肤，很快便化成汗滴慢慢划至腰部，最后被长裙吸了个干净。那是一条仍能算得上新的丝质半身裙，淡灰色，光面的，在晴天下能将太阳的斑点折射至人的眼睛里。它仅被穿过两次，过膝的下摆已沾上泥点子。前天的一场暴雨将细小行道树四周的土壤带走了七七八八。在蹚着水赶赴去另一栋教学楼的途中，纵使她撩起了裙摆（用一种自以为优雅的姿势），也不能幸免灰溜溜的奔逃。

她只记得懊恼，上第二节课时全程思考着清洁衣料的方法：她知道丝绸是不能机洗的，甚至不怎么适合碰水，更何况是被丢进宿舍楼底层的公共洗衣机——那样粗暴地搅拌与撕扯！可在这郊外乡下的大学里，干洗堪称是天方夜谭。她悄悄伸手去摸裙身。近乎没有重量的丝绸紧贴着她的大腿，温顺、柔和，像小鹿身上刚长出的绒毛。但泥水浸湿的那一部分，由于教室里太过闷热，水渍已干得八九不离十，留下几块干硬、脆生生的痕迹，如此突兀，搅着她心神不宁，乃至于完全忘了这些天来，人们正在央求、命令、威胁她偿还买这一条半身裙所欠下的一笔小小债务。

比如这条刚蹦出来的短信：

"张孟华先生／女士您好，经多次联系您仍未处理您的分期账单，我司即将告知您的紧急联络人进行转达以避免进一步扩大您的经济损失，如有疑问请回电。"

只瞟了一眼，她就已将这条信息全然读了一遍。语气比她预测的要更温和，威胁却是实打实的。她绞尽脑汁，试图回忆起当时她填写的是谁的号码。母亲？同学？男朋友？或是干脆将整个通讯录一股脑授权给了网贷公司？想不起来了。到头来其实并不重要，脓包总是要挑破的。

往下翻仍有几条未读短信，她不忍细读，直接关掉页面。

微信同样不得安宁——她得到了源源不绝的"好友申请"。今日点开，已是多了两条新的：

"你已逾期，下午3点前选择自主还款别做老赖，如果失联走流程爆通讯录，家人朋友全部通知。"

"欠债还钱预计今日递交法院起诉不管有钱没钱通过好友申请。"

她忽视了前一条，眼睛盯着后一条：不带标点、没有空隙，轻易能被想象成某种阴毒的符咒。若是按下"同意添加好友"，对方应该会发来一长串的辱骂；可若不通过，干晾着催债人，说不准他接下来还会施展什么可怕的手段。干坐在原处，她思索再三，仍是选择拒绝所有的申请，最后干脆设置成"不能通过手机号添加好友"。至于会有怎样的后果，她已不愿去想。先得过了今天，过了眼下，起码得先将接下来这一小时过得平坦些……

有人拍打起她背后的窗玻璃，将她吓得一抖，手机跌落在地上。

是床铺靠窗的室友从上铺探出脑袋，脸上眼镜歪斜，一个哈欠出来一半又缩回去，声音闷在玻璃后头，朦朦胧胧的："你下午不是有课吗？"

"我不舒服，"她脱口而出，"已经找人帮忙签到了。"

"哦，那行。"室友呢喃着重躺回被窝，过了会儿，伸出右胳膊，别别扭扭地拉上了窗帘。寝室变成幽静的洞穴，昏沉沉在张孟华身后睡去，再不能保护她免受外界的叨扰——这下，她当真成了世上最孤独的人。

不过，孤独是有限的。日落西沉，饥饿渐渐盖过了恐慌。外加上门外走廊里，女学生们拥挤着下楼去洗澡的动静驱散了她的恐慌——那些拖鞋砸在地板上的声音，那些脸盆里沐浴露瓶滚动的响动，那些音量忽高忽低的对话——她日常生活的齿轮开始运作，抛离了那个无言的下午。一切回归正常。

当晚，她照例要点外卖。为自我安抚一番，她选了最近新喜欢上的罗勒青酱意大利面，外加一杯低糖珍珠奶茶。因为会自动还款，支付宝里已存不下钱，她只得靠同学帮忙下订单，再将现金支付给对方：零碎的纸币，二十元、十元和五元的面额，全是从大衣口袋与书包内兜里搜罗出来的小钱。它们被遗忘了许久，在书本与其他杂物的挤压下皱成一团，褪了色、缺了角，摸在手上有种毛茸茸的触感。昨天上午，张孟华忽地心血来潮（也是由于快吃不起饭了），仔细将它们收罗起来，一张张展开、叠好，压在英语词典书页内，仿佛是在做落叶的标本。

这机械、重复的采集动作，就好似农耕者秋收一样，使她得到了一点短暂的安慰。

等待外卖的半小时里，手机显得没那么可恶了——催债人也是要吃饭的——她在那上面看起淘宝直播。在这个时候，她总算能喘口气，脑袋里的神经们蜷曲收缩成一团，打起了盹儿。放空便是。哪怕只有海市蜃楼里流淌着甘泉，遭难的人也得低头去喝呀！所以当她享受起眼前的平静时，是很心安理得的，似乎她是靠着那些备受折磨的日日夜夜，才赢得了这一顿晚饭的安宁。若是有人目睹了下午她在阳台上郁郁寡欢的模样，又见到了她现在欢天喜地的笑脸，一定会倍感疑虑，怀疑她是不是精神出了毛病。

是抑扬顿挫的广告词抹平了她的眉头。

"数量只剩下 5000 个的轻奢品牌经典复古方表，现在只要299。ins 爆款来自韩国，腕表真皮表带是可可棕、深棕与黑色三选一，表身呈复古方形，表盘轻薄宛若无物……"

主播身旁的女助理把表按在手腕上，冲着镜头比画几下。美颜相机使她的手腕变得格外纤细、白皙，没有一丝褶皱、没有一根毛发，与深棕腕表十分相配，好像那条胳膊本身就是个商品，是专门为一款手表而长成了这样。她瞪大眼睛，微微张口，为的是使狂热却不乏忧愁的喘息能合着呼出的二氧化碳一同从口中离去。啊，这块表，大约是能和下午那身裙子做搭配的！不过她刚生出这个想法，主播就已经马不停蹄地开始了下一件时尚物品的推销，使她只来得及将手表存进购物车内，与其他她看得上的"宝贝"们混在了一起：

一管标记为 975 的口红，曾大受主播赞誉。在灯下，它玫红的柔光是具有流动性的；一款被当地药剂师推荐的西班牙去颈纹美白霜（不知为何，"药剂师"一词比"医生"听上去更为动人），附送进口面膜；一套十二支装的化妆刷，由马毛、羊毛与"仿玉米丝纤维"组合而成，外观用的是这两年流行的"莫兰迪色"，即一种并不存在于自然之中的自然色调；一个粉兼蓝的双肩帆布背包，"可以手拎也可以双肩背"，大小正好能装得下大学生一整天课程需要用到的课本、笔记本、笔与钱包。

一个下了晚课的室友推门进来，一抬眼，看见那发着亮的手机屏幕，不由得惊异地问：

"怎么，你又要买？"

"只是看看。"她立马应一声，头都不回。

她坐在宿舍分配给她的那张木质靠背椅上，臀部下放了个日式麻布面荞麦籽芯坐垫，据说对女性健康有好处，可在阴天时老有些异味，兴许是变质了。她的脚边胡乱放着一堆未拆的快递盒（大而沉重的在最里头，小而轻浮的漂在面上），一些牛皮纸屑与快递单的碎片粘住了睡裤裤脚。她最近心情不佳，不愿认真做清洁，也不再爱出远门逛街，便只喜欢呆坐在宿舍里网购。

现今她待着的这地方太偏远。大学宿舍区后门附近仅有一家中型超市、几间小饭馆和一个旧书店：它专卖从图书馆里丢出来的二手书。若是要坐公交车，就得沿着一条发臭的水沟，走上半公里左右的路。抛开"自己人"不说（即悠闲、年轻、叽叽喳喳大声喧哗的大学生），车上的乘客不是斜挎着电脑包的上班族，就是赶着去菜场的老头老太太，偶尔有一两个趿着塑胶拖鞋的年轻妇人，抱了孩子，心不在焉地朝车窗外张望，也不知是要做什么。

贫穷挥之不去的阴影笼罩着这群扎根于此的城郊人，若当真生活在他们之中，张孟华铁定是要觉着灰心丧气的。万幸她得到了学校围墙的庇佑，甚至能怜悯地向他们投去事不关己的凝视。

大学里的生活并不轻松，可也不复杂。每日早上六七点起床洗漱，将书包背上，与舍友一起走出狭长阴湿的走廊，行过晾晒着被芯被套的绿化带，睁着蒙眬睡眼挤进食堂。清晨微凉的风盖过了后厨炉灶与剩菜桶油腻腻的气息。然而人群热火朝天。在既是嘈杂同样也是沉默的人群中（因为他们的对话与呼喊于旁人听来仅只是毫无意义的背景白噪音），她排队，买早餐，有时运气好找到空位坐下，抬头看一会儿承重柱上高高挂起的小电视，喝一碗粥，啃两个包子；有时找不到座位，就将塑料袋捧在手上：通常是刚出炉的红薯或蒸玉米，烫得十指发红，一阵钝痛。

上课、换教室、下课、进水果店买两个灰头土脸的苹果、晚饭点外卖、洗澡、复习功课、睡觉，周而复始。

宿舍楼同样不尽如人意。南方城市的春夏惯常是潮湿闷热的，冬季也泛着入骨的阴冷。楼道的墙壁终日不见阳光，点点霉斑从墙漆破裂的缝隙向外蔓延，一阵湿漉漉的臭味。房间里同样好不到哪儿去。仿大理石地砖经历了历届学生的撞击与折磨，多有破损，各处皆露出一点深灰色的水泥，寒酸得使人不忍细看。床铺是一张仅比成年人宽阔些许的木板，铺在上头层层叠叠的被褥或是沾染了水汽，或是不堪重负，逐渐扁平成一张薄饼，于是在床上睡久后，仍会硌着骨头。

这样的生活环境，自然无法满足一个刚冲破家庭牢笼的年轻人日渐高涨的物欲。

上大学以前，张孟华惯常穿校服、短袖衫和球鞋。它们多以灰、白、黑色为主。除此外便是找一个女裁缝随便做几件衣裳。那是个常年坐在缝纫机后佝偻着背、半盲的老太太，就住在她家楼下，底层，隔着一扇挂满衣物的窗户接受街坊邻居的订单：大多是修改一下尺码过大的成衣，或是用一些碎布烂布拼凑出几件纸一样薄的睡衣。也有人会在附近买块好点的花布，递过来叫她做条无袖裙，最简单的款式。老太太会将花布捧在面前，就着日光凝视许久（她绝不开灯，为的是能节省一点电费——难怪白内障那样厉害），用满是皱纹与斑点、宛如老竹一般骨节突起的手，一寸寸摸过布上的花纹，叹道："是块好料啊。"

那最后一声喑哑的"啊"，从幽静与尘埃的窗框里，向着窗外陈旧的矮楼和杂乱的榕树，朝上、朝上，直至消失在了苍穹下。

她的行李中，有两样是这老太婆的作品：一件淡蓝色配上浅黄小碎花的连衣裙，费心仔细地车了边，因着老太婆听说是她要带去大城市读书穿的；一条围裙，为着她蹲在浴室里洗衣服时不会打湿身体。两样东西都在原处（即行李箱底，压在真空包装的老家土特产下），折叠成四方形，不曾被展开过。

每个月，家里汇给她的生活费固定是两千元。这是数次讨价还价后得来的成果，一开始只有这笔数字的一半，包括了宿舍需要的电费与平时的文具费。头一个月她过得极艰苦，吃食堂，周末只进图书馆，除了大学生自组乐队无精打采的演出，与活动中心的免费电影，她少有别的消遣。纯粹的、热闹的校园集体生活对她而言仍是新奇的。她虽没有意识到自己的独立性正在增强，可一种前所未有的兴奋已经在情绪的地平线上冉冉升起：她能够自己决定吃什么、穿什么、用什么，以及晚上几点睡觉。她终于得到了自由。是的，自由。为了尽可能地挥霍它，一开学她就加入了五六个社团，但都只在新生迎接会上露了个面，转头全忘了个干净。她新认识了各式各样的人，然而皆不是深交，连一起选公共课的交情都不曾有。她觉得自己有诸多选择，却最终还是留在原地，继续胆怯地朝四周观望着。

开学后第三个月，她辛苦存下六七百块钱，刚好够出去逍遥一天，还能买一双鞋或一件外套。某个炎热的周五傍晚，她上了公交车，再换乘了一个半小时的地铁，跟着两个室友到达市中心商场。对着各个商店的玻璃橱窗（既布置着最新、最时髦的衣服，也反射出她自己的模样），生平第一次，她体会到了"珠玉在侧，觉我形秽"这句话背后的酸楚。在同学、老师与课本之中，这样的醒悟本不会被激发出来。

那天吃晚饭前她一直是闷闷不乐的，但几道可口的粤菜抹平了她受损的自尊（这是她第一次走进一家茶餐厅）。饭后，三个人逛了整三个小时。为了报复在城郊乡下的大学里度过的整一周，她们仿佛躲避饥荒一般狂热地进行采买。她夹在其中，胆子逐渐大了起来，也敢于进试衣间换衣服了。

商场关门前，她买了件有蕾丝花边的奶白色衬衫。结完账，她奔入卫生间，撕下吊牌直接将它换上。对着惨白的镜子她照了许久：衬衫纽扣带着珠母的光泽，在灯下闪闪发亮。"手工编织"的花边顺从地帖服在袖口与衣领边，像奶油蛋糕上美妙的波纹。她看得越久，心中越是明朗，仿佛在人世间活了十八年以后，终于头一回看清了自己的长相。

她很快就固定只穿百货商场里的当季新品。为此，她拐弯抹角地向家里要钱。一开始，父母对于她日渐高涨的开销仍能称得上是态度客气。"女孩子总是要学会打扮的。"当妈的私下这么说。两个月后，她的生活费升了两倍，手头阔绰了不少，供得起她偶尔逛逛街、下馆子。对于这突如其来的富裕，她窃喜不已，飘飘然得近乎昏了头。她能负担得起的，不仅是橱窗里如少女的梦一般甜美的衬衫、长裙，更是一些她迫切需要的小玩意儿：漂亮的床帘、法国薰衣草精油与加湿器、让头发不会打结的圆梳、几本外文精装原版书……她的宿舍位从而在极短的时间内得以改头换面，洗脱了简陋的气息。

但不久后她便发现，这笔固定的生活费只够得上一个月买一两件衣服，再多的已是负担不起了，比如去一趟牛排餐厅（一百五十元一份套餐，包括甜点、酒水与难以下咽的前菜沙拉）、喝一次网红下午茶、看一场音乐剧（坐在边边角角的位置上，勉强能辨识出演员穿的是什么戏服），等等等等。有时候只是一个晃神，钱就已经烧了个精光。而那些不需要花钱的活动，到底是没什么意思的：教室里烦闷的纪录片放映会、讲座、只有膨化零食的院系聚餐、大学生整脚的话剧，这些都已无法让她提起兴致——不像刚入学那会儿，一切都是崭新的、欣欣向荣的。

她终于察觉到了大学生活的幻灭之处：理想仅存在于想象之中，现实满是金钱的刮痕。

每个月月末，当银行里的钱所剩无几了，她就只能隔着玻璃去看橱窗里的大衣、高跟鞋与人造水晶耳环，只能吃食堂的三菜一汤，只能喝速溶咖啡粉冲泡出来的泔水，只能假装不经意地用手指轻抚集市摊位上的手工珠串与宝石戒指：它们触碰着她的食指、拇指，对她的朝拜无动于衷。

手头拮据的感觉确实不好受。饶是这般，她仍是等到了大二的上半学年，才下定决心要尝试一次分期付款。至此，那代代相传、近乎笨重的勤俭道德观念就彻底离她远去了——那曾是她长途跋涉逃离战火的曾祖父母与他们的后代们引以为傲的家族品质。

她先是用"花呗"购买了一瓶汤姆·福特牌"乌木沉香"香水，选择的是"三期免息支付"，每个月还四百九十三元，外加上二十六元手续费。香水寄到的那晚，她谨慎地用剪刀拆开快递盒，里面的空隙已被白泡沫和几卷混乱的彩色纸带填充干净。她用指甲刮开外层的玻璃纸，连包装盒也不舍得弄坏。开箱的动作被她有意延长，因为这拆卸的过程正是她能从这次购买中得到的最大欢愉，尽管她并没有意识到这一点……最后，她在台灯下仔细观赏那黝黑的玻璃瓶，左看右看。

这是她的第一件奢侈品，在手上沉甸甸的，几乎是金子一般的重量，也和黄金一样珍贵。

她小心翼翼地把这对东方的幻想（焚香、寺庙、乌木）喷洒在脖颈、手腕内侧与耳垂上。上课时只轻轻一低头，就能闻到这来自假异域的芬芳……她欣喜若狂：一个月只需要不到五百元！

不过香水带来的愉悦并不持久，像它本身的香味一样——

被太阳一照、汗臭一盖，皮肉上就只剩下一点不雅的酸气……香水不像一件衣服、一双鞋、一条项链，它的美是无形的，只能被凑近了的鼻子（还得足够敏锐）所捕捉。

又或许这本就无关于东西的形态、种类和样式。"拥有"是长久的状态，可"得到"却是一个何等短暂的动作。为了重温那一瞬的迷醉，她数次将香水瓶捧在手心，尝试像小孩子看海盗宝藏一样痴迷地研究它剪裁干净利落的瓶身、浑圆的瓶盖，和黑色方形标签贴上显赫的白色英文字，但并不管用——似乎一旦曾被她的手焐热，那初到手时冰凉、珍稀的触感便注定是要一去不复返了。

第二个月她如期还款，这次是略带痛苦的：玻璃瓶被随意丢进一堆乱七八糟的小摆件里，横倒在桌上，沾了灰，偶尔拿来做书立或镇纸，派上点用场……而她还在为它付钱！

到了第三个月，一切就显得更荒谬了。她硬是拖到了还款截止日前的那天夜里。是在上晚课的时候，她坐在教室最后一排低头把玩手机（半年后她换了一台崭新的）。想到这钱本可以用来做什么，她不由得心如刀割，甚至眼眶里还涌上了薄薄一层泪水。

"以后再不干这蠢事了。"她茫然地对自己说，几分钟后，手指沉痛地按下了屏幕里的"支付"按钮。

为了洗心革面，她特地去了一家开在大商场里头的书店。那类书店兼卖各类文具与小首饰，以及印着文豪肖像照的帆布包。她对这些"文艺范儿"的东西向来不感冒，认为它们平庸的用途配不上它们咄咄逼人的价格。但一想到接下来要老老实实记录平日里的开销、过上枯燥无味的朴实生活，她又觉得一本好点的本子和一支好点的笔是必不可少的。于是她选了皮质封面的"旅行者笔记本"，与一支玫瑰金外壳圆珠笔，这便是记账本上的第一、二条记录。

　　记账的习惯大概坚持了两周。带着悲天悯人的情怀，她以圣人殉难的力度，孜孜不倦地在白纸黑横线上写下"馒头：2元"这类的字样。结果却是这项工作的持续时间被大大缩短了——因为期中考试将近，也因为她有了个男朋友。

　　前者的结果远算不上好，但也说不上有多糟：期中考毕竟是灯塔一类的东西，提醒游泳者距离真正的礁石还有多远；后者的来历同样十分普通——比她高一年级的学长，因为系里某个活动而和她认识、相互留了电话号码。他长相一般，幸而个头够高，旁人因此看不大清楚他的脸。和一般家境较好的男生一样，这人平日里注重穿衣打扮（这点正中她下怀），脸上佩戴着一副细黑框眼镜，勉强算得上是文质彬彬。

　　两人第三次一起看了晚场电影后，回学校的地铁上，他别过头不看她，接着，悄声说道："做我的女朋友好吗？"

　　她想，这是意料之中的——为何不答应呢？于是点点头。她虽然对这么轻飘飘的一句告白有所不满，但心底还是庆幸他没有硬做出那种一往情深的嘴脸——他们之间绝没有那样的情感。

　　回到宿舍后，她公布了这件事。室友们纷纷恭维一番。是在这样热闹的七嘴八舌里，她才感觉到了谈恋爱的喜悦。这喜悦并不来自恋爱本身，而是来源于对恋爱的审视，是一种胜利的喜悦——正如那瓶已经不知所终的香水。熄灯后，她久久不愿睡去，没完没了地回味着这个夜晚，妄图从中榨取出足够多的快乐。末了，她终于疲惫了，男友的脸在记忆中蒙上一层薄雾，告别前的那个吻也开始变得寡淡无味——这就是咀嚼过多的后果。最后，她满足地长叹一口气，仰面朝上，摊开四肢，安稳沉入了梦乡。

小情侣的约会在下半个学期里较为活跃。起初，他们会去看艺术展、听音乐会，但两人很快发现对方就和自己一样，对这类"高雅活动"并不感兴趣。这一领悟叫她暗地里放下心来，可也让她失去了些许对男方的尊重。不管怎么说，他俩是天作之合：身高、长相和脾性皆没有太大的差距。而他更看重她，这一点让两人都有些沾沾自喜——他自认为是个情种，而她觉得自己魅力无边，才初入战场就打了场胜仗。

在极罕见的时候，他会向她投以爱慕的眼光。或许是他天性中温柔的一面尚未被社会的雄性规则所扭曲，也可能仅是因为她看上去要比同龄人时髦得多。她照在镜中的人影时常是个幻象，被光线收拢在他人视网膜上的影像亦是如此。

她的开销顺其自然地变大了。

类似于中秋、国庆一类的小长假，他们总要一起旅行。杭州、成都、丽江，多是年轻人喜欢去的地方。他愿意承担大部分的花费，例如机票和住宿。她负责小额的支出，譬如出租车费、一两杯饮料的钱。尽管如此，她仍感到了一丝力不从心。在车旅劳顿中，她不得不花上更多的精力与金钱去维持住她赖以生存的形象，去收集能填补她意识空白的小东西们。而家中的父母已不愿再多给她额外的钱："你就是吃黄金、屙珍珠也用不了那么多——"

由此，她迎来了全新的生活。这是一种和以往全然不同的负债：以前是分期支付，现如今是真正的借钱。当然，借钱不是难事。支付宝、微博、小米、邮政……用网上借贷者们的黑话来说，哪里都是"口子"，处处都能下款。这儿的窟窿要漏了，就从那儿弄点钱给填补上——她选择了一条危险的道路，对此她心知肚明。可钱来得太快、太容易。除了填写身份证信息与几个手机号，放贷平台对她没有别的要求。他们对她借钱的原因不感兴趣，甚至于对她能不能按时还上钱，似乎也是漠不关心的。于是她自暴自弃，抱着今朝有酒今朝醉的心态，花钱愈发大手大脚。

但她仍旧不愿在"真实的"现实中这样失态。她迷上了网购。躲在手机后窥探、渴求、窃取，一切都是安全的，个人账户里数字的跳动离真正的财富或债务太过遥远——

直到现在。

她从未查过自己的征信。她的个人信用记录应该早就"花了"。这大概也是新平台拒绝给她放款的原因。而那些老主顾呢？嘲弄着、讽刺着，把能借出的金额压得极低。甚至手续费与利息加起来，都已有借款本身的三分之一。可她不得不去借。借、借，到处借。向来路不明的贷款公司借，向男友借，向室友借，向父母借。

但她糊涂了。有时候一个贷款还了三四个月，也只是还掉了利息，本金的数字明晃晃摆在原处，一丁点儿变化也没有。于是到下个月，利息照旧涨出来，如同雨后春笋、半夜追随灯光涌入室内的白蚁、阴天里死水潭表层的浮游小虫。

陌生人开始给她打电话，态度凶狠，对她的难处与恳求不屑一顾：

"你困难是你个人的事情……你该还款了懂不懂？"

"你不要接了电话就说没钱没钱，给你二十五天你干吗了？"

"地址报上来！"

"我们会派三个人来你这儿收钱，只收全款，三小时后到。"

他们其实并不会上门，暂时不会。她被割裂出去的另一个自我——作为学生的自我——有限地保护了她，使她不被"社会人士"纠缠太过。但事实上，她已不再是个学生：她仅是一个疲于奔命的穷鬼，到了末路，被金钱推搡着，落入密密麻麻的魔网之中。

在这残酷、没有尽头的围捕下，她性格大变，情绪忽高忽低，下午刚单独一人躲进公共厕所大哭一场，晚上就能为了"双十一""双十二"血拼至下半夜；平日回答旁人不经意的提问时她满嘴胡话，仿佛隐私里有什么东西能够刺破她岌岌可危的假面具；在吃穿用度上她变本加厉，浪费已是常见现象：外卖总是点两份、口红塞满了抽屉、新买的高跟鞋没穿过几次就在"闲鱼"上低价转出……她不看价格、不看实用性、不看评价，但凡是想要的，就一定买下——到最后连快递盒也懒得拆开，就这么堆积成山，将她唯一的那把木椅子围成了孤独的王座。

吃完意大利面后，她慢慢将塑料杯里的珍珠吸干净，一边朝楼下走。有食物残渣的垃圾不能留在宿舍内过夜，不然非得馊了不可——招来苍蝇、蟑螂和其他说不清道不明的小飞虫。她打算扔了垃圾后就回去。她穿的还是睡衣，没化妆，头皮上油脂分泌严重，两三天没洗了，今晚她也不打算洗，因为明天无课。更何况每当她自觉不洁时，睡在那香喷喷的床铺上是能带来施虐的快感的……她仇视周遭的一切，包括床帘后的纯棉床单、针织毯子和填充玩偶。因无法还款而无法入睡的夜里，她便浑身滚烫地躺在它们当中，于荒诞的梦魇压迫下，妄图用体热将它们统统烧死。

她听到有人在轻轻唤她的名字，不由得抬眼一望：男友站在路边灌木丛旁，冲她招手。

"你怎么来了？"她跑过去，但将脸藏在灯柱阴影下，低声问。

"我在这里有一会儿了。"他回答道（可答非所问），接着，不说话，只皱眉头看向她。

她等了一分钟，不耐烦了，又有些隐约的胆怯，于是凑过去，讨好地笑道："想我啦？干吗不提前在微信上说一声——"

"孟华，"他突然开口，那声音，就像是从胸腔里冲出来一样，爆破在两人的耳边。可下一秒他又压低了嗓音，因为怕旁边经过的人听见……

"你是不是欠人钱了？"

她哑口无言，瞪大眼睛看着对方，血液登时朝面上涌去，冷汗从额角滴落。"有人下午打电话给我，叫我劝你还钱。"见她沉默着，他便自顾自说了下去，"那是个女的，凶得很，说你欠了好多钱，再不还清就要上法院告你了，搞不好还要进监狱的——"

他噼里啪啦讲了一通，慌里慌张的，但这慌张里带着松弛的同情，仿佛是一个人坐在电视机前发出的一声感慨："唉，死了好多人。"她听出来他实则并不担心，于是被刺痛了，积累了许久的狂怒与被羞辱后生出的恨意占据了她的心脏。她干脆在心里将欠债的过错归咎到了他身上，乃至于有了模模糊糊的复仇之念。

"家里人生了病，"她低下头，哽咽着，终于开始告解，"他们……他们要我先借点钱，垫补一下医药费……"

她自己也不敢相信，她撒起谎来竟是这般自然、顺畅，似乎在睡梦中就已经打好了草稿。她就这么信手拈来，编了个外婆病重、父母做生意没有现钱的故事。她讲了个数字，而那连实际欠款的一半都不到。她说自己近来连吃饭都是有上顿没下顿——也不在乎刚刚他是否瞥见她扔了一整袋外卖包装。她哭诉自己这几日夜夜失眠，睡不着觉，心中的苦闷无处诉说。他一边听一边叹气，脸上露出同样苦恼的神情。末了，他掏出钱包，从里面抽出五张百元大钞塞到她手里，叫她先用着这些，剩下的以后再想办法——比如做家教、在快餐店打工。总会有办法的，对不对？

她破涕为笑，点了一下头，手按在胸口，安安稳稳地捏着这沓钱。

不合时宜地，她想起了仍在购物车里等待下单的那款手表。

恶星坠落

　　白琳睡醒的时候，外面还在下雨，潮气从窗缝钻进来，房间里有一种湿漉漉的味道，墙缝里的霉菌发酵后飘浮在满是水汽的半空中，她睁着眼睛，蒙蒙眬眬的，说不清是晨雾涌入、阻挡了视野，抑或是人尚未清醒，双目还未复生。她在床上躺了会儿。尽管那床单被套摸在手上十分腻滑，她还是在里头蜷缩起了身体，不动弹，心却是活着的，一下一下，将血液缓慢打进四肢里；她想象着血液像即将凝固的岩浆，在肉眼不可见的管道内，艰难前进。

　　妈妈在房间另一头的床上睡着，有点儿呼噜声，打着圈儿从鼻腔深处冒了出来，散在空调嗡嗡的响声里。这微弱的鼾声，使卧室里显得格外静谧，白琳便觉得她是沉没在了一块水晶的深处，凝固的时间与空间。她举起手臂，直直朝向天花板，在晨光中勉强能辨识出汗毛倾斜着匍匐在皮肤上。白琳便想，待会儿洗漱的时候，她又该刮毛了，腋下的、小腿上的汗毛，不好在男人面前裸露出来。这样零零散散要做的准备还有许多，然而躺在床上，人不免懒散起来，懒得动弹，软绵绵的，只顾着在脑袋里来来回回地思索，并没有行动的力气。她闭上眼睛想了想待会儿要穿的衣服，想了想背包深处的证件与一点儿刚换好的日元，想了想行程，想了想姐姐一家：两个孩子与一对年轻夫妇，尿布与奶嘴，鼓鼓囊囊的手提袋，等等等等。

　　她翻了个身，母亲动了动，又平复了下来，从身体深处发出断断续续的梦吟，听着这声音，她突然睡不下去了，于是坐起身，屈起右腿，双手抱着膝盖左右摇晃，骨头发出咯咯嗒嗒的动静。

从未拢严的窗帘缝往外看去，雨色仍昏暗地坠向地面。楼层太低，她见不到天空，街道与树木被细密的防盗网切割成了碎屑，不值一看，因此她把视线收回来，落在衣柜板贴着的镜子上。镜面只能勉强照出她的脸，和晨起后蓬乱的黑发。她疑惑地看着这张脸，手指慢慢按进脸颊肉，松开后，凹陷的坑缓缓恢复原状。

青春的胶原蛋白摇摇欲坠，然而青春即将逝去，白琳却还未有夫婿或正大光明的恋人。她枯坐在床上，记起有天夜里饭桌上，母亲舀汤时，叹了口气，说姐姐在她这年龄已经生了大儿子，又问起之前给白琳介绍的公务员。那男人在姐姐的监管下，与两姊妹见了一面，一起饮茶、看戏，不温不火地交换了联系方式。结束后姐姐抱怨那相亲的对象太小气，不知道抢着付饭钱，只好让她这个介绍人掏了腰包；又说那一笼笼点心一看就是搁置太久，汁水早就流干了，小笼包的面皮那样生硬，吃下肚待会儿准会闹胃痛。姐姐骂到兴头上，不由自主转了上海话，又因为身体羸弱，走长路颠了许久，空气由喉咙口急促地涌入肺部，再呼出时，带上了痰的动静，听在白琳耳中，就有点讨厌了。

但白琳只低头去听，嘴里偶尔附和几下。过了会儿，姐姐又话头一转，回忆起男方的种种好处：工作稳定，身体健康，长相也还算过得去。"我觉得不错，"回家后，姐姐对母亲说，"琳琳嫁过去，咱们凑半个首付，小夫妻俩每个月辛苦些还房贷，过几年再生孩子，挺好的。"

只不过男方没什么兴趣，手机上聊了几句后，再发讯息就是石沉大海。白琳松了口气，又很自然地觉着有些屈辱，像一块待价而沽的猪肉，因为搁置太久，那火一样的红色就要从肌理渐渐退却了。因此母亲问起这事儿时，她总感到尴尬，与力不从心的恼怒，最后万般愁绪化成一股愠气，悠悠扬扬从胸膛里升起、散在迟缓的对话周围。

"他有再约你出去吗？"母亲问，手不大稳当，洒出来几滴，浮在塑料桌布上。

白琳耷拉着眼皮，几句讽刺哽在喉咙口，末了只摇摇头，哑着嗓子承认没什么联络。母亲细长的眼睛在她身上溜了一圈，察觉到了小女儿的不悦，端起碗，勉强笑了下，说不急，说女儿还小，还年轻，还不用担心婚姻大事，接着端起碗，一口气往嘴里灌鱼汤，动作太急，白汤从嘴角漏出来，流到胸口的布料上。母亲穿的是天蓝色的短袖衫，因为上了年纪，料子已变得稀薄，沾了液体后，近乎把乳房全给透了出来，但难有色情的意味。白琳注视着母亲发胖的身体，觉着那遥远的婚后生活如同一大团积雨云，在地平线上模糊地向她奔来，顿时没了胃口。她放下碗筷，低声说"等下我来洗"，起身回了卧室。

约莫一年前，姐姐便已说起一家人将去日本旅游这件事。大姐半真半假地邀请过母亲，被拒绝了，此后在娘家讲起那旅游的准备，总要抱怨一句妈妈不给面子，胆儿小，不愿跟女儿一起出国散散心。白琳一般是坐在一旁看电视，或者玩手机，木头般一动不动，驼着背缩在沙发上，眼球好似玻璃珠，透亮而空无一物。只除了有一次，母亲将遥控器丢在茶几上，清了清嗓子，问大女儿能不能到时候带上妹妹一起——姑娘年纪轻轻，若能见些世面，未来待人接物的时候，或许会变得更开朗些。

母亲老是担心白琳闷头读书，在社会上没什么朋友，以后还不知会过上怎样孤苦的生活。只是在大姐看来，这一副慈母心肠就显得有些啰唆了。白琳低头不语，心知此事希望渺茫，更何况，花着姐姐的钱，在异国他乡尽看人脸色过活，她自己也觉得不痛快……不承想姐夫阿元在旁边笑了笑，轻轻拍拍妻子的肩膀，女眷们安静下来，齐齐往他看去。

"挺好，就带上妹妹吧。"他说。

"都是一家人。"他又说。

姐姐皱起眉头，连说带比画，列出一系列的开销，嗓音渐渐往上攀升，最后盖过了电视机里和蔼可亲的广告旁白，真叫一个热闹。那生育了两个孩子的女人疲惫的脸，在大灯下颤动，唾沫星子从嘴巴里喷出来，四散在沙发上、地板上，和躺在她怀里打着瞌睡的孩子身上。白琳动了动屁股，尾椎骨有点儿酸痛了，她低下头，耳朵仍听着，从迭声的抱怨里，听出姐姐是气愤丈夫抢先一步要当好人，也因为别人又得将她看成是小气鬼，故而格外地强硬，不过到最后脑筋一转，暗示说若旅费和食宿费能从母亲那儿出，倒也没什么不妥。

母亲低低咳嗽，有气无力，也去拍她的肩膀。

"就当是帮你带带孩子呢？"母亲说，低声下气，"多一个人，总是多一双手、多一双眼睛……"

这事就这么定了下来，然而没人是满意的。之后连着几次见面，姐姐都不是好脸色，开始时不时让她去接小孩放学、去菜市场采购，稍有耽误便阴阳怪气、大加嘲讽，把白琳气得脸色煞白，睡前面朝着墙壁，悄声呜咽，被前所未有的恨意围绕，在夜深人静、头脑混沌宛如糨糊的时刻，她攥住被角，咬着粗糙布料，死死瞪向想象中的那些脸。被囚禁在透明的狭窄牢笼里，却因为怕被人认为是忘恩负义，于是无法倾诉出自己的痛苦，白琳只觉得自己被"日本"这两个大字放逐到了荒芜的沙漠中，不管往哪个方向望去，都看不到尽头。自然，这样极端的想法是来源于她孤僻、单一的生活，一旦出了家门，踏上异国土地，或许就会有极大的改变。这也是白琳的母亲暗自期盼的。

不过，在准备与等待的过程中，仍存在着些许雀跃与快乐。因为自小生活在南方，白琳少有能在寒冬里保暖的衣物，不得不出门做一番采购。这时候，她多是跟着姐姐一家去"威尼斯人"或是"银河"这类购物中心闲逛，专门负责在后头推婴儿车。姐夫有时候将她带进全是人的服装店里，给她选一两条裙子与上衣，或一件厚外套，催促她去换上看看。白琳在更衣室里穿上灯芯绒半身裙，将发带解开，使厚重的长发披散在肩上；又从小包里翻出口红，对着镜子小心翼翼在嘴唇上涂了几层，端详片刻，觉得满意了，这才开了门，探出上半身往外看。阿元抱着胳膊站外头，笑眯眯地让她转身，前前后后地展示，最后说好看，显得高又瘦，人整个精神了许多。白琳望着全身镜里的自己，又见到身后全神贯注盯着自己看的男人，与疲惫不堪、弯下腰去哄孩子的姐姐，终于感到万分得意：被新衣服包裹下的圆润身体里，仍有着年轻旺盛的力量，像一朵花儿的芬芳一样，在空气里温柔地摇摆。她朝镜子里注视自己的人们微微一笑，回去换上牛仔裤与长袖衬衫，但解开了衬衫头两颗扣子。

"买了？"姐姐最后站在店门口等，见她拿着袋子出来，便问。

她点点头，毫不意外地见到对方的眼睛往阿元脸上瞟，想分辨是谁出的钱。

这样的情景陆陆续续重复了许多次。白琳在入睡前，经常是靠着一而再，再而三地回忆重温这些画面，来平复自己受到的屈辱。这屈辱有时候是来自姐姐，有时候是来自母亲，有时候是来自杳无音信的相亲对象。无论如何，这不是道德的事，然而白琳也是遭受了不道德的轻视与呼喝，因此，在夜里仔细勾勒那给了她细微信心的男人的脸，借此来获得满足感，是十分自然的事。

出发那天，他们是机场碰的头。白琳推着半人高的行李箱，背了双肩包，倚着巴士的车窗，朝外去看大海与海上冉冉高升的太阳。在跨海大桥上行到一半，一只浅灰色的海鸥展翅滑翔，正好与巴士是一个高度。鸟的头颅直直往前，对它旁边车上的乘客一点儿也不在意。白琳望着这只在风中飞行的海鸥，一边感觉自己是在与它一齐往海的尽头飞去，一边又隐隐不安，似乎前面等着的是某种祸乱，其预兆已在地平线上升起——一颗明亮灾星，在她头顶上闪闪发光。

"唉，纵然当真犯下大错，那又如何呢？"她悄声对自己说，"也不过是骂上几顿、吵几次架罢了……"

在机场柜台前排队时，大外甥举着玩具车，嘴巴里发出轰隆轰隆的声音，模拟车轮转动时的动静，跪趴在地上，被姐姐骂了几次也是充耳不闻。白琳抱着沉甸甸的小外甥，看那大孩子撅着屁股，对大理石地板上的纹理饶有兴致地摸来摸去，顿时想这两个孩子就像安全带一样，牢牢地把阿元扣在了家庭生活里，心里不由得有些酸涩，但也安心了许多。她低头去看幼儿的面孔，小孩脸颊上的肉圆鼓鼓的，稚嫩可爱，一双灵动黑目四下张望，她见了，忍不住往他脸上吻了一下，这亲吻既是因为自己喜欢，也是为了在一旁站着的阿元做出的表演。她故意不往男人的脸上看，只细声细气与怀中的孩子对话，问他饿了吗？困不困？要不要趴在小姨的肩膀上睡一下。那小孩咿咿呀呀，旁人也听不出是在说什么，于是她就笑，微微侧过脸，温柔地用鼻尖蹭了蹭他的额头。

"我来抱会儿吧，"阿元突然说，双手已经举起，手臂几乎把白琳环入怀中，"你休息一下。"

白琳把孩子递过去后，手里空落落的，于是整理起自己耳边的发丝，力度放轻，使那动作显得既灵巧又好看。队伍挪动得缓慢，妇人絮叨起大儿子昨晚踢被子，身体着凉，嗓子疼，净给人找麻烦。另外两个成人没有接话茬儿，只顾着眉来眼去，见女人低下头翻包找证件，连忙相视一笑。白琳异常欣喜，抿嘴不言语，心中因为掌握了姐姐全然不知情的秘密，终于一跃而上，成为这小小团体里的新一任女主人。

过安检时，白琳张开双臂，让人去扫描自己的身体，转过身后，她与先一步过了安检、站在原地等待的阿元遥遥相望，她沉浸在心心相印的愉悦中，还是工作人员在耳边轻轻说一声"好了"，才回过神，拿上东西小跑到那对夫妻身边。

阿元长相不算英俊，他眼睛虽大，却并不美，显得有些突兀，能让人联想到砧板上奄奄一息的鱼头睁着的大眼睛；嘴唇上方偶尔会长出细微的胡楂，有点像刚进入青春期的中学生；颧骨高，皮肤偏黄黑，仅比自己的妻子高半个头；喜欢穿需要扎皮带的黑长裤，头发又爱往后梳，上半身的白衬衫也收入裤带内，食指与中指常年沾染墨水，不干不净的，因此人人一看便知他是个教师，且人微言轻，不值一提。

阿元与白琳的姐姐是同事，两人从恋爱到结婚，也不过是一年以内的事。对于这桩婚姻，白琳的姐姐刚做人妇时，私底下有诸多抱怨，现在倒闭口不言了。

白琳还记得阿元第一次到家里来做客，那时姐姐还是个"姑娘"，张罗着做了几个菜，再让妹妹跑腿下去买桶纯净水，为了泡一壶好茶叶。阿元连忙自告奋勇，与恋人的妹妹一同乘电梯下楼，在超市里还问："妹妹有什么想要的，尽管挑。"那时候白琳仍在读中学，听这么个陌生男子结结巴巴与她说着"港普"，不禁觉得好笑，又害羞地不敢直视对方的眼睛，只好胡乱应付几句。

结账后，阿元一口气提起两桶水，叫白琳刮目相看：不承想这么一具不起眼的身体里，竟也会有好大的力气。

这么几年过去，她与阿元之间一直是友好的相互疏远的关系。现如今，他在白琳眼中，突然又成了个富有魅力的男人。这样的激情是从何而来的呢？白琳坐在候机厅座椅上看守着孩子们，看着姐姐与姐夫在免税店闲逛，两个人的背影在稀稀拉拉的人群中慢慢远去，如同两枚投入河水的石子，因为分量太轻，沉不入底，被水流缓慢地带向了远方；她思来想去，在那男人身上似乎找不到什么外貌方面的优点。唯一值得一提的，是他体形精瘦，夏天穿短裤时，小腿上的肉硬邦邦板成一块，仿佛子弹也打不穿。姐姐在两次生产后，肉松了许多，脸总是浮肿，面色惨白，在自己结实的丈夫身边，显得衰老、憔悴，又全然不自知，纵使知道了也不会在乎，因为阿元是公认的老实男人，谈恋爱时连嘴也不敢亲——对于这个胆怯的性格，结婚后，姐姐对自己的母亲提过几句。

"……嘴巴闭得那样紧，两张嘴蹭一蹭就算是接吻，"她笑道，"连手该放哪儿都不晓得！"

大家对此十分满意：由此可见，阿元是个好的，不曾在外头乱搞过什么不三不四的女人。只不过这样的"好"，到底是代表了某种魅力的匮乏和欠缺。如同生锈齿轮缺乏润滑剂，运作时总会嘎吱作响，他的动作与语言并不流畅。但近些时候，或是因为年龄增长，或是因为在妻妹身上重新夺回了作为情人的热情与活力，阿元的气质流动了起来，身体再度发育，出落成了个稳重的成熟男人；当他宽大的手掌悄悄环上白琳的手腕时，为了那体热，她会微微战栗起来，心中同时生出被拥抱、亲吻时会涌现的甜美之意。

奇特的是，对于阿元这样的转变，除了白琳之外，竟无人有所察觉。

上飞机后，她撑不住，倚着窗户眯眼睡了一觉。阿元带着小儿子远远坐在后头，即便是在模糊的梦里，她也能感觉到阿元的视线，穿过层层叠叠的乘客，炽热地印在她的脊背上；思及至此，她不由得发出一声叹息。姐姐动了动，侧头去看妹妹的脸，想问她是在为什么叹气；白琳装作已经熟睡，眼皮底下蓄满泪水，稍有动作就会露馅，于是心怀恐惧，手指头死死嵌入胳膊里，好不容易才平复了情绪。

餐车行来后，白琳选了猪肉面。她拆开发烫的锡纸包装，食物蒸熟后使人不快的香气扑面而来。

"吃点啊，"见她愣着不动筷，姐姐催促道，"到地方都得傍晚了。"

"我吃不下。"她回答，胃里直犯恶心。那肉片和稀稀拉拉的酱料混成一个颜色，像一摊湿泥盛在饭盒里；白米饭倒是亮晶晶的，然而凝结成一块，且大半已被土黄的肉所污染，不能引出白琳的食欲。她又往旁边看去：女人正在嗦鸡肉面，被酱油浸泡出深褐色的面条，末端在空中弹动一下，便被吸入进食者的口中，嘴唇油汪汪的。那大儿子反倒学了小姨的作态，筷子翻来覆去地捣，就是不肯夹起东西。

"发烧了吗？"姐姐手掌捂住他的额头估量了会儿，"是有点烧。"

她埋怨自己儿子生病"真会挑时候"，逼他多饮几杯水，命令他靠着自己的肩膀睡上一觉，扭头和妹妹诉苦，说你看看我带孩子是多么的不易，家里四个人感冒总是轮流来，今天你好了，他又开始打喷嚏，没完没了；过了会儿担心起下飞机后过海关的麻烦，赶紧推醒小孩，教他等下看到大人将证件交给官员时，得精神点儿，眼睛瞪大、腰板挺直，若是被当成什么流行性疾病携带者，给扣押在边境，势必会毁掉整个假期。

白琳心不在焉地点头，开始翻旅行杂志。空姐收走餐盘后，她理理头发，接着说要去洗手间，站起身从姐姐的大腿上滑了出去，在走道里拉直上衣下摆，尽量面无表情地往后头走。一路左右扫视乘客们的脸。人们刚吃饱喝足，从重重叠叠的一张张脸上，已经看不到旅途刚开始时的兴奋与慌张。她琢磨着这些脸，精神恍惚，差点儿踩上靠着过道四仰八叉昏睡的男人的皮鞋。

"琳琳！"阿元见到她出现，小声惊呼。他怀里的小儿子已经熟睡多时，阿元抱着他站在厕所门前等待，为的是给弟弟换尿布。两个人挤在最后一排座位后，正好两道帘子将他们从人群里分隔开，空乘与空姐在前面收拾东西，不见踪迹。这是寂静的时刻，只容得下幼儿恬静的睡容、机舱的轰鸣，和身体与身体细微的触碰。情人呼出的热气聚拢在白琳的面前，她心下一动，踮起脚尖，在阿元的脸上印了一个干燥的吻。这第一个吻，既是爱，也是一根针终于刺破窗户纸、刺出鲜血。男人顺势握住白琳的胳膊，想把她拉到身前，不巧厕所隔板咔嗒一声打开，陌生中年男人松弛的面孔出现在眼前，把两人吓了一大跳。

"你先进，"阿元低声说，手掌轻轻拍打小孩软绵绵的背，哄他闭眼继续睡，"你先进去。"

将门板合上后，白琳开了水龙头，想到外面的人能听到她上洗手间的动静，顿时面红耳赤。待按下冲水键，额头上已经因为紧张渗出了汗。她擦手时望了眼镜子，一会儿觉着自己双目饱含盎然春意，一会儿又从微皱的眉头里察觉出一点儿哀伤——总体而言，眼下的白琳已经成了个美丽的女人，样貌中细微的缺陷已被放荡的爱情涂抹干净。就单是为了这个，她也会对阿元心存感激。

回到座位上，她深吸一口气，想看看窗外白云，但遮光板已被拉下，昏昏暗暗。这时姐姐拍了拍她的胳膊，刚好是男人的手触碰过的地方，她惊恐地扭过头，问了句"怎么了？"女人对她的情绪波动浑然不觉，开口问："怎么去了那么久？"

又调笑道："迷瞪瞪的，别是碰到什么帅哥了吧？"

白琳勉强振作精神，微笑着摇了摇头。姐妹俩顺势聊起下飞机后的行程，姐姐使大儿子上半身斜靠在自己腿上，手轻轻拍打孩子的背部，那动作与她丈夫的习惯是一致的。白琳仔细观察了会儿，慢慢将话头引向他们二人的夫妻生活，开始打听那小小家庭的点点滴滴，最后下结论：姐姐与姐夫的家庭生活相当乏味。她满怀恶意，诱使女人说出许多私人感情上的困苦与矛盾，倾听时摆出同情理解的姿态，但又忍不住挑衅：

"既然是这样，婚姻好像也没什么意思，你为什么不离婚呢？"

出乎她的意料，女人没有勃然大怒，或指责她不晓得普通人生活的艰苦，只是一边摇头，一边羞涩地微笑，似乎是想起了恋爱时罕见的浪漫时刻。白琳屏住呼吸去看这笑容，又从这过早步入中年的女人身上，找回了那个年轻时会拉着她的手去小卖部里挑选零食、穿着白色校裙的胞姐。姐姐就这样一直笑着，手还在拍打熟睡的孩子，对家庭港湾以外的一切危险与灾患都一无所知，好像星星下坠时，仍在低头食草的史前巨兽。

白琳想：这是一个白痴。

如此幸福，又那样脆弱。白琳闭了眼睛，额头抵上机舱内壁，张大嘴巴，小舌颤动，发出无声的吼叫。见不得光的快乐潮起潮落，退却后，她的心底里露出了大块大块的寂寞与孤独，它们是黑色礁石，沉重地压在胸口，压得她喘不过气来；她握住自己的手，想象着下了飞机后，更频繁、更露骨的肉与肉的触碰，满是爱意的眼神，与一个接一个、延绵不绝的吻；连同最后真相大白时的惨烈场景，她也已在脑海里一一排演过。虽有恐惧，但这恐惧却使她倍感兴奋，而非踌躇不前——白琳明白自己已经铸下大错，但心无悔意。人到底只为自己而活。

爱的画布

眼下正是农历新年后、还未出正月的时候，窗外却是一派枝叶繁茂、绿树成荫的景象。单倩影此刻独居在家，心里是很不满意的：若说外面下起了大雪，孤身一人在家中烤烤火、喝喝小酒，那还能勉强称得上是闲情雅趣。但现如今，她独独对着桌上供佛用的鲜花，只觉得自己的生命仿佛如此花般，还未完全绽开，就已被斩下了枝头。她拿了剪刀，粗暴地修理起绿叶，刀子太钝，刀口有锈痕，叶茎被铰了几次，也不过只漏出点汁液，叫她虎口酸痛，手指无力；一气之下，她把剪子给掷了出去，那剪刀弹起，滑过大理石桌面，摔在地上，不知去了哪个角落。

"好啦，像什么话！"她高声喊，又似是在自言自语，那身体里此刻正流淌着躁动不安的血液，谁也不能叫它平息。如同是为了应和这情绪低落的狂风，扎根角落的仿古西洋大钟敲响了午夜，钟摆不紧不慢"咚、咚、咚"，似是将她面上的皮肤也震出波纹。

一言蔽之，单倩影便是位怨妇。

想到这里，她复又把花拢成一束，也不再去理会毛糙糙的枝叶，硬生生给塞进了细口白花瓶；瓶口绷得那样紧，竟似是下一秒就要绷裂在她手上了。可她只是连花带瓶放在观音像前，连往日里必点的一炷香也忘了个一干二净，不过敷衍一拜（更像是对神像点点头），就急忙要去浴室，可刚走了几步，又想："他大概过一会儿就要从那女人身边回来了。"便觉着此刻卸妆洗澡，是不大妥当的事。于是坐回电视机前，心不在焉地看起了新闻。

播报员神情凝重，直视镜头，陈述着新鲜出炉的一宗香港马鞍山双尸命案。

她再次开了手机前置摄像头，瞅瞅自己的脸：清晨一时兴起、层层叠叠抹好的艳妆，在面上已闲置了整整一日，现已如同沉入水底的油彩，终于油腻腻地浮出了湖面；那顶上白炽灯的光，使这张面孔像阴云密布时的白昼一般惨淡；而底下正中间，嘴唇干裂，鲜红色的死皮，与干涸后的血迹，看上去也没什么大区别。唉，这口红正是昔日恩爱情浓时，对方赠送的情人节礼物；口红还剩余半截，爱意却早就挥发干净了。凌晨醒来时，她回想起前一个晚上，男子嘀咕说周末加班，会晚回家，不禁心灰意冷，干脆睁大蒙眬睡眼，打扮成冷酷血腥的烈焰红唇模样；可他醒来后，不过随意夸赞几句"真好看"，就匆匆离去了，并没有什么不同。

不过，改变也是有的。单倩影端详着屏幕中不成样子的嘴唇，回忆起那匆忙、轻柔的一吻：她抹好口红后，如同吸血蝙蝠一样渴望浓郁爱意。然而男友还在梦乡，且就要去与他人幽会了。苦闷中，她悄悄掀起男人的睡衣，在背脊正中央留下了一道唇印。自男友离去后，她便坐立不安，期待、恐惧着可能会发生的种种灾祸。现下已是深夜，那卑鄙的二人或许仍在争吵，或许已哭泣着相互拥抱，或许如同新闻上说的那对情侣一样，死在了屋子里：一人被刺死，一人上吊自杀。总而言之，除了等待，她别无他法。

镜屋

　　她听哥哥说起过镜屋。严格而言，镜屋不能算是"屋"，充其量只能被当成个"间"。它方方正正地立在地下室的东南角，从外看，仅是几面顶天立地的白色隔板，脏而旧，其中一面嵌有一扇窄门。它整体很像是施工现场随便围起的临时厕所。吴晨头一回见到它时，围着它左右转几圈，实在没瞧出有什么用处，于是上前推门：然而那门却是锁上了的，四下也没有钥匙的影子。

　　她不由得大皱眉头，蹲下身观察起锁眼的结构——黑洞洞一个小孔，什么都看不清。"不如去找根铁丝撬门试试，"她在心里琢磨，但下一秒便打消了这念头，"要是铁丝断在里头，可就糟了。"吴晨复又摇晃几下门把手，摸得满手锈迹斑斑，接着憋住一口气，脸颊涨红，耸起肩膀顶着门板往里推，就这样僵持了两三分钟，那扇门仍是岿然不动。

　　"银行保险库的大铁门也不过如此！"她惊叹道。

　　一身冬装算是糟蹋了。木屑、土灰、蛛网粘在衣袖上、落进了发丝里。更何况暮色已然降临，露出地面的窗玻璃外一片灰暗，室内仅吊着个从天花板徐徐下垂的灯泡。它的光是有限的，于是这片幽暗越发显得怪诞、不祥。她突然察觉：倘若灯丝忽地烧断，她就得在黑暗中摸索出路……想象着黑漆漆、冰冷冷、空无一人、宛如墓穴的地下室，吴晨顿生寒意，连忙逃也似的爬上楼梯，用力关上了地下室大门。

当晚，在宽广如大海的床垫上，吴晨无法入睡。诚然，卧室新涂上了白色油漆，其气味尚未消散，萦绕在她的鼻腔里、下潜进肺部，缓慢地毒害着失眠者的身体……可她不是因为油漆味，或是别的什么新家具、新装修而睡不着的。卧室窗外是寂寥的空地，本应被设计成私家后花园，但由于前任主人的漠视，现已成为野草、藤蔓与碎砖瓦的天下。倘若眼下是炎炎夏季，约莫会更叫人难以忍耐：暴雨的遗骸存留在浅坑中，生出无尽的蚊虫，将藏匿于草丛里的狗折磨得夜不能寐。

幸而现下仍是冬天，一切都被寒冷笼罩着，偶有行车路过的高速公路也离这儿极远——像一阵地平线上的风，尚未到达此处，便已于途中消散，只留下几声朦胧的呜咽。那些汽车轮胎划过柏油路的轰鸣声来得那样地远，已不可能打扰青年女子的睡眠。但吴晨面朝向墙壁，竖起耳朵去听、去分辨，为的是在这片荒郊之中，竭力抓住一点城市的发丝。

她从小到大都不曾离开过城市：儿时住在拥挤的老小区里，读完书出来工作后便在新城区租了套单身公寓，楼下就是大商场、电影院。她不属于乡村、农家与田野，她不属于自然……然而，毫无预兆地，大自然决定要重新拾起它对这无名小卒的所有权了……想到这里，她睁开双眼，扭了扭脖子往四周张望。没有一丝光，没有一点生气，什么也没有，除了勉强能在黑暗中被勾勒出轮廓的几件家具——它们身躯沉重，压榨了一半有余的空间。

这房子本是她哥哥的财产。

与妹妹不同，吴旭是寡情之人。年轻时报考外省的大学，毕业后留在当地工作，直至最后失去踪影，于此过程中他不曾带回过女友，不曾与遗留在身后的陈旧却也生机勃勃的老家有过什么联系。他能勉强展露出的一丝温情，便是在年关将近之时，坐上七八个小时的火车回去，回老家，无言地吃一顿年夜饭、在过短的儿时床褥上睡一觉，最后拎走一袋白菜猪肉馅手包饺子。

吴晨仍能想起来：大年三十，冬夜，他只身登门，像个丧门星，像个参加葬礼的远房亲戚。他总穿一件全白羽绒短外套，和一条深褐色灯芯绒长裤。羽绒外套里不外乎是半旧的衬衫，配上一块藏在口袋深处、叠得整齐的淡灰手帕。鞋子是黑的，老是需要涂油，老是被蹭掉一点皮。

他们都以为他有一天会出家。

买房的事情是他单独下的决定。这栋独门独院的小楼位于三线城市的郊外，下了高速还要开半小时车，颠簸得尘土漫天飞扬。在装修结束前，吴晨曾来参观过一次，一来是父母暗地里倍感担忧，所以派女儿来视察一番。二来是吴晨自己好奇：他竟成了家！虽说这家实则是空无一人……

她刚到时，连门锁也未装好，一个空空的大洞裂在门板上，她抬手轻轻一推，才发现它比想象中要沉上许多，似乎是伙同了主人，极力抗拒着她的踏入。那分量在她的肩膀上留下了一阵钝痛。屋里面没什么东西，因此显得很宽敞。仅有一张折叠椅斜靠在仍未装上玻璃的窗框下，不消说，同样是脏兮兮、灰扑扑，只能做个拿高处东西时脚踩的垫凳。她踏进去，迎面是比室外更为寒凉的空气，夹杂着一股石灰刷墙也盖不住的怪味儿：一种里子都已经腐烂后才会有的、甜丝丝的臭味。脚踩在地板上——居然是实木的——嘎吱作响，叫她心里害怕会一脚踏空，掉到底下去。

"挺大，"吴晨说，因为不知道该夸赞些什么，"你一个人住是绰绰有余了。"

他笑了笑，那是一个转瞬即逝的礼节性笑容，一张廉价面具，生疏得好似陌生人。家里人早已习惯了这样的笑容。

吴晨跟在他身后，上了楼梯。这楼梯窄不说，还没有扶手，吓得她几乎是半个身体贴在了墙上，脸上顿时浸了一层灰尘，眼睛也痒痛起来。

二楼并不宽阔，只有一大一小两个房间。主卧附带一间没有窗的浴室，黑暗、潮湿、闷热；次卧配了个小小的阳台，正对着一片无精打采的山林。两个人沉默着将各处走了一遍，既没有新家入住前兴奋的设想与期许，也不存在因为装修工作辛苦而生出的满腹牢骚。她暗想：他仿佛是在墓园里居住了多年的看守，正毫无怨言地带领着好奇的外来者四下参观。只可惜，地下室还未修好，暂不对外开放……无论如何，用手机匆匆拍下几张照后，她总算可以交差了，于是他又开车送她去高铁站，两人连一顿饭都未曾一起吃。

"什么房子……这叫什么房子，"回程的列车上，她在心里嘀咕，"跟个精神病院没什么两样！"

她对这新居有种淡淡的恶感，如同宿醉时喉咙口挥之不去的浅铁锈味儿。

"我总该去那里做顿饭吧。"家中，母亲对女儿唠叨道。她不敢在丈夫面前说这话——因着儿子不在眼前孝敬自己，也不好好做出一番事业，甚至不愿结婚成家生子——父子俩的关系已是恶劣到即将无可挽回的地步了。"一点儿人气都没有，冷冷清清的，怎么住人……"

"哎呀，妈！"她把仍亮着房子照片的手机往沙发上一丢，语气万分不耐烦，"你儿子什么德行，你心里没个数？"

当妈的叹口气，不再提这事了。

通报吴旭失踪的电话是由母亲接起的。她记得很清楚——那天是周六，她照例回了父母家。傍晚，老爸在单位里，说是有应酬，叫家中娘儿俩先吃饭。她不想出去张罗饭菜，所以躲在卧室里偷偷打游戏。五点左右，外头开始下雨了，她拉开窗帘看了一眼。那是不成调的细雨，无声息地落下，打湿了小区里的榕树和灌木丛，还使它们的绿意融解进了铁灰色的天幕里。她惆怅片刻，手中游戏新开了一局，便继续埋头玩了起来，但局势不好，才不到十分钟就要输了，电话铃便是这时候响起来的。

隔着房门，她辨别不出妈妈的回话，只有一声轻轻的"噔"，事后回想起来，那应当是人腿软时，跌坐在沙发椅上的响声。她心不在焉地想，这时候谁会来电话呢？现在谁还会打别人家里的座机电话呢？这些问题在她脑海里交织着，但它们近乎是无波无澜的，或者说，是与她毫不相干的……

电话筒被放回去后，她听到了母亲低低的啜泣：宁静被打破了。

报警的人原来是吴旭的同事，姓高，与他同岁。那建筑材料公司里少有与吴旭交好的人，他却能对着警察说出吴旭平时的衣着打扮、生活习惯，并精准描述出失踪者最后一次出现在办公室里时，脸上失魂落魄的表情。只可惜事后这男人很快就辞职回了老家，不曾与吴旭的家里人见过一面——从微信朋友圈来看，他应该是做起了炒茶制茶的生意，大概勉强能赚点钱。

父亲于是跑了几趟派出所，辗转弄到一份笔录材料：薄薄不过四五张纸装在档案袋里。警察仍在调查的那段时间里，在吴家，整一个月的夜晚都是没有分别的：三个人围坐在擦洗干净的饭桌旁，上面铺开一张省地图和一张市地图，再放了几根铅笔、一本笔记本，与那牛皮纸档案袋。他们全神贯注，不断去看、去猜、去研究、去争论，到凌晨总是演变成一场不会有结果的争吵——当初就不该让他去外地，不该放任他在穷乡僻壤买房，不该不逼他回家，等等等等。

为了自己不发疯，吴晨最后说：不如我去哥哥的房子里住几天吧。

他是可能会回去的——他们不相信他已经不在人世了。充其量是找了个山旮旯角落猫起来，过几天原始人的朴素生活。更何况警察说家中没有被盗窃的痕迹，财物俱在——实则是没什么值钱的东西。工资卡也没有动静：不到五万的存款，仍在原处，一动不动。

钥匙被快递寄到了家中。几把大小不一、款式不同、都已生出锈迹的钥匙，挂在铁质三角钥匙圈上。钥匙圈表面的浅粉色在指腹上留下细微的粉末，掉得差不多了。她把钥匙串攥入手心，想象着它们被哥哥放在裤兜里，随着他稀里哗啦地四处晃悠。可在出走的那一日，他并没有将钥匙带上，如此看来却是不祥。但她没提这个，而是平静地收拾好行李，买了高铁票，将钥匙塞进单肩背包内侧的暗袋中，在入冬后的一个清晨，提着箱子向家中父母告别：因为前一天夜里的争执，他们各自坐在沙发的两端，中间隔得极远，似乎是害怕触碰到对方的体温。

"看几眼就回来了，"父亲说，有气无力的，"别待太久。"

"侬要是看到有照片就拿回来，"母亲补上一句，"总会派上用场……"她一松懈，乡音便从嘴巴里四散着溢出来，若是放在往常，一定会叫老家是北方的父亲深感不悦，可现如今家中女眷已是顾不上他的虚荣与自尊心，倒叫他不好意思在这些小事情上表现出愤怒了。

高铁列车上，她又将笔录从头到尾读了一遍。这次添上了许多遐想。在她的瞌睡里，吴旭的失踪渐渐幻化成了一桩桃色事件。他说不定是搭上了来头不小的女人，与对方一起私奔去另一座城市，拿着假身份证，再用苦主的钱买一套小公寓房，添置几件漂亮家具，过上好几年逍遥快活的神仙日子……

她运气不错，在高铁站外一下子就拦到了车子。那司机一听目的地，不由得嘟囔说怎么那么远，一脸不情愿。因此她放下心来，猜想她不会命丧在此灰头土脸的出租车上。去那屋子的路实在太过漫长，路况稍有改进，可下车时，她还是觉着腰酸背痛。司机拿了钱，咳嗽几下，对着阳光数了数，再往玻璃窗外吐一口唾沫。"姑娘真会挑地方啊，"临走前他幸灾乐祸道，"这里以前可是乱葬岗！"

她闻言，不由得从鼻子里哼了一声，也不觉着意外。

院落长时间无人打理，有些地方杂草丛生，只有灰蒙蒙一片绿；有些地方本是要种些什么的，却一无所有，树叶不知是何时落了上去，腐烂后，与泥土混为一体，软烂地浮在花坛里。角落里堆着装修时派不上用场的烂砖烂瓦，还有两桶打翻在地、已经干涸了的白油漆，刺鼻的气味早已被吹去了爪哇国；一条贯穿前院的水泥小径，鹅卵石群突兀地嵌在它上头，肮脏得失去了它们的纹路，硌得她脚疼。

树也是秃的，狰狞地歪斜在围墙后。树杈上稀稀拉拉的鸟窝毫无动静，使她怀疑里头装着乌鸦的尸体。

她掏出钥匙，一把把试验下去，直到第三把，那门锁才勉强运作了起来。室内空气污浊不可闻，她咳嗽几下，在作呕前堪堪止住，连忙拉开窗帘通风换气。不承想扬起了好大的灰尘，一时间仅有的几丝从窗帘布漏进来的光源，也被细屑旋转成了空中的旋涡。吴晨不由得在心中破口大骂，恨不得干脆原路返回，只当不认识兄长的这栋遗产。

不过，简单打扫完后，屋内的情况却比她想象的要好上了些许。一来是沙发、茶几与餐桌餐椅仍不算老旧，只要掸去灰尘就算是过得去了；二来是空间宽阔，没什么乱糟糟的杂物——不像老家，装修自九十年代后就没做过更改，又囤积了大量的药瓶、保健品、过期周刊杂志和褪了色过了时的衣裳，连转个身都有些困难。

楼上更干净些。从痕迹上来看，在失踪前，吴旭应当是刚将两个房间翻新了一遍。她图方便，便挑了带浴室的大卧室。

在不能入睡的第一个夜晚里，为了摆脱焦虑与困倦，她起身、开灯，随意翻看起哥哥的私人用品。

洗手间置物架上装着两把用过的牙刷。

在衣柜里，她发现了一件对于吴旭而言太过宽大的西装外套。

于小卧室书柜的一本大部头外文字典内，她找到了一张贺卡。

生日贺卡。封面底色是淡蓝，印着一个三层高的奶油蛋糕儿童画，俗气得很。吴晨小心将它翻开，空白处只有一行"祝你生日快乐"，署名很潦草，像是生怕别人能看清楚写的是什么名字。她眯着眼睛观察、猜测，只勉强认出头一个字是"高"。于是她知道了：是那报案的人写下的卡片。这张卡片或许是哥哥顺手塞进了字典，权作是枚书签。可从质感来看，似乎又不是这样——它的边缘与尖角在长时间内多次的触碰下，变得柔软而温顺，还有一丝脆弱，像是下一秒就要被空气中的水汽浸湿了，然而周身却被保护得很平整，如同古代宝藏的旧地图。她珍重地将它放回原处，接着，带着困惑与一点儿怀疑，她回了卧室，躺上床，这次沉沉睡去，可睡梦中极不安宁，许许多多说不清道不明的梦拂过她的身体，压得她喘不过气来。

清晨，远处的鸡鸣将她吵醒。尚未有晨光，但那鸣叫声无休止地敲打着房门。她起床、洗漱，冰水刺进了她的皮肤，冻出了一阵战栗，她连忙去厨房烧一壶热水，再拆开一包饼干，就算是早餐了。

上午，她依旧是忙于打扫、清洁与整理。这过程中，吴晨仍不忘四处窥探，企图找出些许与失踪有关的线索，但廉价、线头横飞的旧衣物，没有笔记、没有折痕的书，和已经开始褪色、看不出所以然的商店收据，这些到底只是占地方的废品。到头来她终于觉着厌倦了，便把拖把一扔，上小阳台去抽烟解乏。

他可能在同样的地方做过同样的事情。阳台铁栏后塞满了烟头的啤酒瓶就是证明。吴晨用手挡风，艰难地点燃香烟，一边斜眼去看深绿玻璃瓶。那是屋子里少有的生活痕迹，于是也变得弥足珍贵，仿佛一个个烟头背后的瞬间也被储存在了黑漆漆的液体里。她快速吸进一口烟，忍着尼古丁上涌后的头晕，缓缓吐出。冬日，太阳在原野边界线上方燃烧着阴冷的光。那光并不曾直直地朝下照射，而是水汽一般散开，像一阵说不清、道不明的迷雾，笼罩了枯萎的山林与大地。因此，她是在眺望了许久后，才察觉到眼球的疲惫与痛痒。

她想：吴旭曾长久、无数次注视着眼前这一切。对于他思索的究竟是什么，吴晨并不知晓，只能猜想那或是对自身之存在的忧愁与怨恨，或是因为爱情的不圆满，或是别的东西——可他应当是苦闷的——她直觉认为。因为眼下她便是苦闷的。

她垂下眼帘，将烟头也按进酒瓶子里。前所未有地，在这一刻，于想象中，她和不在此处的哥哥产生了短暂的共鸣。

到了第七天，吴晨已经与此地达成了初步的和解。这里便是宁静的时间琥珀，一切都值得深思，一切也都不值得加以关注。那因为物资短缺而被迫忍受的极简生活，在如今已不再叫她觉得不耐烦。午饭，她用开水壶煮面。她只带了一箱方便面，并不大够吃，这里的厨房同样空空如也，只有灶台上几根已经发黑、软化成一泡污水的葱，和一口锈迹斑斑的大炒锅。厨房后门通向房子后方的院落，迎合了她的趣味，因为这和西方电影里她喜欢的布尔乔亚家宅布局有些许相似之处。

等待方便面泡开的那两三分钟里，她推开门，哆嗦着在水泥小径上跺脚、小跑，来来回回仅五六步的距离，冷风和墙外沼泽的臭气使她的脑袋清醒了些。她想，要不要再点根烟呢？可存货也不多了。

这时候，吴晨头一偏，眼角余光忽地瞥见了什么不对劲的地方——

透过地下室突出地面的半扇窗，她看到里面正亮着灯。

恐惧是她的第一反应。她踉跄着向后退了几步，慌张地将四下扫视一番，想看清病恹恹的矮树丛后头是否躲藏了什么歹人。角落里立了个修剪树枝用的大剪子，她忙将它抓在手中，大气不敢出，只缩起身体僵在原处。正午，太阳越发地热烈，阴霾渐散，万物一派正大光明的气象，她靠着墙等待了两分钟，终于鼓起勇气，慢慢蹲下来，往地下室里张望片刻。

这个角度不能看清整个地下室，然而似乎是没有人的。或许是那灯泡的开关出了故障，自己把自己给点亮了。但不管怎么说，总该下去看看。通往地下室的楼梯就在后院，窄而漆黑，木质台阶吱吱呀呀的，还容易打滑。若要拿着手里这武器下去，很可能会摔一跤弄伤自己——可她说什么也不敢放手。

她深吸一口气。

下楼梯时，她忽地想，会不会是吴旭回来了呢？但这想法带来的不是安慰，反而让她更觉得害怕了。不过，地下室仍是原样，只有风从窗缝灌进来，吹得吊绳上的灯泡晃晃悠悠，于是墙壁上的光影也闪烁着变幻。

沉寂，在这无声的敌意之中，吴晨轻轻走到那白色隔间前。无需细看便可知：门已经被打开了。

"怪哉怪哉，"她默念道，"该不会是……"

她不敢细究这个念头，干脆握紧剪子，一鼓作气将门板猛地拍开。万幸里头空荡荡的，既没有活人，也没有尸体，可一开头还是把吴晨吓了一大跳——迎面就是等身高的镜子，把她扭曲地摄入至镜面中。

她咽下了口水，平复情绪，再继续打量这神秘的小角落。

四面隔板都贴上了镜子，连门后亦不曾幸免。便是地上也铺了镜面。她不愿走上前，只探身进去观望。身后，灯光仍是一晃一晃的，且幅度越发地大，因为风也暴虐了起来。在明与暗混乱的交替下，她窥探到了这秘密隔间的全貌——全是镜子，没有边框、没有装饰，只除了对着门的镜面，它通常能照出成年人面孔的地方破碎了，绽放出同心圆涟漪一般细密的裂缝，正是一张狰狞的蛛网，打破了镜子无休止的反射。因此，吴晨照在上头的脸也是碎裂、不完整的。

她看了一会儿，心跳如鼓，于光影的把戏里，在那歪斜的五官中，恍惚间，她见到了吴旭——直愣愣地瞪着她，一动不动。

"哥哥。"她低低唤了一声，心中却怀疑起自己理智的安危。兴许这持续了一周的隐居生活已使她发了疯——

在幻象消失前，那双空虚的眼睛冲她眨了最后一下。

夜里，吴晨从床垫下摸索出了一张照片。不过才巴掌大，一定是拍立得的快速成像，所以上面的图像已经褪成了淡红色，可她仍能勉强看出那是一个高大的男子，站在卧室外的阳台上，背着光冲镜头微笑。她想，这大概就是送出贺卡的人——那位在微信朋友圈里卖茶叶、爱发小视频广告的小老板。确实挺俊俏。她眯着眼睛欣赏了半晌，末了点点头，将照片塞进枕头底下。

入睡前，她心中已有了决断：明天一早就把照片烧给死人。

神女

很不幸，这一场雨下了六天，到第七天也没有停下来的兆头。我从未曾见过太阳，自离开避难所以来，天上翻滚的灰白色乌云就是世界的全部。我还记得踏上地面那一刻，新鲜空气透过面罩涌入我的口鼻中，焦臭味与干涩的热浪；举目望去，只有一望无际的荒原与枯树；我不由得心生恐惧，往后退了一步。但后头的人催我快走，手托在我的腰上，嘴里不干不净骂着脏字。竟会有人这样迫不及待把自己的同胞送上死路，似乎命令是被熔化成了铁水，滚烫地从他们的耳朵里灌进去，将大脑都煮沸了。我难得有点反抗的冲劲，回过头去，想掐着他们的脖子、摇晃他们的身体。我想尖叫："醒来吧，人！"但他们高高举着棍子，高高举着，像螳螂捕食前伸展的捕捉器，随时就要把我的脑壳砸得粉碎，然而脸上的表情却是恐惧的。那一刻我才明白：他们比我更惧怕我可能的死亡。

我便往前走。

我毫无计划，只下定决心，要走到地平线上那座城市里去。就好像书里的主人公在野外探险时，要跟着天上的北斗星行走一样。但现在的天空只有云，我只能去那座城市。它在远方匍匐，像什么巨兽倒下后，正在腐烂的阴森尸体。有时候我停下来休息，比如靠着一棵死树，坐一会儿，吃块饼干，我会想起以前在阅览室里读到的字词句：晴空万里、蔚蓝大海、绿树成荫，等等等等。我有些犹豫，究竟是世界欺骗了我们，还是我们欺骗了世界？或者说，每一个时代的人类都有自己歌颂世界的方式，"蓝天白云"是过去的颂词，现在的是"荒无人烟，一片死寂"，两者可能并没有本质的区别。我又想，倘若人自婴孩出生以后，不去与他渲染那幻梦般虚假的美景，不告诉他我们是活在我们祖先的遗址之下，那么或许人们就能心安理得地接受：钢板外的永恒冬天、废气无孔不入、管道裂缝渗出刺鼻液体、怪诞的传说（"你知道底下第十五层走廊右侧尽头那个房间吗，里面藏着尸体、怪物、怀孕的处女与能言善道的婴儿"），和避难所中央高高悬挂的神像。

饼干吃完了，我继续往前。

在大概走到半途的时候，我碰见了前人。他躺在路中央，四肢摊开，仿佛是在晒日光浴。我以为他是支撑不住、倒在地上死了的，就想绕过去，可他动了动脑袋，抬起头往我这儿看了一眼，又躺了回去，一句话、一个字也不曾说。我蹲下去，拍拍他的胳膊。"你不走了？"我问。他摇摇头。

"你走了多久？"我再问。

他想了想，将手指伸出来。我才发现他已经脱了手套，整个手都暴露在了空气里，也不知道过了多长时间，指头溃烂，指甲脱落，血糊糊的，我想起避难所里的女人练习古筝的时候，被琴弦整个儿掀起小拇指指甲盖，她们哀哀叫着，求医务人员剪一小块绷带贴在口子上，又把这看作是小小的、奢侈的装饰物，柔软的洁白珠宝，像戴了枚戒指一般骄傲；等绷带发黄、变硬了，才依依不舍地撕下来，夹进日记本里。

"两星期？"

他勉强点点头，眼珠子向上翻，双手摊开，仰面朝上，又睡着了，那面容，倒好似画上饱受折磨的圣人哦！我等了一会儿，他终是没有死，轮不到我来将他掩埋、搜刮遗物。便宜了后头的人。我站起身，用鞋尖踢他一下，像踢一只在柏油马路上干瘪下去的癞蛤蟆，他纹丝不动，看上去是打定主意要睡死在旷野之中。我想，在被稀薄晨光浸染、不完全的黑暗里，他必定见到了时间长河内永存的万国荣光，他已经得到了生命，因为他放弃了生命，倒在大马路上如石柱倒在废墟上四分五裂，融入世界的尘埃，肉身的苦痛引领他前进，在意识消失前，他的意识步入了天国。

告辞后，我遇见了一片湿雾。仿佛是因为我抛下了那沉睡的死人，或是因为我被那沉睡的死人抛下，所以才来惩罚我似的。我本想绕开它。我怕迷失、饿死、渴死在茫茫雾海中，可风直直地将它送来。雾是一种爬行动物，狰狞地垂落在地上，游动，四散复又聚拢，凝结在我的护目镜上，遮挡视线，又钻进面罩，使我呼出的二氧化碳郁结成一团久久不能散去的风暴，叫我呼吸沉重，透不过气来。我想砸碎身上这套臭烘烘的盔甲，撕裂里衣，张开双臂，赤身裸体，接受一切——我们管这个叫癫病。人处在极低温度的环境下，临死前会精神失常，觉得身体发热，因此动手脱掉衣服，加速那冷死的过程。有人警告过我，说在防护服里头闷太久，人也会不由自主去寻找死亡的自由。我还勉强记得这句嘱托，但脊椎已被压弯，胸口坠着千斤沉石，就要闷死在这保护我不会被毒雾呛死的硬壳下。于是我想象着这硬壳是我的第二层皮肤。我试图靠古老的迷信来化解难题：诚挚地去信仰，所信之物便会成真。但我也同时想象死去后，后人扒开金属与塑料碎片，在其下寻找到一具干瘪的死尸——这样的想象将会与现实相悖，因为人贫瘠的大脑里流水般汹涌的想法，对刨去了他自身的客观现实而言，是毫无影响力的。

后来我坐在地上睡着了。

我不能躺下，这是很大的忌讳，因为一旦躺下，身体就会整个儿被大地淹没，像之前我遇见的那个人。因此，我是坐着的。我做了许多梦，可它们如沙粒一样从我的指缝中溜走，只留下一点珠母的光泽，奶白色，我只能记起这个，温柔女人多情的肌肤，健康的弹性。我是在二十年前的襁褓中，被人从不知什么角落里拾起、随手交给避难所的孤儿，因此我没有母亲、姐妹，也不曾尝过满怀爱意的乳汁。可不知为何，这仅在书本里才有的东西，竟然就这样具象化在我的梦境中。我将这个看作是好兆头，所以鼓起勇气继续往前。幸运的是，大雾散去的时候，城市出现在了我眼前，正是傍晚时分，天空开始下雨。雨滴打在防护服上，发出刺啦啦的响动。我翻过手掌，雨滴落在掌心，在手套正中央蚀出深色的水渍。我想象着酸雨渗入层层布料，再刺穿皮肤进入血管，像一滴墨水混入孕妇刚挤出的母乳里，散去，但不是蒸发，只是被稀释了，看不见，却因为形态的消失显得更为恐怖。我不由得胆战心惊，四下张望，周围也不过是荒芜的街道、堆满垃圾的前院，与正在腐烂的矮房，我挑了一栋比较高大的屋子进去，因为它看上去不像是下一秒就会整个儿地塌下，而且关着门，或许还未遭受过洗劫，仍能够住人。

我本打算将门撞开，但手一拧就发现门未上锁，甚至没别上，虚掩着。里头黑漆漆的，推门进去后，尘土扬在半空中，好一会儿才沉下去。我悄声问了句："有人吗？"嗓子不敢发力，可不知怎么，或许是因为空气掺和了杂质、不透彻的缘故，那声音仿佛是混浊水池平面上的波纹一样，缓慢地、坚定地扩散开……可能是回音，我想，也可能是因为这里已经太久没遇见过活人，墙壁、天花板与地面正在饥渴地吸收人的话语，将词句拉扯成了半透明的薄膜。外头仍有些光透进纱窗帘，我猜测这儿以前是一家餐厅，因为过了玄关，就是一个宽阔的大厅，四散着餐桌餐椅的残骸。我踩过了什么东西，于是弯腰去看：一本大开本的菜单，纸上黑字已经褪色，只有最后一页酒水单还能阅读。外头雨下大，我走到窗边掀开帘子，纱布在手上沙沙作响，竟没有在我的触碰下断裂、跌成碎片，这让我觉得很怪异。我往窗外看去，只看到朦朦胧胧的白色。窗玻璃碎了个拳头大小的口子，但没有风，雨下得笔直，飘不进来，我心里便生出了一点安慰，甚至暗自觉着这屋子就是先人们为我所建，也为我而遗弃的，顿时如国王在孤身巡视领地一般，傲慢不已，又倍感惆怅。

我计划将这栋房子整个儿地走一遍，再找地方休憩。这不是比躺在外头淋雨好吗？我脑袋里忽然冒出了这么个念头。尤其是现在：我看到窗框上细腻雕刻着鸟雀与玫瑰的花纹；地板铺的是花砖，旋涡一样从大厅正中央一圈圈荡漾开；还有大面大面的金边镜子镶嵌在墙上，将桌椅、花瓶、蒙尘落地窗帘与红绒布面高背椅无限复制，使世界突然是舒适的、忧伤的、充满爱意的。我拧开手电筒去照镜子，看见自己的影像排着队横入镜中，一个接一个。也可以反过来说：她们是从虚无中诞生，推着前头的身体往外去，直至最后一个从镜子里走出来——我。

我往后面走，即那花砖停滞不前的地方，我往后厨走。然而我没有看见厨房。我看见了一个卫生间，马桶盖是盖上的，四周堆着脏兮兮的毛巾；我又看见了一个休息室，里面有张发了霉的皮沙发，很长，我打算待会儿在上头睡一觉；我还看见了储物室，单扇木门上头标了说明：几月几日进了多少货，但没写年份。阅读者竟不知道写字时是在哪一年，在写字的人看来，恐怕是天方夜谭吧！

这时，一个人从里面开了门出来，将我吓得魂飞魄散。她却不以为然，大概是早就听到我的动静了。她看了我一眼，伸手推我的肩膀，说了句"让让"，就走了过去，似乎没什么不自然的。我不由自主去拉她的胳膊，这时候才发现她穿得单薄，没有戴头罩面具，只在口鼻处缠了块布，露出一双眼睛，很不耐烦地瞪着我。

她已经很老了，瞳孔的颜色很淡，在手电筒光下近乎是透明的。我去照她的脸，手还在发抖，她眯起眼睛哼了一声。

"你哪儿来的？"她问。

"避难所，"我回答，语无伦次，"底下，地底下那个。"

"你运气够好的，"她说，"从那儿到这儿，路上全是死人。"

我开始问起她从哪儿来，有没有同伴，更重要的是（我忘了语气委婉些）她怎么可能活到这个岁数，哪怕是以前在避难所里，我也没见到过老太婆、老头子。人们在四十五岁前不是病死，就是被驱逐到地上、流浪至死，只有管理层能躺在床上寿终正寝，死后肖像照挂在食堂正中央，吃饭时一抬头就能与之对视，永远是正值壮年的形象。我就在心里发问：拍照时，他们知道这是为了死后供人瞻仰的照片吗？一瞬时的面容被永久留存，成为墙上一个渐渐褪色的符号。这是什么，这是将一个人的脸与他真实的存在给剥离开，使其成为一个抽象概念、规则与权威的代表；使其成为一个不曾是婴儿、不曾是青年、不曾是老人，也不曾在死后腐烂的精神领袖；使那脸的主人真正、永恒地消失，被抹杀，从未存在过；人们只能感受到肖像照无感情的注视，记不起那人曾在人群中活过。

她没有回答我的问题，但笑了。她伸手解开后脑勺上打的结，将长布一圈圈解开，露出面孔余下的部分，动作缓慢，像是在小心揭开一件古董上披着的幕布。我将手电筒挪远了些，使光能匀称、柔和地打在她的脸上。她确实很老了，但我说不出具体年龄，三百岁和八十岁对我而言并没有区别。我仔仔细细地看着：她白发苍苍，脸肉松弛下来，面颊凹陷，皮肤上全是皱纹和斑点。暗黄色的皮肤，有点像过熟的橘子太厚的皮。我端详了许久，心想：衰老是美丽的，是比永恒不变的画像更为永恒的东西……

最后，她邀请我一起走，说有个地方欢迎所有人：叛逃者、流离失所的可怜虫、被地底驱逐出去的罪犯。我跟在她身后，踩着满地狼藉，一片寂静的浅坟。出门前，她撑开了个东西，看上去很轻便，小小的、可以随身携带的屋顶。她告诉我这叫"伞"，是专门挡雨用的。"也可以遮阳。"在路上她说，声音堪堪透过雨帘。

"遮阳，太阳吗？"我追问，"太阳？"

"太阳。"她指指天，我看到她手腕、手背上也有许多黑色的斑点，不知道是因为年老，还是因为受到了污染。她说偶尔也会出太阳，正午时分，云少，大风，就会有太阳，整个星体在云层上燃烧，光打在城市上，土壤泛红，石头与钢铁缝隙里星星点点溢出的些许绿意（顽强的苔藓），闪闪发亮。但人不能直接接触阳光，也不能直视太阳，她总结道，语气仿佛是在形容一种可怖的神迹，凡人不可窥视却不得不窥视，好像童话书里头发变成毒蛇的女人头，与裸体骑马的贵族夫人，我顿时心生不安，隐约想象出了自己在废墟间盲眼摸索的情形。但她下一句话又解除了这个咒语。她说也不是不能看到太阳，因为人可以利用镜子、银器和还未干涸的小池塘水面。总能找到反光的东西。事实上，只要能找到一个好的角度，那么一枚金表刮花模糊的反面，就足以为人反射出整个世界。说到这里，她带着我拐了个弯，接着在一栋黑漆漆、歪歪扭扭的小楼前停下，伸手去敲门，嗒嗒嗒，似乎是有个特定的节奏。过了会儿，里头有人说话了：

"谁啊？"一个女人的声音问，可不等回答就开了门。门给人的感觉很笨重，但那女人轻轻松松就往后拉开了，一张苍白的脸从阴影里裸露了出来。她看了看那女人，又瞧了瞧我，既不表现得惊讶，也没有微笑，只是往后退开，招呼我们进去。

大门在我身后合上的时候，我感到整栋屋子都随之震动，这让我想起避难所里，将管理员的遗体搬入石棺后，几个青壮年抬起石棺盖、猛地盖上时，空气因为剧烈、沉重的动作而抖动了起来。我往左右望去，看到两旁各有拱形门洞，一个有声音，背后像是有个饭厅，人们说着话、碰撞酒杯；另一个通往长廊，没有尽头，无声无息，我稀里糊涂地猜测它可能指向了无生无死的镜中世界。两个女人低声交谈了片刻，最后，较为年轻的那个从我手里拿去手电筒，上下照着把我打量一番，我被光刺着眼睛，看不清她的表情，只觉得自己手无缚鸡之力。尽管她们都过于瘦弱，单从体形而言，仿佛连一句重话都受不得——然而她们的话语、动作却是有力的。

"跟我来。"那女人说。

"这雨看上去又要下满五六天了，"在前头带路时，她唠叨道，"你运气不错，我们本没想着派人出去，可母亲一定要往外跑，说再不走走，她一把骨头都要发霉——这才发现了你。"

"我来的路上就见到一个人，"我回答，"他瘫地上不愿动弹，现在怕是已经死了。"

她顿了顿，问我那人长什么样，有什么特征，得到回答后叹了口气，也不多言语，只打开一道房门，把手电交还给我。"今晚你和母亲一块儿睡，"她最后说，"那是张大床，躺两个人绰绰有余。我有个妹妹曾抱怨它太大，她一人睡着心里发慌，缩手缩脚，怎么也不愿去碰另一边的枕头。她是死在左半边的。晚安。"

半夜，我从睡梦中醒来，察觉到有人在房间角落里小心活动。我被埋在半床被褥下，莫名突生恐惧，觉得是有人要将我杀死于这张平原般辽阔的大床上。或许我死在荒地上的命运也同样敲开了大门……我侧身朝着窗户，窗外雨势比白日的大了许多，风把雨拍打在玻璃上，盖过了身后人的动静，但夜空一道白昼利剑杀入房内，闪电。我从玻璃反射中，看到一个女人，不着一缕，站在床边，向我低下身，脸凑在我耳边，发丝垂在我脸上，手中空无一物，并没有握着匕首。我浑身僵硬，不敢扭头去看，此时雷声响起，如同天降巨石，砸在了极遥远的世界彼端。室内重又是一片漆黑，我感到左耳被湿热地含在唇间，不禁抖了抖。她轻轻说了句什么，我听不见，仍是半聋，任人宰割。见我不说话，她便钻进被窝，温柔地伸出双臂，将我拉过去与她面对面。她的身体摸上去有些寒凉，肌肤在我的手掌下流淌着，像山谷阴影下暗沉的溪流，又是奶与蜜之地。我在黑夜里想象着交合的画面，支离破碎；我又想到那片迷雾，变幻莫测，不可名状，时而将我整个吞下，时而透过我的眼睛，涌向另一边的世界；我还回忆起了雾后那个无名的梦，不由怀疑起时间的连贯性：究竟是我被梦指引着到了女人的身边，还是我与女人拥抱后，相互纠缠的情欲与爱意回溯至过去，透过梦境向我远远示意？或者说，那坐在尘土中闭目沉睡的我，与眼下和女人肆意亲热的我，并未有先后之分，二者同时存在在时间里，同样转瞬即逝，也同样属于永恒。

女人笑了。在黑暗中，她的笑声是喑哑不明的，或许也将永远在我的梦里回荡了。她把我的手抓过去，按在她的肚皮上，一下下轻轻拍打，嘴里似乎哼起了摇篮曲。我听着她衰微的歌声，突然生出了愿望，想将她抱在怀中，在这张笨重、不祥的大床上入睡、入睡，溺亡于无知觉的睡眠中，再不醒来。

生平头一次，我感受到了快乐，纯粹的快乐，一时的快乐，生不带来、死不带去的快乐……

我面朝天花板，手仍在她肚子上，悄声说了句话，不料一声响雷炸起，地动山摇，万灵凄厉号哭，我有些害怕，她翻了个身，我觉得她是困了，但出于柔情与怜悯，又强打起了精神，伸手抚摸我的额头，将粘在眼皮上的发丝别在耳后。她低低呼唤我的名字，问我在想什么，一声不吭的，是要睡着了吗？我闭上眼睛，快意渐渐从四肢内涌动的血液里退却，黑暗又成为一个巨大、空洞的星球，在我肉体上方悬挂着……我本可入睡，但一想到这意义重大的夜晚、这不凡的夜晚，竟会那样平庸地归回到时分秒行经过的废弃大道上，我就感受到一种难以忍受的痛楚。因此我摸上她的胳膊，松弛的肉在手中沉淀，我问她问题。

（问题一脱口，我就知道自己搞砸了，把一个能叫人魂牵梦绕的时刻彻底污染。）

我先问她，这里是哪里？

她回答："曾经是酒店。"

我不满于此回答，又问她，为什么带我回来？

她回答（脱口而出）："因为人群需要人才能存活。"

我再问她，那躺倒在地的男人与此地有何渊源？

她回答："那人也在这床上睡过。我曾数次诞下他的婴孩。"

我最后问，婴孩们在何处？

她回答："都夭折了。我们将他们埋在外面，和哥哥姐姐们葬在一起。"

我一个字也说不出来，半坐起身，在电闪雷鸣的间隙瞪着她的脸，脑袋晕乎乎的，好像有人刚往里头倒了沙子和水。她笑了，安慰说这里不是屠宰场，也不是疯人院，叫我且将心放下，不必害怕。接着，她开始讲起自己的故事：

自被避难所驱逐以来，她已在地面上活了二十个年头。现如今她再想不起来自己是被人冠上了什么罪名或是什么荣耀，只记得离去时，肚子里已经有了个孩子。她向上天祈求、祷告，乞讨万千神灵针尖大的仁慈，让这个女人能安全分娩——她不在意腹中胎儿的性命，只在意自己的性命。

在这座鬼城里，她孤身一人诞下了个男孩。昏睡前她将脐带切断，又把他抱在怀中，一个本能的动作，单纯的本能。她睡过去，醒来后再仔细去看，发现孩子已经没有呼吸；她将这瘦弱、营养不良的孩子举起，耳朵贴在胸膛上听了许久，没有心跳，没有血液流动时血管的震动；她把孩子放在石板上，几乎是爬着逃走的：她惧怕尸体。

说到这里，她停下来喘了口气。我才注意到她的呼吸已经不足以支撑她的身体。老态，这是我脑袋里首次蹦出来的词。她又喃喃说起那生命的脆弱与死亡的强盛，她说："世界是个巨大的棋盘，上头尽是活人与死人的博弈。"但为何这样执着于生育？她没有解释，终于还是睡了。我只好猜测她是为了繁衍，为了让人类能睁着眼睛在镜中太阳的光芒下活着，而不是硕鼠一样盲眼在地下摸索；为了战胜恐惧，于是一遍又一遍重温记忆中最可怖的经历；为了人群的力量，她孤独地在城市里徘徊了太久，渴望听到更多的心跳声，等等等等。我只能确定一点，在这场盛大、荒蛮的对局中，我个人的灵魂、思想与身体是不值一提的。我终于明白：时间的的确确不是一条流动的长河，而是一个静止的湖泊。我是呛死在羊水里的头生子，是被埋在荒野中的无数骸骨，也是逃离此处与彼处、躺倒在天空下的父亲。我的命运被书写在湖面的涟漪里，从湖心散开，还未触及岸边，便已消逝在了水中。

珍珠从天而降

　　婴儿的咳嗽声惊醒了她。当她睁开眼睛时，藤篮里伸出了一只肉乎乎白嫩嫩的小手，颤颤巍巍地摇晃着。"小乖乖。"她俯下身去轻声地安抚着他，摸上他身上盖着的小花被，摸到边角去，好知道是不是这被子没捂好，他是不是着凉了。

　　她三天前才把他领回家，名字也还没取。

　　她亲了亲小乖乖的脸，温润，带有一丝凉意。她看着那双蓝色的小眼睛慢吞吞地移动着，嘴巴僵硬，不哭也不笑，就是没有表情。他太严肃了，她暗想道，她是不是挑了个残次品？她可以带他上诊所那儿看看。她再次亲了他的额头，然后伸手把他调成睡眠模式，她不大喜欢睡眠模式，机器人没有呼吸声，所以一旦闭上眼睛就像是死了一样，然而他又的确没活过，她对自己说，聆听着自己的鼻子吸气呼气的声音。

　　她看了看时间，还有半个小时，她来得太早了。但话又说回来，除了来这儿以外她根本就无事可做，何况眼下这个房间，这个房间所在的大厦是她所知道的这附近唯一暖气充沛的地方，所以她早来了，带上了她的小乖乖和她的三本书。她弯下腰，找到之前掉在地上的本子，上面还有她未完成的一首诗。她这次写得糟糕透顶，一个词一个词地挤出来，用另外一个成员的话说就是"从干草堆里榨出清水"。如果让我读这样的东西，她暗想，让我在那些人前读这样的东西，就会像是我不得不在他们面前一点点脱光，最后赤身裸体不知所措。

她把本子放在桌上，站起身，走向窗户。她可以离开，就为了不当众自己羞辱自己，带上小乖乖和那三本书，路上买几颗咖啡，回家，把房门关紧，把门缝塞好，上床，光着身子抱着小乖乖喝咖啡看书，让自己成为这个星球上的最后一个人，沉浸在三本书的世界里，听着小乖乖的咳嗽声昏昏欲睡。但如果我的世界只有三本书、几颗咖啡和小乖乖，她想，那我永远就不算是活着，因为我的生命就没有任何意义，对于这个星球来说我就是不存在的，对于我来说也是如此。哪怕只是垃圾，哪怕我写下的都是些无意义的废话，这样的诗歌也是有价值的，因为我创造了它们，因为我，这些诗歌才得以存在，也因为这些诗歌，因为我将在那批人前朗诵它们，因为哪怕它们再怎么可怕也会有人去思索、理解它们，因此，我也是存在的。

　　她渴了，在身上裹着的姜黄色毛衣口袋里，她用指甲尖挑出了一颗饮料，扔进嘴里，含着，闭上眼睛等了一会儿。是羊奶，新鲜高钙型。微微的腥味滑过她的喉咙，经过她的食道，最后稳稳当当地住进了她的胃。她不渴了，却转而觉得有些恶心，她不喜欢这个，但羊奶比牛奶便宜，而且也有营养，这些天她总是很重视营养，把小乖乖带回家后她就没什么闲钱，万一她生了病、发烧，就只能躲在被子底下抱着没有表情的小乖乖，睁大双眼看着天花板——

　　她深吸一口气。

　　"你好哇！"一个大嗓门在门口兴奋地叫唤。她回头，看到一个女人的脸，一张在模模糊糊的灯光下模模糊糊的脸。那女人健步走进这个房间，走向她像是想和她说话，然后中途改变了主意，"这是你的小乖乖吗！多么可爱的一个小乖乖！"她兴奋地说，身体左右摇晃着，"你什么时候得到他的？他的眼睛是什么颜色的？他会哭吗？我能抱抱他吗？"

不，你不能。她想说。你穿着件从病死的人身上扒下来的病号服改制的白裙子，护士，你的手可能才摸过那些可怜虫身上的脓包，不，你不能碰我的小乖乖。

"你写了什么？"她转而问道。

护士耸耸肩，"都是些狗屁，你知道我永远写不好诗。"她弯腰，从左边的鞋子里掏出根烟，从右边的鞋子里掏出盒火柴，那烟是医院工作人员的定额，那火柴是从火化间那儿领来的。她点燃香烟，在微弱的火光下，她的手指尖微微泛黄。她坐回自己的位置。其他人进来，秃顶的老先生，穿着深灰色西装，裤脚上有针脚整齐的补丁，总喜欢深情款款地朗读，把所有人都弄得昏昏欲睡；总喜欢郑重其事地拿块红白格子手帕擦他的脑门，哪怕上面一点儿汗也没有。另一个姑娘，声音尖尖的，头发用一条奶油色的丝带系好，裙子已经褪色，但那是条美丽的裙子，裙摆松松软软，还残留了点花边，现在就只有在古董店里才能见到那么细致的花边。一个老太婆，总喜欢挑着眉毛上下打量其他人，用鼻子说话，尖酸刻薄的脸配上她尖酸刻薄的文字，她的每一首诗的结尾都是"你们这些无可救药的人哪"。一个瘦长的男人，结巴，驼背，眼睛总盯着地板。还有其他所有的熟悉的脸。

最后走进的是一个英俊的男人。

他不高，但很结实，走路时很有把握，胸有成竹，知道他自己在干什么。他一直带着微笑，有酒窝，笑的时候会露出一点点牙齿。他看着周围的人，并没有因为自己成了众人的重心而变得不自然。"这儿是诗歌会？"他问，她听着他的声音，胸膛颤抖了下。那声音大概是流进了她的心脏，她想。但同时他身上也有着什么东西，好像一首韵律模糊不清的歌谣，或者远处乌云里隐隐越过的闪电，让她有点摸不着头脑。

有些人点点头，有些人瞪着他。

他顿了顿，接着往她这儿走来，然后坐在她的右手边，冲着她微笑，好像她今天穿的不是件有蛀洞的外套。"你好。"他说。她点点头，也微笑。

"你叫什么名字？"

"我们这儿，"护士突兀地插嘴道，"不说真名。不，我们只叫笔名。我是阿司匹林。"她说完就又回过头去抽烟了。

"我是珍珠。"她说，脸上有点发热，因为他热切地看着她，"我们都是用我们最喜欢的东西起的笔名。"

他笑了，然后凑过来，她闻到他身上有一股淡淡的味道。他问她，"你见过珍珠吗？"她点点头。"我没见过。"他轻轻地说，有点遗憾。

"只是在照片上看到过。"她说，她有一张她外婆年轻时候的照片，照片上她戴着一串珍珠项链，有几颗泛着柔光。

"一定很美。"他说，她点头。"我在船上见到过月亮，他们说那看上去就像珍珠一样。"

"我只见到过一颗星星。"她说。就在十天前的这个位置，她抬起头，手指抚摸上玻璃窗，玻璃里夹着防盗网，密密麻麻，你得凑得很近才能从防盗网的缝隙和沾染在外层玻璃上的灰尘里看到其他脏兮兮的高楼，黑乎乎的行人，垃圾，风把塑料袋从街道的这一头吹到另一头，半是碎片的广告牌，还有天空，幽静的天空，和一颗光点，极有可能是人造卫星，但也可能是一颗几亿年前就已经死掉了的星星。

现在，她睁大眼睛盯着那个方向，因为酸痛流出了点眼泪：那儿什么也没有，那个光点可能只是个幻觉，或者最终那星体死去了的事实，已经成功地穿过了整个宇宙，来到了这个地球面前。她回过头，重新看向这个男人。她的双手都紧紧地、笔直地贴在她的大腿上，她的腰有点僵硬。

"你在海上待过？"

"是的。"他说。

"在一艘真正的船上？"

"是的。"他说，声音压得很低。她才意识到他的身上带着股咸味，是海水或者海风的味道，他在海上大概待得太久了，以至于在这儿总是有尘埃的风里行走，也不能带走这股咸味。"你是军人？"她问，瞬间有些好奇。

"算是吧。"他说，然后神秘地眨眨眼，就好像他刚和她分享了一个小小的秘密。接着读诗会就开始了。

她是第二个上去念诗的人。她重写了首诗，里面都是些关于绿色的树蓝色的天空还有洁白的月亮这种废话，他们问起来的时候，她站在那儿，略有点尴尬，就说灵感是她做过的一个梦，在梦里没有尘埃，她闻到花香。她从不做梦。她在说话时他还在微笑着，她这时才发现他穿的衣服很合身，比他们中最注重讲究的人还要优雅，他甚至戴了双灰蓝色的手套，没有补丁。

他是新成员，会长说。接着问他是否也有作品愿意跟大家分享，他点了点头，照旧颇有姿势地走了上去。他停在空地中央，一只手轻轻松松地靠着大腿，另只手放在胸口上。他的手上没有稿子，他看着所有人，一点一点扫过去，然后看向她，然后开口：

> 海上晨雾昏暗无光
> 航船静止，月光下吱呀作响
> 珍珠从天而降
> 烟草芬芳填充房间四角

哮喘的列车抽搐向前

珍珠从天而降

小木盒里老照片上倩影哀怨一笑

柔光闪烁

珍珠从天而降

窗外行星缥缈

尘埃忽上忽下

当心摩天大楼的漫天碎片

虽说十里内空无一人

都在家中沉睡，只待美梦

家外，太阳西沉，暮色归来

雨云拢聚

微风乍起

珍珠从天而降

"这是首情诗吗？"鼓完掌后护士问。他耸耸肩，坐回她身边，没再多说。

"你觉得呢？"他悄声问她，在尖酸老太婆朗读的时候。她笔直地坐着，半看向他，半看向某个虚无的方向，慢慢地、小心翼翼地控制自己的呼吸声。"我觉得很美。"她说，然后顿了顿，有点儿不知所措。

"是为你创作的。"他说，那声音那么小，让她近乎怀疑这句话是不是她凭空想象出来的。他在害怕，她突然意识到这一点。看着他，他的视线已经转移，他的身体是僵硬的，和刚才他那么放松地背诵那首诗的样子是那样不同，他的脸现在没有表情，要是她能再凑近一点，也许就能听到他急促的呼吸声和混乱的心跳声。

他们相对无言地坐在那儿。她心乱如麻，却也觉得有点得意。有什么事情就要发生了，她想，我该做什么？我该把他的手放在我的心口上吗？我该礼貌地继续评论他的诗吗？我该拥抱他吗？我该什么都不做，看他接下来会干什么吗？她胡思乱想，眼睛看着朗诵者。

诗歌会结束的时候，她照例继续待了会儿，再享受会儿暖气，和暖气里若有若无的烟味。往常的这个时候她会站起来四处走动，恭维别人的作品，聊聊天。但现在她呆坐在座位上，听到他在她耳旁清了清嗓门。

"我先走了。"他说，她微笑，没有抬头。他走了，就如他所说——所警告的那样。她心里一阵失落。

最终她站了起来，腿有点发软。她收拾好东西：把三本书用塑料纸包好，用两根鞋带把它们捆好，放进自己的包里；让小乖乖醒来，在他的额头上心不在焉地亲了一下，然后把他放进婴儿车里，装好保护膜；换上有几吨重的室外鞋，拿上伞。

她往外走。

他在门厅里。

"下雨了，"他有些迟疑地说，"我没有伞。"

"我有。"她回答，"要一起走吗？"

雨下得不是很大，隐忍着，倒是闷热的气候让人难以忍受。他撑着伞，因为他更高。她紧紧地靠在他身旁，身体的另一侧背着包，手推着婴儿车。当她看到地上的小水潭时，她看到了些被水滴砸碎的、变形的倒影。我们就像是一对年轻的夫妇，她突然想到，然而涌上心头的却不是喜悦，而是——连她自己也觉得颇为吃惊的，伤感。我在三本书的世界里待了太久了，她在心里轻轻地说，我像一只笨拙的小怪物，我连自己的身体都控制不好。她低下头，看到那层颜色暗淡的布料下，自己早就不再结实的大腿僵直地挪动，脚重重地踩在混浊的雨水里。

他突然停下来。

她抬头看向他。远处，破落大厦的灯光开始亮起，那灯光是如此昏黄、暗淡，近乎不能盖过同样昏黄暗淡的阴雨中的一点点阳光，而在这样的光线下，他是那么完美，那样一张英俊的脸，他的眉头略微皱起，他的双眼望向远方，他的嘴巴微微张开。为什么是我？她想知道，为什么是我？只是因为一个笔名的缘故吗？

他低头，看着她，接着一只手牢牢地抓住了她的手臂，坚决地亲上她的嘴唇。她闻到海水的味道，却没有听到呼吸声，啊，她恍然大悟，但并不是完全没有呼吸声的——她急促地吸气、吐气，颤抖着，耳朵能听到自己——唯有自己的心跳怦怦怦怦的声音。她闭上眼睛，感受着那手透过她的姜黄色毛衣弥漫出的一点点温度。在他们四周，大雨终于倾盆而下，乳白色深褐色的尘埃被水包裹，圆滑温润，一颗颗砸在她的伞上、他的肩上、她的脚旁，散落着、颤抖着、消失进了土地。珍珠从天而降。

非法之王

1. 诗意受困于租来的单人牢

邻里灶上热菜热饭的油烟味儿，顺着窗户缝漏入卧室，勾勾搭搭的，使陆尚青的肚子先一步活了过来。黄鱼和红烧肉：鱼腥和酱油蒸发后，随着水蒸气上升，又沉沉坠下，粘在厨房灶台后的墙壁上，结成一层油腻腻的痂。他回忆起以前认识的一个外国女人说：你们亚洲人身上都有酱油的味道，只是自己闻不到而已。他确实闻不到，不过又想起来：母亲穿着褪了色的短袖衫和短裤，大汗淋漓，从厨房端热菜上桌时，身上确实是有这个味道的。朦朦胧胧的记忆，陆尚青那时候还没拔高，胳膊肘勉强能摆在桌子上，头被迫往后仰，眼睛直直盯着碗里的肉：老抽和生抽倒得太多，尝不出别的味道。

眼下，他从密密麻麻生长兰草的泥潭里爬起，睁开眼睛，眼珠子上面还蒙着沼气，灰茫茫一片，看不清什么，除了斑驳黑暗里，自己僵直、冰冷的身体：一具用睡袍包裹好的尸首，或是墓主平躺在石棺上的等身铜像，其轮廓还勉强存在着、凝于一处，尚未四散开，融入至夜色之中；小腿和脚踝在外头，春天的寒意透入肌肤，进了肉里，危险地舔舐起了骨头。酸痛、酸痛，中年以后就得抱着膝关节呜呼哀哉。

唉，夕阳的光熄灭了，太阳船驶入了冥河。陆尚青蜷缩起身体，像一只煮熟后萎缩了的红虾。白日已在瞌睡里被浪费干净，于是他失去了上进心，生出恨意，不愿起身、下床、四处走动——

又过去了一天，沙漏里跌落的一粒细沙。

拍门的声音突然响起。砰砰砰，手掌击在门上，用了大力气，屋内沉寂的空气整个儿地震颤起来。他吓了一跳，坐起身，手抚上胸口去摸心跳：心脏和门一样怦怦怦地跳动着。门外那人嚷着他的名字，问"在家吗"。大约一整层藏在铁门后虎视眈眈的老年邻居们，都已经听到了他的姓名。

从卧室里，陆尚青高喊"等一下"，一边在黑暗中下了床，脚掌前后蹭着地板，盲目地去找拖鞋。因为动作狼狈，他暗暗生出了对来访者的怨恨，但还是去开了门，温顺地佝偻着背，服从命运强硬的手：在门上胡乱拍打，将人从时间的梦中唤起，使他重又成了暮色中沉在土地上、不知所措的生灵。

门还未完全打开，来人就从缝隙里钻了进来，差点儿扑进陆尚青怀中。他急忙后退，后腰撞到餐桌沿上，叫唤了一声。女人回身把门拉好，看也不看他一眼，寻着桌上的空当，在书本、笔记本电脑与烟灰缸间，放下手里几个结结实实的塑料袋。

"太闷了，你开窗啊！"对方埋怨道。今日她穿了深灰连衣裙，没有系腰带，裙身直上直下，被店家特地设计出的几何线条，但空荡荡的，倒像是个垂头丧气的麻布袋，遮盖着筋骨和皮。

女人又说："我买了腿肉，"一边将块茎倒进水盆里，"还有土豆和洋葱，晚上做咖喱。"

霍思仁——她的姓名，仁慈又怪诞——习惯了这类时髦作风。和家里人不同，她的饮食与打扮如出一辙：要健康，要让人联想到自然与城郊农庄，要有娴静的美。她爱穿素色的衣服，就像她爱进口超市的有机蔬果一样，仿佛离了这些，就无法在这污染重重的城市里活下去。

"饿了吗？"她又问，"我肉切多些。"

陆尚青不知道如何作答。他睡了太久，嘴巴里半干的唾液黏黏糊糊的，将舌头和上颚粘在了一块儿。上下嘴唇红褐色的肉慢慢撕开，让他觉得嘴里发痒，但水壶空空如也，叫人失望的轻盈。陆尚青这时才想起：他中午吃完饭后，因为喉咙干渴难耐，便把热水壶举起来、就着壶嘴一口气给喝了个干净，接着一丢手，上床睡午觉去了。

过了会儿，霍思仁在水槽洗好手了，把椅子拖出来坐下，生出力气扫视他一番，眼珠子迟缓地转动，那眼神让陆尚青想起小时候在菜市场，看到木板上刚新鲜砍下、没了身体的鱼头，它们眼睛瞪得老大，呆滞地目送人来人往，鱼唇张合，即将被渗了自己血的空气呛死。

末了那女人张嘴，一开一合，话语缓慢荡漾开，蔓延入他的脑中，声波，鱼在水下避人耳目的对话。

她说："你才睡醒啊？"

陆尚青含含糊糊应了一声，睡意甜腻的触角还缠绕在太阳穴上。他不敢承认自己虚度了光阴，今日的，昨天的，前天的，以及未来无数的。他不敢承认，恼怒了起来，后槽牙钝钝夹住内腮的肉，接着站起身，绕过那女人，想干点活儿，好证明自己的无所事事是有价值的，于是啪的一声把水压调大，好洗刷砧板与刀具。

水柱弹跳起，跳在了他的胸膛上，一条不甘于在浅水池肚皮朝上等着杀鱼刀的鱼，跌进水汪汪、脏兮兮的渠沟里，溅起了好大的浪花——逼着他叫了一声。

霍思仁伸长脖子瞧了一眼，不由得微微一笑。

霍思仁笑起来的时候，嘴角两边各有一道细而深的皱纹，像一张被折叠复又被仔细展开的纸。她的脸的确是纸一样薄。春日里杨柳飘絮时，不过用丝手帕轻轻拧一下鼻翼，面皮就开始泛红，久久无法褪下。

但那脸红的样子，和少女的羞涩半点沾不上边。那是种严厉、粗鲁的红色，倒叫陆尚青时常想起经常去海边度假的白人种女人：上了年纪后，她们鼓鼓囊囊的胸脯半个露在外头，因为晒了太多日光，皮肤黝黑里泛着红，布满了暗沉的斑点。

霍思仁不过三十出头，就已悄悄有了衰老的危机感。清晨还在床上半梦半醒时，陆尚青有时候能听到浴室里的叹息。深夜入睡前，她会在脸上抹精华液、眼霜、面霜，等等等等，或是面膜，边缘微翘，中间进了空气，鼓起白色的泡囊，十五分钟后揭下，湿透了的脸，纤细的手指在脸上四处按捏、长久地按摩，说是为了让营养渗进去。

在那些时刻里，台灯亮起刺眼的光，霍思仁的面孔因为浸了香膏与油脂，黄澄澄的，于陆尚青看来，就显得有些粗鄙了。他不愿在入睡前吻这张脸，然而晚安吻是不得不做的……嘴唇噘起，微弱地在脸颊上碰一下，滑溜溜的皮肤，些许发皱，让他嘴巴发苦，好似做爱时，舔上她洒了香水的后脖颈：玫瑰酸涩的味道便是这女人的刺针。

因为水花四溅，衣襟冰凉地贴在肉上，陆尚青脱下上衣，晃着膀子要去关窗。他死命拉扯被卡死的窗玻璃，那窗框上铁锈的血味儿，混着春夜微寒的风涌入室内，拂过赤裸的上身；又夹着春日绿叶生长时鲜嫩的气息，叫他精神为之一振，再度念起自然的好处。于是陆尚青顿悟：他已在狭小的陋室里困了太久。

然而好不容易关好窗，凝神往窗外被黑夜淹没的高树望去时（影影绰绰，轮廓微微荡漾），他感觉到霍思仁的视线扫在自己的裸背上，沉沉舔舐着肌肤，因此不由自主想打个哆嗦，但又不愿被女人察觉到软弱之处，所以他绷紧背上的肉，装腔作势左右摇了下肩膀，活动开，彰显他大摇大摆的雄性力量，然后慢吞吞走进卧室，另拣一件干净的T恤给穿上。

唉，往穿衣镜里瞧上一眼，一个白而胖的男人，皮肤后头的脂肪隐约就要层层堆积起来了。陆尚青注视起镜子里那具打量了千百遍的身体，憎恶油然而生：我是一座食物与粪便的中转站，我是一棵吸饱了养料昏昏欲睡的老树，我是待宰的猪猡。他别过脸不愿再看，又忽然想起来，自己已有好些日子没去健身房了，那张年卡可能早已葬身于某条运动短裤的口袋里，被洗衣机搅和得魂魄不宁，背面用签字笔写下的姓名也被洗涤干净。

青年时期因为打篮球和骑单车而积攒下的肌肉硬块，老早就松散开，轻浮地披在骨架上，快步走路时，一身白肉如同海浪一般晃荡，大腿内侧沉重地摩擦起布料，绷得发疼，不过几分钟，人就已经气喘吁吁，说不出句完整话。

他百思不得其解：霍思仁买了菜与肉，辛苦爬上六楼的台阶，一次又一次地拍开这道暗哑的门，与他共做一两日的假夫妻，整理起家务来有模有样，鼓动橄榄油与土猪肉的香气驱散春季的潮雾，摆出那贤妻良母的派头——然后如鬼魅般消失在某个工作日，不知是游走去了何处，只待下次上门。

为了什么呢？

厨房里，霍思仁已经戴上了围裙，两边袖子挽在胳膊肘处，衣料堆积，使手臂不大好弯曲，她得僵着胳膊进行动作。围裙带子系在后背，臀部上方，松松垮垮，有散开的危险。他探出手，在上头又打了个活结。女人扭头冲陆尚青笑，因为他的手掌盖上扁平的臀部，埋进了布料，肉体热烘烘的力量透过裙摆，热烈地温暖了他的十指，多少给了点安慰。她的眼神有些热切，又晃了晃腰肢，去顶大张的手掌心，背往后微微倾斜，讨要一个吻、一点柔情、些许的爱。

他惶恐地躲开，说水就要烧干，一边拿了个空碗去洗手池准备淘米，心中泛起淡淡的懊悔，如同白雾在心间弥漫开。但过了会儿，又忍不住去凝视女人的脖颈，看见上面细细的绒毛与发丝，肉感十足地从皮肤里长出来。然而他胸膛内空落落的，没有伸手去触碰、用嘴唇温柔亲吻的欲望，平静得叫人不安。

但他仍能回忆起烈火灼心的时刻：当时还是在老家，陆尚青大学刚毕业，为了与家里人过年，匆忙回去了一趟，年后还要去上海继续找工作。幽暗的老屋子，日光衰微，无用的下午，无所事事，他不安地晃荡，摆弄起橱柜里的摆件（银色相框，土陶人偶，假花插在玻璃花瓶里），沾了一手的灰。父亲在里屋病榻上熟睡。他打鼾，断断续续的呼吸在胸膛内响起惊雷，搅得全家人胆战心惊；后母躺在摇椅上，头往后仰，闭上眼睛，白皙的脖子长长地弯曲，被傍晚的光线笼罩。陆尚青在一旁窥探，动也不敢动——她似乎就要在四散的橘黄色日光中消失了。

后母穿了贴身丝质睡裙，那是家中少见的奢侈品，但已经有些陈旧，淡粉色里透着一股肮脏与不洁的气息。不知为何，她那日没戴乳罩，于是光滑的布料下微微凸起了一对瘦弱的乳房，像平和海面上两座左右对称的岛屿，显得既孤独又可爱；拖鞋趿在脚尖上，一晃一晃，最后啪的一声砸在地上。房间里父亲在不安稳的睡梦中听到声音，翻个身，悠悠叹口气，又咳嗽起来，痰声咕噜咕噜卡在喉咙里头。陆尚青吓了一跳，接着瞧见她——睁开眼，四处看了看，再侧过头，与他对视片刻，复又闭上眼，不管不顾地前后摇摆起摇椅来——像个孩子，肆意打发着光阴。

摇椅吱吱呀呀、一晃一晃，是慢慢悠悠的老物件，竹藤上早已磨灭了漆面，毛糙糙的，还有不知哪家亲戚小孩使坏，用圆珠笔留下的洞洞眼。即便如此，它也依然是一艘小船，载着百无聊赖的女人和男人，漂浮于欲望的大海上。

咳嗽声渐渐平息，父亲再度睡去。陆尚青屏住呼吸，终于伸手按下摇椅，把椅子定死在原处——

"行了，"霍思仁说，关上火，锅铲在锅沿上敲几下，好让粘上铲子的酱料跌进去，"拿个碗来，要大的，底下画着花鸟的那个……我记得是在柜子里。"

"就一道咖喱，配白饭，"摆上桌后，女人又说，抱歉地笑了笑，"没什么别的。"

陆尚青低下头，十指交叉握拳，祈祷一样摆在桌上。米饭热气腾腾，使他双眼朦胧，思绪徐徐向上升起，就连眼下这腐朽、狭小的出租屋，也离他远去了。霍思仁还在等他的回答：一句宽慰的话，夸她辛苦，夸那咖喱浓稠、猪肉酥软，总而言之，她需要男友称赞她的辛勤。只是这些天孤独地躲在屋里头，陆尚青似乎在不知不觉中，已经失去了礼节性对话的能力，好似将一样武器丢失在了呆滞的时间内，因此闭口不言，呆若木鸡。

他顿了会儿，起筷，默不作声地吃起来。

若是放在以前，霍思仁大概又会说他"睡太多觉，把脑袋睡木了"，但今天这人约莫心情不错，仅是一笑了之，接着天南地北地说起白日里种种无趣之事。无非是会议上装腔作势的领导、楼梯间大放狠话的同事，和午间冰凉的饭团——冻得她牙齿发酸。说到这里，她顺势问起陆尚青中午吃了什么，还是订的外卖吗？好歹自己试着做点饭。每日待在家中不工作，下厨的力气总该是有的。

她大约又是在暗示：自己在外工作了一天，还要回来煮晚餐，实在是费力费神。然而这话他不能接，只好让它落在了地上，遇土而入，消失殆尽。于是两人的对话就像枯木一样，随波逐流，打着旋儿漂浮。无用的语句从霍思仁的口中往外倾泻，哗啦啦哗啦啦，倒在空气里，蒸发了，也成了空气，徒留陆尚青低垂下头，脸几乎要埋进碗里。米饭单纯、炽热的香气淹没了他的神志。

白碗的内壁沾染上咖喱，深黄的酱与油就要渗入瓷器里头，再也洗不掉了。

"你今天写书写了多少？"女人最后问。

对外，霍思仁一直坚称自己的男友正在"写书"，已经是关键时刻，所以不能被带出门介绍给朋友们认识。陆尚青纠正过几次，声明他写的不是"书"，而是"稿子"，两者有着太大太多的差异，不好混为一谈。然而霍思仁记不得那个，或是说，不愿花心思去和别人解释。于是"写书"这个词便保留了下来。每每听到，陆尚青总会被刺一下，似乎自尊心因此受到了挫折，但要是再强硬地去争辩，难免会被人看作是犯矫情，于是只能忍耐下去，承认自己"是个作家"。

眼下就是这样的境况。他咳嗽一声，没精打采，用勺子刮擦碗底的米粒，含混回答"写了不少了"，实际上呢？一个字也未动。万幸霍思仁没想着要看上一眼，她只笑着点头，欣喜地往陆尚青碗里送了块肉。这份殷勤直叫他心头火起，甚至想将积累下来的一小沓稿件点燃，丢在楼底下，给半夜三更失眠出门抽烟的中年男人们照个亮——若是能在瞬间使夜晚的一小丁点儿亮起来，那他的文字也就不是全然没有意义的！

"剩下的放冰箱里，明天热热。"吃完饭后，霍思仁又说。

做菜时用过的刀子、切菜板与炒锅都泡在水池里，谁都懒得去动，连桌子也不收拾，女人只慢慢用胳膊扫出一块空角落，再捏着刚用来抹嘴的纸巾擦了下桌面，然后一伸手，两根纤细手指，从椅背上垂着的睡袍口袋里夹出一包烟。

打火机在餐桌靠墙那堆杂物里头。她点了根烟，半眯起眼睛，若有所思地去看房东留下的挂画：一幅劣质的水彩，画的是蔚蓝大海上一艘歪歪扭扭的船，得离十步远、摘掉眼镜，才能大概猜出来画的究竟是什么。霍思仁就这么盯着那幅画，入定一般，好似要从中悟出什么人生哲理。末了，见那烟灰长长地垂下、火都快要熄了，这才往饭碗里弹了弹。

"你洗澡了吗？"她突然问。

陆尚青看着她，觉得这人大约是有了故作高深的念头，因此行为乖张、难以预测，于是顺从地摇了摇头。

"你昨天洗澡了吗？"女人又问，烟头在指缝间明明暗暗。

他不说话了，只从烟盒里也拿出了一根烟。

"让我来——"女人说，烟头最后在嘴上吸了口，用食指与拇指捏着，往碗里一送，刺啦一声，灭在碗底油汪汪的酱汁里。

她点了火，往对方手上的香烟送去。

"你要吸着烟，它才能燃起来。"女人笑着说。

陆尚青低声应了一下。苦烟于是渗入他身体里，激得喉管收缩，咳嗽，酸液由口腔一路往下，滚烫地进了肺里。过了一两分钟后，他感觉到了由烟草尼古丁引起的，奇异的、令人倍感焦虑的兴奋。"怪不舒服的。"他最后承认道，去弹烟灰，但烟灰没掉下来——他吸得太少了。

"习惯了就好。"女人回答，给自己点上第二根。

许是尼古丁的作用吧，他终于迟缓地思考起来，怀疑自己是独自一人活了太久，因此才将身体与心理上的种种反应放大至十二万倍。我无时无刻不是自己的心理医生，也时时刻刻是自己难以捉摸的病患。现代人，他在心里想，就像一朵娇嫩、离了朝阳与露珠便会死去的花……不可施肥过多将它毒死，不可浇水太少让它渴死，等等等等。

不如将自己的心和脑子取出来，装进陶罐，远远地埋起来——离世界越远越好。最好是死寂的山丘，只有枯灌木与枝叶交织成密密麻麻的网，无人之地。但尼罗河与毒蛇的子民却不会取出心脏：智慧的象征得留在木乃伊里头，和肌肉组织与骨头一起干枯在密密麻麻的亚麻布条后——唉，我这颗心也要随我一块儿下葬么！

陆尚青一边吸烟，一边斜眼去看——疏离地观看眼前的画面。他尝试着把白炽灯、香烟、残羹冷炙、女友无趣的话语笼统地看作是一幅画，似乎这样一来，就能从中得到某种力量，画家的力量……画家通过个人的双眼，在画布上再现现实，因此对现实拥有了权利：虚假的、自我安慰的权利。

在香烟的迷雾中，在现实的迷雾中……

女人挪了挪屁股，换了坐姿，现在是一只胳膊环着椅背，另一边胳膊肘撑在桌子上，支着脑袋，瘦长的肢体七拐八拐。她大约注意到了对方在看自己，所以侧过脸去，微笑，嘴角和缓地翘起，眼神温柔。做作的、神秘的蒙娜丽莎的笑容，空洞的笑，有意识而无意义的笑。白炽灯的光打在她身上，把佝偻身体时，背上肩椎骨与脊椎一节节的凸起，照得一清二楚。

她将烟头慢慢、慢慢按灭在瓷碗里。陆尚青看着她纤细修长的手腕，好像握住微微一扭，就会轻易将它断开。也确实骨裂过，什么时候的事故？中学时和朋友在操场上嬉闹，雨后的草地，滑了一跤，下意识用右手撑了一下，咔嚓一声——进了医院。上大学后风湿渗了进去，一到下雨天就酸痛。她说过几次了。或许是因为除那一次意外，她的青春期仅只有一片空白。

窗外很遥远的地方，一个孩子喊叫了起来。每一个晚上都是一样的叫声，从喉咙深处发出来的，沙哑、有点粘连的嘶吼。两人相顾无言，在混浊的空气里（咖喱的辛香与香烟的辛香）呆滞地看着对方，说什么话也提不起精神。陆尚青于是悲哀地想着：便是在这个女人身上，他也得不到爱与被爱的快乐。

他嘀咕说该去洗澡了，可还是磨蹭了大半小时才站起来，去卧室拿内裤和睡衣。霍思仁不在这儿过夜时，他只穿旧衣裳就能上床，反之则会换上一整套睡衣：一排扣子的长袖衫，和垂到脚面的长裤，也磨得发白、稀薄，好在还算得体，没什么窟窿眼儿或洗不掉的污渍。

他进了浴室，几乎转不了身：面对着马桶开始脱衣服时，脚跌跌撞撞的，脏内裤差点儿掉进去。

开热水后，那火怎么也打不起来。勉强打起来也是断断续续的，水刚烧热，火就熄灭了，喷头还在往外流热水，一两分钟的延迟，接下来又是刺骨的凉意。他慌忙洗了个半热半冷的澡，擦身体时，发梢往下滴落的全是凉水，激起背上和肩上的鸡皮疙瘩。

他穿好衣服，刷牙，往洗手池里吐完牙膏沫才想起来：这洗水池的下水管道是有点堵塞的，该用外面厨房的水槽。

霍思仁洗澡时惊叫了一声。他躺在床上看书，心不在焉地去注意浴室里的动静。过了会儿，女人裹着浴巾上了床，解开浴巾后，冷肉直直往陆尚青身上贴，还有点沐浴露刺鼻的芬芳。霍思仁的肩膀硌得他胸口疼，但这小动物一样向自己寻求温暖的行为，久违地在他身上激起了点什么……"明天得找人上门看看，"女人说，"冷死我了。"一边抱怨，一边凑过来，唇上干裂的死皮在男人脸上留下刺痒的痕迹。陆尚青将书扔在地上，摸索着去关台灯。在黑暗中，他听着女人爬上他身体时窸窸窣窣的声音，终于下了决心：他还是得把书写完。

2. 拉隆·贝吉多杰在被征服地的第十个夜晚

拉隆将箭由野兔的腹部拔了出来。此时，黄昏从楼宇背后的海平面慢慢升起。这是漂浮于空中的潮汐。一种泛着金属光泽的昏黄，在城市多维的平面上蔓延开，如同没有温度的熊熊火焰，虚无地燃烧着虚无。港口、高楼、街道、歪歪扭扭的平房、阳台上刚洗好还滴着水的衣衫，等等等等，都被这不祥的火光淹没了。

大约在半小时前，拉隆·贝吉多杰就已被天象搅和得心神不宁。他想，沿海城市是会出现这样的事：太阳从大海里生出来，湿漉漉地往上攀爬。它的光被海水阻挡，朦朦胧胧好似起风夜的月亮，无法将福泽抛洒向人群——倒是在落下的时候，会迸发最后的力气，辐射出一点恐怖的冷光。

阴天依然刺眼，晴日仍旧沉闷，这就是南方的天。

眼下是安静的。为了避开下午新到达的补给队伍，拉隆·贝吉多杰已经在驻地外漫步了许久。这被征服之地保持着绝对的寂静。无人的街道、工地四周深蓝色围栏、碎了玻璃的商店橱窗、被风吹拂着聚拢又四散的纸屑垃圾，它们周而复始地在拉隆的眼前上演着。他走过了一个又一个四方的街区，却被幽灵之景所追赶，难以逃脱。

大海就在正前方，可一拐弯，又是层层叠叠的广告招牌……简直就是在原地踏步嘛！

他想到了鬼打墙，但未免太过荒谬，倒不如说是城市本身在抗拒他的踩踏，于是极力作怪，想将拉隆从自己的喉管里呕吐出来。

最后，精疲力竭之际，他总算挣脱了商厦群，以海岸线做指引，沿着中山大马路一直向前。这条马路的终止符号是一座铁灰圆锥建筑。它修筑在堤坝上，很像是用铁水浇铸而成的人造火山。半山腰处已脱落了三分之一的外壳，裸露出些许钢筋，因此旁边搭上了脚手架和绿色的网布，但没有工人。再过几个星期、十个月、一年，这乏味的地标就会沦落成一个麻烦、一道伤疤、一块癣斑。拉隆打开地图，在角落里找到了所在的位置。他用红笔将地名圈出。小心翼翼的红圈：

科学馆。

兔子不知是谁的宠物，抑或是补给部队在忙乱时漏放了一只出来。淡灰色，瘦长而虚弱，在拉隆走向科学馆的门口时，突兀地从某棵树背后蹿出来，将拉隆逼退了一步。他初时还以为那是野狗——在终于荒芜的城市里四处游荡，模模糊糊起了食欲与性欲，即将复发它凶恶的天性。现在看来，这想象中的野狗实则是拉隆对自己的侧写。

拉隆靠近时，兔子正在科技馆前的草地上，忙不迭地吃着草叶子。他静悄悄地，将弓箭从肩上卸下。这个过时千年的武器，勒在他的肩头似乎也已有千年之久了。他搭弓、瞄准、屏息，忽地松开弓弦，箭射出去时，连自己也被吓了一跳。

兔子在原处弹动几下，但一根箭竖在腹部，使它怎么也逃不出去。拉隆慢慢走上前，俯身去看垂死挣扎的猎物。从眼角里，他瞥见侍卫官带着几个人、离了百米远张望着他。侍卫官知道拉隆的习惯，不敢上前打扰，但因为惧怕敌人的残部仍埋伏在某处虎视眈眈，又不能不加以保护。自然，这批随行者也躲过了许多辛苦差事：为几千几万头牛羊寻找安身之所（在一座如此拥挤、狭窄的城市里）、牧草的运输和存放（潮湿的仓库，角落长满霉菌，蟑螂和老鼠藏匿于墙皮后跃跃欲试），以及款待新来的监军使。

与前几任不同，新监军使是赞普①实打实的心腹——与官称相符，他的的确确是赞普在边疆洞察一切的眼睛②。拉隆见过这监军使一次：那会儿拉隆·贝吉多杰仍未随军奔赴异国，应当是在布达拉宫的白宫东大殿外、被蓝天笼罩的德阳厦平台上。僧人们跳神打鬼的时候，拉隆站在人群边缘，旁边有几个人窃窃私语，说赞普最近新得了宝物与美人，快活得通体舒畅；又说宝物倒也算不得什么，不过是些镶嵌了宝珠的金银器皿罢了，美人却不知是从何寻得的：

"——一双眼睛灵动似鹿目，一瞥便可道尽千言万语；脸颊左右涂着朱红赭面，衬得肌肤白皙如皎月；乌黑发辫堪堪及地，身披锦袍，上用五彩丝线绣了各式花纹；腹部系一条金腰带，勾出纤纤细腰。哎呀呀，朗达玛③见了，在宝座上半晌说不出话来……端的是位倾城佳人——"

美人与宝物是由同一个人殷勤献上的。庆典上，献宝者——后来赶赴海城上任监军使的那位大人——刚巧站在了赞普左手边。拉隆听到这里，不由得仰头去看，于是见到一张苍

① 赞普：吐蕃帝国统治者的头衔，为吐蕃的最高领袖。

② "悉编掣逋（监军使）还原藏文为 spyan ched po，其中 spyan 为藏文 mig（眼睛）的敬语，此官称意为代表赞普的眼睛督看地方。"见林冠群：《吐蕃中央职官考疑》，台湾《中央研究院历史语言研究所集刊》，2009 年 3 月。

③ 本文中，民间对现任赞普的称呼为"朗达玛"。历史上朗达玛是吐蕃帝国末代赞普。由于达玛赞普在位期间对佛教采取禁绝措施，被藏传佛教的教徒们视为牛魔王再世，因此在其名字前加上了"朗"（藏语中意思是"牛"）这一词，表示对他的污辱。

白、羸弱的脸，在赞普肥硕的耳垂旁轻声说着什么。从表情来看，约莫是些寻欢作乐的话语，因为他的笑容带着股下流的淫邪，眼珠子鬼鬼祟祟地转悠，似乎生怕被旁人窥听。

现如今，许多人巴不得能有机会当面恭维这位大臣，如他一般献上金银与女人，哄得他在赞普面前替自己说上几句好话。但眼下，拉隆却孤独地立于远离喧嚣之处，茫然望向一只垂死的灰兔，而不是毕恭毕敬等在城门口，迎接监军使的到来。他深吸一口气，鼻腔里顿时浸满了铁锈一样的腥味，直冲脑门，不由得一顿咳嗽，回过了神。

野兔仍蹬着腿、身体抽搐；血与脏器混成泥浆，从腹部的裂口里，随着心跳起伏，一阵一阵往外涌，暗沉沉一片。他看了，觉得实在可恶，就弯下腰，用手去拧它的脖子。

筋骨断裂时咔嚓的钝响，在他的脑袋里激起了不快的涟漪。拉隆喘了口气，心底里忽然前所未有地，生出了一丝疑惑：对兔子的杀戮是不必要的。可拉隆见到兔子时，脑海里却只有猎杀它的决断——这个念头就这么出现在他的心中，如同日常吃饭睡觉一般理所应当。它本可以在异乡的土地上活下来。然而死与生的间隙是那样轻微，仅一念之差就能抹去一个生灵的神志。拉隆用食指去触碰兔子的眼睛与耳朵，前者已经半合，晶体混浊不清，稍一用力便会破碎——他知道有人喜欢吃兔子眼睛；后者垂在两侧，绒毛被血沾湿，仍然柔软得叫人毛骨悚然。

他竖起手，示意让人过来。

"都督。"下属快步跑上前，于离他两步距离的位置停下，唤了一声，声音很低，仿佛是为了不唤醒死兔。拉隆抬头去看这年轻男人的脸，那玩意儿的尸体还垂在自己手上，软趴趴的，毛发上沾着深红的血块。他递给下属，挥挥手，说"回去"。对方鞠了一躬，走开了，显然松了一口气。兴许他以为拉隆已经疯了，因此步伐很大，四肢僵硬，像四根笔直的火柴。

拉隆开始往回走，顺着血液滴落进砖缝的痕迹。

自破城的那日清晨起，拉隆便倍感空虚。若是一个半盲的诗人，在灯前苦熬着几十年，鬓角斑白之时，终于写下了终末的歌谣，那么他的空虚也会与拉隆的空虚有所雷同。但拉隆的手边并没有一本穷尽生命的诗集。他的成就是破碎的。一座被占领、被洗劫的城市，对其新主人而言，就好似是分食干净一只羊后，不得不去面对它难以下咽的肮脏残骨。更何况赞普总有一日会下命令将他调走：他们不愿意让一个将领管辖他自己攻打下来的城市。因此这次胜利所带来的喜悦，仅只维持了大半日。

毫无疑问，监军使这一位置的新任命用心险恶。拉隆沉思着，回忆起围绕在此人身上的种种流言。据说他喜欢佩戴各式饰品，骑马出行时叮叮当当的，尤爱在额头中央绑上一块圆形蜜蜡，好阻止敌人诅咒自己足智多谋的畸形大脑袋；用度奢靡，吃饭时好用银碗，一来是炫耀财富，二来是可以试毒；习惯让姬妾随行——这点倒无可厚非。很多人在行军时都会带上自己的家眷与仆从，万一不幸兵败，便将老弱妇孺抛在身后，让他们自想办法。

拉隆自己也动过念头。但这次是去南方……南方！满是瘴气的丘陵之地，停靠在变幻莫测的大海上。他摇摇头。叫家中老少在远离太阳的低洼处苦熬，末了孤苦地死在他乡——究竟是为了什么……

可如此一来，拉隆的烦恼也就无从倾诉。他只胆敢在妻子的怀抱里悄声诉说这一切：敌视的上级、死去的兔子、水土不服的士兵，和他神秘莫测的命运。"处处山头是眼睛，处处墙角是耳朵。"故乡的谚语浸透了前人无数的苦难——拉隆睡觉时也紧闭着嘴。长此以往，他连话都不大会说了。

营地门口的卫兵冲他敬礼。拉隆点点头，大步穿过闹哄哄好似集市的军队。他们忙着开灶、洗碗、宰羊、修鞋、整理报告、偷摸玩骰子、炫耀战利品、追赶没关进笼子的飞禽、躺在水泥地上发高烧，或是埋头苦写家书。还不到开饭的时候，拉隆绕至营地后半部，避开人群，沿着边缘走一小段。他们将整条伦特大马路据为己有——多么古怪的名字——出入口靠北边，拉隆的帐篷在南端，朝向大海。夜深人静的时候，海浪会漫过鼾声，将他淹没在那张行军床上。

但此刻大海已经潜入暮色，躲开了他的双眼与双耳。

拉隆绕过监军使的帐篷，那东西大而华丽，在傍晚的光线下呈现出一种使人难堪的肉粉色，像女人仰面朝上时庞大、沉重的乳房。里面传出弦乐和嬉笑声，拉隆站在阴影里，看着仆从端了酒与瓜果进进出出，撩开门口垂下的流苏迎送访客，站在门口吆喝着叫人去接一桶清水。

在某一个时刻，帐篷里只剩下监军使一人。

拉隆将手按于箭筒上，思索几分钟，复又松开。

他扭头去看附近一排排无尽头的大楼。到了这儿，拉隆才知道原来楼厦会在夜里向上蹿，像植物一样吸食人呼出的二氧化碳。拉隆讨厌褪了色、陈旧的大厦外墙，他讨厌皮肤病一样密密麻麻的铁窗户，他讨厌蒙了尘的树和满是秃斑的草地，但他最厌恶的，还是此地潮湿、闷热的春天，像一张细密的网盖在每个人身上，怎么也挣脱不得。

"今晚又要起雾了。"他自言自语道，石雕像似的站在原地，一动不动，手指上还有兔血的污迹。旁边有几个准备安营扎寨的小兵，听到都督来了这么句话，都停下手中的动作，面面相觑，不知道该做何反应。

其中一个人大着胆子道："这南方地界的气候就是这样，鬼鬼祟祟的。"

拉隆疲惫地看了他一眼，似乎没听懂他说了什么。对方低下头去，不敢再出声了。

这座城市渐渐融化在了从泥土里升起的黑夜里。天幕被街道切割成长长的缎带，再被交叉的电线残暴地撕裂，于是顶上的天空就是碎片的、狭小的、不起眼的，使拉隆几乎回想不起家乡的天空。当地人现在大多躲在自己家中，不敢开灯，只悄悄从漆黑的窗口往外窥探，窸窸窣窣的响动，晦暗角落的老鼠。他眯起眼睛，似乎在一个挂了奶罩的窗户后，看到了一张苍白的脸，那也许是从光亮处转向黑暗处时，眼球表面闪烁的光斑。他走了几步，习惯了光线变化后，那张脸也消失了。

拉隆借着黄昏最后一点残存的光芒，往街道两旁的商店看去，他审视着大门紧闭的商铺，从门口上方拉下的卷帘门，后头货柜上大多空空如也，他们撬开过几间，都已经被搬空了，不知是店家将货品藏了起来，还是当地人趁乱洗劫一空。在商店里，拉隆见到了许多标签、广告语、海报和招牌。休整队伍时，他会一点点把上头的字念出来，以此打发时间。最让他惊奇的莫过于海味干货，玻璃柜子里虽然什么也没有，那股腥味儿却留了下来，左右无人时，他会弯下腰，近乎将整个儿的脑袋伸了进去，贪婪地去嗅闻海的气味，那味道掺杂了鱼肉与贝类厚重、浓稠的肉感，在他的舌头上留下了隐隐约约的咸味。

不是对物资的需求，而是对丰富色彩的渴求，使拉隆厌倦了这清一色的铁灰色薄墙。一想到那海味店大门洞开，春风春雨不停地往里灌，一罐罐空玻璃樽、一个个空玻璃箱终有一天会失去那样的味道，拉隆便倍感愤怒，无名之火从胸口燃起，顺着视线，投向无人的一扇扇窗户内。他痛恨这座狭窄、混乱、丑陋的城市，蚁巢歪歪斜斜，钢筋混凝土混着人的口水和其他体液，黏稠而肮脏，拔地而起，被看不见的大手笔直地捏成阴茎无用的形状，指向污浊的天空。他想起家乡的高原，无垠的苍穹，赶着牛羊，人群灰头土脸，张嘴笑时，露出歪扭的洁白牙齿，身上是干草与牛粪的气味。他在没有灯的骑楼走廊里踱步，手背在身后，来来回回。他感到无数的目光透过了墙壁，投向这个跋扈的入侵者身上，于是顿时起了教训人的欲望。"你们是怎么活着的啊？"他想问，问那些没有面孔的住客、乞丐、流浪者，"你们是如何活着的啊？"他在心里想，嘴巴不知不觉轻轻说了出来。

但没有人回答，蟑螂和老鼠寂静无声，在下水道与墙内的管道里，屏息等待着离去的脚步声。

过了会儿，下属硬着头皮叫住了拉隆。他说晚饭好了，请您回帐篷吧。拉隆点点头，但身体还是顿了顿，要把威严逼迫出来一些，这才从阴影里出来了，步伐沉重地鞭打在陌生的土地上。他进了自己的帐篷，坐下，看士兵将食盒抬进来。厨师香料放多了，热气升起来，有种呛鼻的香味儿，汤上浮着薄薄一层油，米饭旁的小碟子里是兔头，切碎后用辣油炒成鲜红色，有点像它刚刚被射中后，腹部伤口喷出的血的颜色。

侍卫官摆好桌子，低着头出了帐篷。拉隆孤独地盘腿坐在麻质坐垫上，他不愿意忍受孤独，但将人叫回来站在桌旁，听侍卫结结巴巴的奉承，对缓解孤独是毫无帮助的……帐篷外头有人喊了句"开饭了"，横冲直撞，一头头公牛慌张地兜着圈子，饥肠辘辘的人群，吆喝声、咀嚼声、吞咽完肉块与米饭后将不锈钢饭盒丢进塑料桶里的响声，这类此起彼伏的动静，使帐篷里的空气显得更寂静而了无生趣，沉闷得让他几乎要落泪。

拉隆叹了口气，起筷，低头吃起了兔肉。

咀嚼时，他想象出这兔子活下来的情形：用垂耳擦过他湿润的掌心，或是卧在他身旁，沉睡着。

搭帐篷是他的要求，他不喜欢随便找个房子，用刀枪把里面的人轰出去，再舒舒服服地睡进去。他不喜欢霸占光鲜亮丽的衣帽间和浴室，穿着男主人的睡袍躺在浴缸里，点上从客厅茶几抽屉深处找到的好香烟。不，必须搭帐篷，哪怕是在街道上，随时有被袭击的危险：高楼里的人手一扬，便能把易拉罐、花瓶、吃剩下的鱼骨头扔到他们身上。他知道士兵们私底下有诸多埋怨。"放着结结实实的好房子不住，非得待在破袋子里，不是有病吗？"一次夜里失眠，他起来散步时，在营地的边缘听到值夜班的士兵们这样嘀嘀咕咕，机械的对话。他咳嗽一下，吓得两人一言不敢发，连转脸看看是谁在咳嗽的勇气也没有。

在湿润的老鼠洞里睡觉，躺在散着人臭味儿的床铺上，在拉隆看来，是十分侮辱人的。有点像以前家里的老人为了方便，或是要躲过地平线上远远驶来的风暴，所以在羊圈猪圈里和牲畜凑合一晚上，半埋在泥巴里奄奄一息。更何况帐篷是从家乡带来的东西，某种程度而言，睡在帐篷里，就仿佛仍是睡在家乡的天空下，这想法曾给夜里无法入眠的拉隆带去极大的安慰。但最近几个晚上似乎不管用了，这个安慰，或是说这个幻想，随着时间流逝，愈发变得苍白无力，就如同仆从将一件外套洗了几次后，有天他把衣服穿在身上，发现衣领软趴趴地立不起来，顿时明白这件衣服已经被毁了，灵魂消失在了褶皱之中；他发现（同时十分不安），帐内的铺盖与摆设已多时蒙上了水汽，湿润、懒洋洋的南方气息，春潮从布料缝隙里钻了进来，沾上了冰冷的被褥。

他击掌一声，侍卫官钻入帐内，沉默着把桌子收拾好。他点了根烟，面无表情，帘子盖了回去，刚泻入的一点亮光也被切断了，烟草燃烧后四散的云雾进了拉隆的肺，游荡一圈，再从口鼻急忙忙逃出生天，顶上黄灯照耀下，白烟稀奇古怪地盘旋在半空中，因为此地闷热无风，连舒展的动作也显得沉重。拉隆注视着面前的烟，眼球被灯光照射得有些酸涩，一点泪水渗出来，顺着眼角滑落，在他的脸上留下了一道湿漉漉的小径。

他没有洗漱就睡去了。精神疲惫的时候，他不喜欢脱下衣服，裸着身体去沾水，似乎是因为从身体深处找不到做这系列事情的力气与兴趣。连睡衣他也不爱穿，若非是为了能随时跑出去参加战斗，拉隆是会赤裸着躺在床铺上的。有时候，他会熄灯，然后点根蜡烛，在镜前伫立，长久地审视这具肉体：蜡烛柔和、温柔的光雾，能将他的脖颈、肩膀与头颅衬成一个圣人……一幅昏暗宗教画内等待殉道之时的圣人。他会侧身，扭头去看自己背部，上下转动肩膀，带起背上的肌肉，它们起伏好似土地里蚯蚓蠕动时，土层随之而来的温柔起伏。

他偶尔也会举着蜡烛，凑近去看那些伤疤，它们有的隆起，张牙舞爪，生成硬块，大概是要跟着他一起进棺材的；有的不起眼，只比周遭皮肤稍白一些，像擦干时用力过猛，毛巾搓掉了一块脏皮；有的中规中矩，叫人疑惑，不知道它是即将好转，还是永久停滞了生长的时间。

在过往无数的帐篷里，拉隆都做过这一模一样的事。然而即便是日日夜夜看着自己裸身的影像，那衰老的痕迹也依旧从镜面里爬出来，缓慢、不容拒绝地缠上了他的身体。与十年前相比，他更胖了，肌肉四散开，化进了被糖和脂肪搅和的十分混浊的血液里，里衣紧绷在松软的肉上，最后不得不送去本地的裁缝店修改一番。

只是部队行经的城市如此之多，闭上眼睛回顾过去时，拉隆已无法将它们一一区分，那无数屹立在平原、高山与盆地上的城市群，弥漫着同样酸臭的死亡气息，终于合并在了一块儿，即他眼前这座城市——它是过往无数城市影子的投射、集合与再现。早上醒来后，洗脸前，拉隆总想不起自己身处何方：空间与时间。他想不起自己是站在何处的水泥地上，是站在时间长河中的哪一个脆弱的水泡内。然而这都是无关紧要的。他逐渐意识到，在对着人开枪时，记不得被射杀者来自何处、是因为何事即将死于子弹下，是有益于开枪者的心理健康的……

入睡前，他仰躺着，眼皮打架，在黑暗里，外面的话语远去了，只剩下侍卫官坐在帐篷外头打瞌睡时轻微的鼾声。为了尽可能享受睡前这段无知觉的时间，拉隆短暂思考了会儿要不要找个女人。虽说已经没有力气干那档子事儿了，可入睡时，怀里拥着个一丝不挂的、温热的女人的躯体，什么都不做，那也是可爱的、浪漫的，甚至在睡着前，还能在心中揣着第二日与女人去寻欢作乐的愿望——或许也是拉隆能在此地找到的唯一乐子了。

但他翻了个身，感到双脚、大腿、胳膊与胸膛已经沉沉入睡，他的舌头也是如此，使唤人的话语也沉睡了，顺着唾液咽回肚子里，暖和寒凉的胃。

在疲倦的海浪拍打意识、没过一切前，拉隆迟疑地想起那只被他射杀的兔子，和半荒废了的、荒草从钢筋水泥的缝隙里生出来的、人群四散的城市。水泥是灰色的，沉重地压在他头上、脸上与胳膊上，也压在所有人的肩膀上。动弹不得，人人都将窒息，呛死在野兔四溅的浓稠黑血内——可他不愿意。入睡前，拉隆在腹部深处搜寻母亲与妻子的名字，反复默诵，他暗暗祈祷，向神灵与大地、夜幕与被楼宇遮挡、不知身在何处的月亮，向家乡呆若木鸡的女人们祈祷，只这一个愿望：他想要梦见城市以外的世界。

3. 一次爱情漫步

陆尚青真正醒来时，正是周六中午十一二点。他与女友还凑在一块儿、挤在卧室里那张窄床的被窝里。清晨，几个小时前，陆尚青被雨水击打铁棚哐当哐当的噪声吵醒，一看手机屏时间，也不过七点。他下意识觉得白日才刚露了个头。长长的白日，像拖着尾巴的彗星，从天边云山里钻了出来，缓慢地在淡蓝色苍穹下顺着弧形轨道前进。道阻且长，眼前还有数不尽的光阴。

陆尚青怀着这样的满足感向女人凑过去，仔细看她松弛、近乎是闷闷不乐的睡脸，他胡思乱想了会儿，再伸手碰了下霍思仁的嘴唇。干瘪，死皮翘起的边缘刺了下他的手指。她半睁开眼睛，混浊的瞳孔动了动，复又昏沉沉睡着了。

他于是觉得遗憾：女人无知觉地度过了晨曦微露的时刻，什么也没感觉到。

然而睡眠是可爱的。温热的被窝泛着一点汗味儿，和女人头皮上的味道相近；还有那冷风灌进肚子后，复又被肠道排挤出来的气体。陆尚青将鼻子半埋进被子里，嗅着里头混杂的气味，一如利奥波德·布卢姆坐在马桶上安然闻着排泄物的臭气[①]。在人酸臭潮湿的巢穴中，陆尚青安详地闭上眼睛。

不像张爱玲笔下的巴黎妓女，他并不惧怕自己腋下的气味。

---

① 詹姆斯·乔伊斯，《尤利西斯》："他继续读下去，安然坐在那里闻着自己冒上来的臭味。"

午时，他被光裸的胳膊摇醒。霍思仁在他耳边说："起来，上午睡过去了……"嗓音因为沉沉过了一夜，变得十分沙哑。陆尚青艰辛地眨眨眼。雨停了，午时的日光透过窗帘，使卧室里四溅着粉色的光，又随着他视线的对焦，慢慢聚拢，将室内凝结成一个半透明的光团。他抬手掀开窗帘一角，看到尘埃在倾斜入内的阳光照射下，打着旋儿扬在了空中。

"下午去公园转转。"在洗手间梳头时，霍思仁从镜子里望向陆尚青，蒙蒙眬眬的眼神。"出去活动活动，呼吸一下新鲜空气。"几句陈腔滥调，陆尚青应了一声，手握着牙刷牙膏，眼睛还在看她的长发：黑漆漆的。这黑色的温柔灾害密不透光。顺着梳子粗暴的动作，许多发丝都跌落在了洗手盆内。洗手盆脏兮兮、黏糊糊，布满了从墙缝里溜达进来的霉斑、牙膏污渍、头发，等等等等，现如今已没有人会用它洗手——既肮脏，又不通畅，长长的塑料管道里积攒了多少污物……他想象着女人的长发织就成密密麻麻的黑色蛛网，不由得打了个哆嗦。

他的视线从蜿蜒钻入瓷砖墙的管道上升起，投向肮脏的镜面，看到一张油光满面、邋遢、浮肿的脸，男人筋疲力尽、无法从无梦的睡眠中重获青春的脸。

霍思仁杂乱的发丝勉强服帖，厚厚地披在后背上。她将梳子随手扔在洗手池水龙头旁的空当里，混着残余了几日的死水，那又是把不能用的梳子了。他感到一阵恶心，于是移开目光，点开手机上的外卖平台，浏览起长长一列无尽头的餐厅名单。小拇指甲盖大小的照片，名称大大咧咧："健康餐""有机餐厅""活力轻食"。他平时怕出门，又怕身体在小客厅的木椅子上坐久了，会沦落成一口只知吃喝拉撒的猪。因此时常勉强自己去点一些沙拉。一大碗生蔬菜基底上，堆砌着鸡胸肉块、玉米粒和切成一半的圣女果，长此以往，点餐的大数据积攒下来，在网络里，他就成了个健健康康、热爱健身与减脂的年轻男人。当然，这毫无道理……

"我想吃清淡些。"女人又说，从湿漉漉的洗手间里钻出来了。

"喝粥？"他问，食指在玻璃屏幕上来回滑动。灶台底下，两开门的柜子里摆着一袋陈米，去年被沉重地扛上楼梯，在柜中将息，成了无数米虫繁衍衍后代的温床。他想到那些黑色丁点大的小虫，脊背一阵恶寒，便抖了下肩膀，差点儿扭伤关节。

女人接过手机，选了一家常点的粥店。"白粥和煎饺，"她说，接着又叹息道，"唉，都是碳水……"

他挠了挠耳朵，好像是有蚊子，深夜里吻遍他的身体，或许是跳蚤？他选好菜，下单，付账，扣去优惠，不过五十几块钱，足以喂饱城市里一对孤寂男女。价格低得几乎有点可笑，叫他心中怀疑这店用的米与肉，或许也是在深深的柜子里堆积的霉变之物。然而淡淡的懊悔从胸膛里缓慢升起：太晚了，一切都太晚了。吃了那样久的餐厅、外卖、家中剩饭剩菜，癌变食物汹涌从口中泼入腹部，化为营养汤浸透了他的身体，三十年如一日。

他无所事事，打开微博热搜榜，这就是日常新闻的来源。两人等着早午饭被送上门，懒洋洋的，一个坐在床上，一个半躺在旁边，皆低下头玩起了手机。昨夜虚弱的激情遗失在了月光之中。无数的同样的夜晚，他想，白白流落在了身后，再无法寻回。然而他却不觉得遗憾，没有人是遗憾的，已经飞走的时间没有意义，不过是追忆这个动作本身能带来些许快慰。追忆的对象只是闪电在眼球上留下的晕眩……

霍思仁动了动身体，发梢扫过他的胳膊，尖锐感刺进肉里，他抓了下那块皮肤，但指甲昨天刚剪过，被磨得浑圆，只在刺痛上镀了层钝痛，毫无益处。离订餐已有半小时，他开始注意门外人上上下下走楼梯的动静，有快速、轻飘飘的步伐，也有缓慢的脚，沉重地踏在水泥台阶上，能从那闷响里，听出爬楼梯者是在胸膛里沉重地喘着气的；也有小孩子，拽着老人蹦蹦跳跳，嬉笑脆响在楼梯间弹跳了起来，像一颗从棋盘上跌下的玻璃珠。老人在后面咒骂，喊你慢点、小心点、别摔跤、别淘气！

他最后听见：一个腿上有力气的人，一步跃过两三级台阶，在他们这一楼层停下，来回走动，寻找门牌号。

外卖员敲门，指关节在门板上哐哐哐。霍思仁站起来，不急不忙去开门。她仍穿着睡裙，没有戴胸罩，细小的乳房微微起伏，将平整布料顶出两个小小的尖角。她接过白色塑料袋，道了谢，轻轻关上门，转身把午饭放在了桌上。

"来吧！"她呼唤道，"我饿坏了。"

饺子底下是一层冷油，馅料剁得极碎，吃不出白菜的味道，只有面皮的焦香。粥，她只喝了三四口，用黑塑料勺子浅浅舀了几勺送进嘴里，倒像给幼儿喂食那样，双唇紧紧闭着，中间露一道窄缝，汤水慢慢漏进去，大概还没到喉咙口，就已经融进了唾液内。剩下大半碗锁在牛皮纸碗内，合上盖子，推进冰箱深处，里面已有几个外卖盒，食物的腐败被寒气胁迫着锁在原子分子内，暗暗还是生出了长毛的危机。

收拾好桌子后，霍思仁进了卧室化妆，他在椅子上打起了哈欠。女人一边对着衣柜上的穿衣镜画眉毛，弯着腰，一边斜眼看看他，说"可不能再睡了"。她眉毛刮得较浅，阳光从镜面反射到脸上，照出她高高的眉骨，左边已用眉笔涂好，右边还在进行当中，看起来未免显得有些滑稽。他茫然地盯着那张正在被精雕细琢的脸，肚子里仍滚着粥汤，烘热了身体，于是脑袋一歪，倚靠在椅背上打起了瞌睡，脑袋里胡乱生出了许多半梦半醒时才有的涣散画面：

一个面容模糊的人低声对他说话，语焉不详，后来成了个女人，肥硕的乳房抵着陆尚青的胳膊，鼻息喷在肩膀上，慢慢缠绕上他的身体，变为一条鳞光微闪的丰满长蛇。接着是一座破旧的小楼，里面有的房间住了人，有的是空的，野草从砖缝里长出来，荒蛮的阴毛，不知是死是活的流浪汉枕着碎砖头躺在地上。最后，他看到了深黄色的土地，卡通一般的横截面，墓碑露在土地外、尸骨埋在土地里的坟墓，他舅舅的墓，十字架石雕孤零零的，缺了一个角，像 B 级电影里失了真的廉价道具。

霍思仁昨晚穿来的裙子胡乱拢在椅背上，下摆折了几层。她试图抚平褶皱，未果，换上衣服，合着睡眠过多后浮肿的脸肉，邋邋遢遢的。她转过身，看见陆尚青身上还绷着睡衣睡裤，顿觉不快，皱起眉头，嘴角朝下，溢出了点皱纹。

"待会儿可能要下雨的。"陆尚青道。

"我都化了妆了，"女人说，"这话不能化妆前说吗？"

"好，好。"他答道，同时站起身，轻轻蹭过女人的肩膀，进卧室开了衣柜，慢吞吞穿上长裤与长袖衫。这乌龟一样的动作，将她眼珠子里的火烧得更旺盛了些。霍思仁吞咽了下口水，深吸一口气，鼻腔发出咻咻声，胸膛夸张地起伏着。在女人的竭力忍耐里，他感受到了施虐的快乐，与被虐的期许，这无疑是因为他被太长久地关在了屋子里。将自己折磨透后，就想尝尝折磨别人与被别人折磨的滋味。所以上个星期吵架时霍思仁说得没错：他的确是个扭曲的人。

只这样一想，便能为自己的种种恶劣行径，找出许多无能为力的借口，不免有些卑鄙。但陆尚青换好衣服，与女人一起出门，在阴暗不见天日的楼梯上行走时，心中又想：何人不是卑劣的呢？底下那层楼，靠右的一道门往内大开，一个穿了白背心的老人坐在门旁，佝偻着抽烟。透过烟雾的缝隙，他的眼睛疲惫地注视着这对年轻男女从身边经过，去享受难得的快乐日子——这人却是不能。衰老的麻木缠绕在白背心与短裤衩折叠的褶皱中，隐藏在汗斑和发黄的布料内，印在了陆尚青的眼皮上，他终于感觉到自己身体内一息尚存的青春，于是心情畅快了许多，外加上推开居民楼铁门时，重见天日的快乐混着春风涌入他的脑袋里，痛快极了。陆尚青高兴得差点儿叫出声来。

两人一前一后，沿着杂乱、肮脏的楼与楼之间的空隙向前行走。左边是歪歪斜斜的自行车和电瓶车，堆在小铁棚里，一不小心，脚步就会踏入锈迹斑斑的铁轮子，在小腿上搅出几道血痕；右边的水泥地湿淋淋的，泛着白沫，是顺着管道从楼里灌下来的水，冒着清洁剂与消毒液的气味，倒比旁边的一切都更显得干净。霍思仁在前头哎呀一声，身体躲了躲，大概是被水溅上了。陆尚青隐约看见她右腿小腿肚上，那层薄而白的丝袜长出了一小块灰斑。

"唉，唉，唉。"女人叹气道。

小区门口的木长椅横在路中央，挡下过大的货车，上头有三个老阿姨聚在一起亲密地说着话，各自怀里都搂着一只长期不曾在野地上走过路的宠物狗（陆尚青管它们叫狐狸狗），红棕色、尖嘴猴腮，毛发脏兮兮、乱糟糟，像是几个月没沾过水了。倒是该去刚刚水管与地面接触的那块湿地寻个方便，陆尚青想。行过身边时，小狗们强打起精神，对他俩叫唤了几声，尖里尖气，见不得陌生人，倨傲得像是落难的贵族少爷、小姐。霍思仁顿了顿，看看其中那只最娇小的，嘴里发出"啧啧啧"的逗狗声。女主人抬头冲她笑笑，没多的话讲。

"我一直都想养狗。"去公园的路途中，霍思仁就这样开始了又一段漫长的自白。她说起自己的童年，在小区花园里被同学家养的狗追着跑，那同学拽着绳子，近乎要跌在地上吃一嘴泥；她说起年年生日的哀求，家里父母说只要她长大后搬出去自己住，就能爱养多少只便养多少只；她说起现在，她独自一人租了套小公寓，不是黄金地段（在宝山区，老房子，马桶管道总是堵塞），因此手头攒了点小钱，却也不够她再弄个新生命养活的。

狗就是一棵树。顺着枝叶，她企图将自己整个的经历、思索与结论，塞入一段星期六午后无人理睬的对话里，全然不顾这世上是否有人愿意聆听。自恋行为。我我我我。夏天的知了在树干上无尽头地鸣叫。

陆尚青一边去看迎面走来的行人的脸，一边放任无意义的词句洗刷他的身体。

来人多不去看他的脸。他们不是移开目光注视前方，就是做出副忙碌的模样去看手机与手表，只除了一个女人：穿着高跟鞋，臀部招摇地左右摇摆，嘴上抹了很艳的红色，比霍思仁年纪大些，冲他笑了笑，颇有深意地维系住了两人间短暂却也持久的眼神接触。那火红的颜色，在陆尚青的眼珠子上烫出了热辣的印记。霍思仁素来只喜欢淡粉的唇膏，她的嘴就如同融进了脸里，同样是略带点黄的白。因此，乍一眼看到这样鲜亮的红色，陆尚青不由得精神为之一振，就好像孤苦地熬过一整个冬天后，在路边草地里忽地发现了一朵新绽放的花儿。

然而公园里的花却没开。

初春的自然尚未复生。树木虽然密集，新叶却仍未长出来。即便偶有一两片嫩绿的叶子，那也是夹在败落的枯枝枯叶中间的，因此衬得这春天格外地萧条。虽说冬日的霜雪早已消融，但寒意照旧依附在枝叶与淤泥里，行人踏过时，那鞋子压出湿润的动静，雨水从泥土里被挤出来，将鞋帮污染了，枯叶的碎屑粘在上头，使人觉得十分不自在。

霍思仁揽上他的胳膊，走路时小心翼翼，生怕因青苔而滑倒在地。看着眼前衰败的花园，她不由自主地感到了苦闷，更何况在来的路上，自己就已把话说了个干净，短时间内再想不出什么值得唠叨的话题了。于是霍思仁渐渐沉默了下来，不再去絮絮叨叨说什么狗啊、父母啊、工作啊这类无趣的事情，陆尚青便放松了些，从二人的静默中顺势寻回了一点安稳。

他们踱至人工湖边上的一个休息亭内。一对青年夫妻推着辆婴儿车，正坐在里面的石椅上歇腿。做父亲的斜靠在椅背上昏昏睡着了。见有人过来，那母亲警醒地望了一眼，接着低下头继续去看手机里的视频。

霍思仁松开陆尚青的胳膊，快步往湖边走，绕过了婴儿车。幼儿裹得严实，只露出眼睛鼻子，骨碌碌滚着眼珠子往来人身上瞧。她瞟了那么一眼，脸上表情淡漠，不为所动，转过身去看湖，手臂压在铁栏杆上，也不嫌金属寒凉，自顾自地远眺，过了会儿低下头，又见到了什么东西，惊叹了下，叠声唤陆尚青过去。

只见湖水如磨砂玻璃一样混浊圆润，半凝固在大地正中央。"你看！"她喊，陆尚青顺着她的手指看去，岸边，锦鲤群聚集在一处，相互推搡，动作剧烈，鱼尾上闪烁着晚霞颜色，一点富贵华彩，在灰白色水面下尤为耀眼。陆尚青看见几尾痴肥的鱼儿，腹部与背部，肉近乎要从层叠的鳞片里挤出来。于是他想起小时候老家养过的金鱼，鼓鼓囊囊的，灌了太多的水与鱼食，就快要胀破肚皮，连眼球也要被挤出眼眶。

"多美啊！"女人说，双手虔诚地交合在胸前，宛如是大学时演话剧那样，念出了平常很少会听见的台词。陆尚青察觉到：旁边那憔悴的妇人正在偷听二人的对话。他不禁有些困窘，压低声音应付了句"不错"。霍思仁挽着他的手，十指交扣，将他拉得与自己更靠近了些，不管不顾，头靠在他的肩膀上，沉浸在与情人偎依于一处一同游园的浪漫里……这样不清澈的湖、枯竭的树、狂躁的锦鲤，怎么能谈得上是"美"呢？陆尚青偷偷去看她的侧脸，见到那半合的眼睛，与安详快乐的表情，出神的微笑，也不知是为在场观看的哪一个人所做出的表演。不知为何，他心里顿时起了好大的火气，多一秒也无法忍耐……却是不得不忍耐的。他太明白这一点，因此催动自己身体里盘旋的焦躁平息下去。

应付应付也就完了！

陆尚青低头凝视那些鱼：幼小的浮上水面，庞大的沉入湖底。在鱼群混乱的游走与停歇里，他找不到一丝美与真（在被圈养的鱼儿身上如何能寻得真理），便忍不住想：有这样装腔作势的空闲，还不如放他一人躲在家里写文章。当然，陆尚青也很清楚，若是一人在家，他便是无论如何也懒得去起笔写稿子的。倒不如说当人是独自活着的时候，生活是可以忍受的；得再有另一人加入进来，那躲避的欲望才会迫使他去思考、去反省、去写东西……比如现在，在那年轻妈妈讥讽好笑的注视下，他被逼着扮演一个和善、可爱的年轻恋人。如此这般的时刻使他想要往外逃离，或者藏入身体里密密麻麻的文字旋涡内。二者没什么区别。

他不愿再忍受——不管眼下包围他的是什么——抓住霍思仁的手，把她拉出观景亭。顺着林荫道，他近乎是挟持着霍思仁远离湖边。树木的枝叶逐渐茂密，麻雀在地上跳跃，肥胖、灵巧、永不疲惫地追逐着想象中的面包屑，并不怎么怕人。霍思仁气喘吁吁跨着大步，但面上摆着意味深长的表情，似乎知道男人是在发什么疯。他们近乎小跑了起来，旁边缓慢散着步的人们惊讶地望向这两人。

他痛恨这个，痛恨得另一只空白的手紧握成拳头。没有痛苦，没有激情，没有撕咬与拥抱。发生了什么？什么也没有发生——因此没有爱和恨。他想从一个女人的身体与灵魂之中得到的东西实际上并不存在，甚至于他自己也已经忘记了他想追求的东西是什么。在这蜿蜒曲折的花园里，小径并没有纵横交错成难以攻破的迷宫，然而当他抬头，看见又一个更大、更明亮、更洁白的湖出现在身侧，看见湖面上天鹅船缓慢地从一侧游至另一侧，看到船内年轻的男男女女嬉笑着去踩脚踏板、在船后留下长长的波纹，当他抬头看见这些景象时，他感觉不到美，或是豁然开朗，或是轻飘飘的茫然。不，他是被困在了这里，也可以说他是被困在了此刻（时间与空间，他不知道哪个才是罪魁祸首）。他没办法学习，没办法思考，没办法创作出新世界。他的主人公停滞于海滨城市，正如同他被困于湖泊公园。

现在，他只能凭借本能写作，就像猴子对着打字机乱弹琴。

爱情曾是一条出路，可惜过于短暂。来公园散步是两人的例行公事，第一次约会看完电影后，他们便是进公园靠着走路消化刚刚的电影情节，一边手拉着手，走到无人处还会鬼鬼祟祟亲个嘴儿。荷尔蒙与年轻气盛的欲望，这两样东西勾得他神魂颠倒，回了大学也无法平息，当天宿舍熄灯后偷偷溜上天台，和霍思仁打了整一晚的电话，另一只手点了烟——他不会抽，但仍一根一根地点下去。"香烟是恋爱的蚊香。"他想出这么句俏皮话，为此沾沾自喜了很久，四处与人说——现在想想，那又是什么狗屁！

陆尚青慢下步伐，他肺部张缩得太激烈，有些喘不上气。霍思仁往前走几步，回过头，打量着他涨红的脸，慢慢来了句"你我都不年轻了"，一丝安慰人的笑意，大约是劝他不要再挣扎、踏踏实实地生活、好好找份固定工作养家糊口，等等等等。她很擅长将几样东西挤进一句窄而短的话里，如同颁布神谕，逼迫着对方来来回回地咀嚼。

他摇摇头，却并不是为了自己的青春……二人拐了个弯，两旁的墙靠得近了些，墙角坐着许多灰扑扑的老人在下象棋，再往后点儿便是公园侧门口，一了百了。

湖泊被墙壁、树丛与灌木掩了起来，好似从不曾在这个世界上出现过。

踏出公园，陆尚青感到什么东西滴落在面颊上。他伸出手，手心朝上，胡乱晃动。女人在一旁做出一模一样的动作。那对年轻的夫妇推着婴儿车从他们身后经过，快步往停车场走，冷漠地冲堵塞了人行道的两人嚷了句："让——让！"两人于是踩进独一棵行道树四周的沙坑内，看着游人们纷纷离去，劳累疲倦，身体渐渐沉入万家灯火的深处，和城市合为一体，这才恍然大悟：又一个周六的下午将要结束，仿佛一个节日，还未好好庆祝，就已经滑入尾声。

陆尚青虽没有朝九晚五地去公司上班，却也被惆怅的暮色感染，无言地起了忧愁。

下雨了。

4. 拉隆·贝吉多杰攀登一栋雨中的高楼

下雨了。

拉隆抬头向乌云望去。夜幕低垂，天空显得离地面尤其地近，仿佛随时就要倾倒，将地上的蝼蚁压成粉末。南方的雨蜘蛛丝一样细密，被风托着，飘浮在半空中，沾上士兵们的帽檐，一点点晶莹的水珠，浸湿了硬得像墙皮的衣料，或许能让这威严的外皮变得温柔点儿。他依稀记得头一回穿上制服训练时，衣服内衬和裸露的皮肤相互摩擦，让他的身体滚烫起来，好似下了油锅；过窄的衣领与袖口，又在手腕与脖子上留下了细细的红痕，瘙痒难耐。

进大厦前，拉隆点了根烟。他打定主意要抽完这根烟。他总这样对人说：在一根烟燃尽前，世界是无关紧要的。或许有那么点装腔作势的哲人模样，可打仗时，能有一点点空隙尤为重要……这就是他自己和现实的空隙：只一根烟的宽度。

"那和尚住楼上？"抽完烟后，他问，脚还在踩扔在地上的烟头。

副官一愣，回过神后赶忙说："对，就是在二十三楼。"

二十三楼。高耸入云，从窗户往下看，世界会缩成一个浑圆的皮球，在手掌下规规矩矩地弹跳。他嗤笑一声，挥挥手，示意下属将玻璃门左右推开。传达室空无一人，看更人应该也是躲了起来，哆哆嗦嗦藏在卫生间里。拉隆没有理会电梯，他不信任这个，尤其是在刚刚占领、还未完全被驯服的城市里。爬楼梯时，他想象自己走进那个小小的罐头陷阱，往上升，上升，上升，猛地停顿；尖叫、挣扎、用手去扒门，最后在黑暗中崩溃、瘫倒在地，无法呼吸——下坠摔死在电梯井底，或是窒息于悬空的牢笼内。

居民们上下楼梯时恐惧地、无声地远离这个关了不知是死是活的敌人的小盒子，臭味从墙壁与管道缝隙往外涌，日渐浓烈。

大概到第十楼的时候，他听到自己的喘息声，抑制不住要从嘴巴里跑出来。尊严使他不愿在部下面前出丑，于是拉隆举起一只手，让后头的人停下，就地休息几分钟。

"好端端的，怎么就去找和尚了？"有人在好几层以下的楼梯上说小话，嘀嘀咕咕的，自以为放低了声音，足够隐蔽，不料楼梯间狭窄又空荡荡，话语很容易就从墙壁上弹射得到处都是。

"是赞普的命令。"另一人低声回答，"据说来了这地方以后，朗达玛夜里睡不好觉，天天晚上做噩梦——都半个多月了。他们说可能是碰到脏东西，所以想请人看看……"

老家的僧人不是被逼着拿起弓箭、被赶去林子里狩猎（拉隆想起了兔子），就是携带经卷四下逃散。但眼下没人敢提这事。罪过，罪过，那些沉入湖底的释迦牟尼啊……

"不是有随行的巫师吗，怎么还要找这儿的和尚？"

"你懂个屁，在这个地方……"

话没有说完，也无需言尽。这地方是邪门得很。拉隆想起小时候，在网上读到的鬼怪灵异故事，许多都与这座城市有关。于家乡温暖、高远的太阳下，鬼怪无所遁形，虽说故土呈现于人前的乃是女魔仰卧之相[1]，因此不得不在其上建起无数寺庙：

"东方的切玛山形像罗刹女的阴部……"

然而此地却被生命的阴面笼罩，连细雨与泥土似乎都是阴森邪恶的。仿佛不祥的瘟疫蒸发后，顺着雨丝重新落在山川河流内，顺着吞咽的动作复又归回到人的生命之中。难以摆脱，

---

[1] 《西藏王臣记》："文成公主依据中原的《八十种五行算观察法》来细推观察，而知道雪域西藏的地形，俨若罗刹魔女仰卧的形状。"后文所引用的"东方的切玛山形像罗刹女的阴部"亦出自《西藏王臣记》。

又无法辨别。拉隆记得刚入城时，他看见家家户户门前供奉着一个小小牌位，一个香炉，里头插一炷香，或香灰里塞满了烟头。他吓了一跳，再仔细看才发觉那是土地爷；又在巡逻时，发觉驻扎的市场里也有一座小小的庙宇，仅够一个信徒跪下磕头，叨叨念念。神像破损不堪，白瓷的面孔在白烟后头高深莫测，衣袍上还镶了金边。拉隆弯腰从地上拾起小碎石，往神坛上一掷，刺啦的响声，额头上多了一个黑漆漆的大洞，善男信女用香火书写的愿望从洞里溜走，还不如一只会偷喝香油的肥硕老鼠来得实惠。

令拉隆确实心觉不安的，并非异教的万千神明。不，在他看来神虽然存在，却都是大同小异，没什么大区别。人选择用野蛮的方式供奉神，或是灵巧、文明的形式，这些都只是信徒自己的选择而已。因此，使他担忧的永远是人，尤其是暗无天日的巨大高楼深处，夹层缝隙里躲藏的青壮年，大多是当时举起武器，却连敌人的脸都未曾碰见的学生与工人，见胜利无望，外乡人开始清算一笔笔新账老账，赶忙四散着将身体塞入城市缝隙内。暗室里卧薪尝胆，小心保存仇恨的火焰，又因为在空气停滞的室内待的时间太久，被士兵们凿出来后，通常看上去都人不人、鬼不鬼，得被牢牢锁入监牢深处，烂死后做菌类与霉斑的肥料——

请一位在当地德高望重的僧人，是再合适不过的了。

更何况，这几日下来，朗达玛已成惊弓之鸟。今朝清晨，拉隆照例去觐见赞普，正巧赶上占梦师在为赞普行事。在一个大而深、威严得叫人不安的卧房内，朗达玛仍披着睡袍，有气无力地横卧在躺椅上，几张陌生面孔围在他身边嘀嘀咕咕，监军使站在椅子后头，背着手，紧蹙双眉，见拉隆进来了，仅抬了下眼皮。

厚重的窗帘布被掀起一个小角，地上摆着个极旺的小火盆。于晨光与火光中，拉隆看见这人灰色的眼珠子被照得透亮，近乎分辨不出瞳孔。

"夜有噩梦，灾祸临头。"朗达玛叹息道。他面朝占梦师所在的方位，渐渐出了神：那人嘀咕了许久后，举起七根小木棍，毕恭毕敬地在赞普头上绕了三圈，接着将木棍丢进火盆里，最后说"愿噩梦如它们一般被烧掉"。木棍被扔进去的那刻，火势微微有些动摇，让拉隆暗自担心它们烧不起来——万幸还是烧起来了。他目不转睛看着它们熔化在烈火中，所有人都是目不转睛、一口气悬在胸口，待火盆里只剩下黑色的炭，这才重又开始呼吸。

"下去吧。"监军使命令道。占梦师与侍从弯着腰倒退从门口出去，经过拉隆时，身上仍散发着浓郁的艾草燃烧的气味，呛得拉隆嗓子眼一阵骚乱。朗达玛还是斜躺着，左脚点在地毯上，脚指头很肥胖，似乎就要挤破那一块块短而厚的指甲盖。他身体的其余部分都藏在一件花里胡哨的半透明织物下，随着慌乱的呼吸虚弱地上下起伏。拉隆想，那应该是女人的披肩，不像是什么正经女人。

越过躺椅，拉隆能隐约看见一张大床，在房间的另一端，被余烬的白烟与尚未驱散的黑暗所遮盖。于驱邪草药的笼罩中，或许某位姬妾仍躺在床榻上，赤裸着身体，肆无忌惮地散发着她胴体的芬芳。拉隆毫无边际地遐想，那可能便是仰卧着的罗刹女。

赞普长叹一口气。他挣扎着要起身，但陷在椅子深处，找不着着力点。监军使赶忙握着他的肩膀，半推半扛地将人扶好，一边轻声说起这几天打听来的消息：一位在民间极负盛名的和尚，经常被当地人聘请到住宅或投资的地产里看风水、做法事。"请王施令，"监军使道，"把人领来……或许就能重获宅安宁。"

这事儿便交给了拉隆去办。

在二十楼，他们听到有居民重重摔上铁门，关门前用本地话小小地咒骂了一声。拉隆听不懂这门方言，只能从激昂的语气，和收不住、在楼道里回荡的尾音里探究出恶毒的恨意。他往身后望去，士兵们低着头，大多不表现出听到了什么的反应。愤怒与忧愁渐渐从年轻的面孔上退却……麻木的重重叠叠的影子，一动不动，武器在这只手上，另一只手空空如也，双腿僵直，于寂静的土地上一动不动，等着登船、杀戮、劫掠——为了一个绝世佳人而藏进木马的腹部，或是为了一个备受噩梦折磨的男人去攀爬无休止的高楼，两者是一模一样的。

时间是人类的错觉、假象，是人能心安理得原地踏步的帮凶。南方大地上英勇、血腥的军队，与千百年以来所有四处征战的军队，毫无区别。流淌在男性躯体里的血是铁汁，肉与骨由钢筋水泥铸成，脑袋里沸腾着火药。拉隆一边往上继续爬楼梯，一边想象出一种古老的灵魂，一次又一次在战争中复生，一次又一次从脚底下陌生的泥土里长出来，刺破厚厚的鞋底，钻入脚心，上升、上升，直至每一个士兵都只有一张面孔：士兵永恒的、代表死亡的面孔。

我的面孔。

拉隆往楼梯间窗外看了一眼，雨仍无休止地降落着，但太阳一束光线从云层中破出，正好照在对面大楼的墙体上，使拉隆联想到故乡高原上，阳光照在遥远的雪山之巅，莹莹白雪就在城市大道的尽头，因为空气纯净，而显得离人格外地近，似乎一抬手，人便能攀上去，升入人间的天堂。那是一点浪漫、温柔的暖光，是与这潮湿的楼梯间截然相反的事物，叫他心生向往，只渴望融化在太阳的余热之中。

纵使那是罗刹女的双腿间……

"都督，"一个士兵在他耳边轻声道，"我们到了。"

他点点头。一扇铁门，黑黝黝，锈迹斑斑。他整整衣冠，按下门铃，可没有动静，不是坏了，就是没电。拉隆于是改用指关节敲门，哐哐哐，里面有人吗？

"谁呀？"一个声音，虚弱，男人的声音，在门后悄声道。

拉隆咳嗽一下，旁边侍卫忙凑过去喊开门，他们从不表明来意，因为没有向下等人解释的必要性。拳头在门板上雷击一般击打，闷响贯彻整栋悄无声息的大厦，拉隆听到走廊另一端的一扇门后头窸窸窣窣的，有人按捺不住，悄悄从猫眼偷看这场闹剧。

"唉，唉！"那人答应着，不大利索地开了门，唯唯诺诺地请他们进去。士兵一把将人推到边上，带了三个人举枪进去扫视一番。见没有什么危险，只有一个女人还在卧室里换衣服，呵斥他们出去，于是回身报告：一切正常。

拉隆点了点头，从窄小的门洞里勉强挤进去。这屋子是小！客厅不过巴掌大，只摆了一个双人沙发和一台电视，为了空出条容单人侧身走过的小道，中间没法放下茶几。拉隆坐下时往前一看，发现电视还开着，正在放一部外国的电影，稀里糊涂的台词，看不出正在说什么，音量过低，电影里的人物们嘴巴一张一合，却没有声音，难免有点儿滑稽；只是闪烁的画面离眼睛很近，看久了有伤害视力的危险。

他挪了下臀部，从沙发缝里挖出遥控器，关了电视，再上下打量这户人家：并不富裕。且不知是否因为户主上了年纪，落下老人的囤积病，四处都是废报纸、书本、营养不良的仙人掌，铁质的奶粉罐撕了包装纸，在角落里一个个垒起来，直达天花板——矮而暗沉的天花板，黑漆漆，可能是烟熏的，比如烧香、烧纸和烧饭——没有厨房，地上摆着一个简易灶台，锅子窄而深，里面乱糟糟装着土豆和咖喱香料，火已经熄了很久，锅口并没有冒热气。拉隆看着那口锅，奇异的同时感到了恶心与饥饿，便将视线移开，投向阳台，但看不到天空，防盗网焊死了，外头的空气进来时，会被铁丝网切割得粉身碎骨——你有什么可偷的，他转过头去看惴惴不安的光头男人，你有什么可怕的？

然而这问题，拉隆却没什么问出口的欲望。若是真这样询问，那他大摇大摆坐在主人的座位上，士兵们沉默地挤满整个屋子，这样的场景，就好像是什么讽刺剧里的画面了。不，他没有关心占领区居民的责任，也没有这个力气去做多余的事。他察觉到所有人都在恭敬地等着他开口，这外来者的武器，与他背后庞大的军事力量，使他能在这小小的私人空间里，凌驾于原主人之上，成为不知时长的新主人。暴力粉碎了契约上的条文，业主的名字被抹去了，就像雨抹去一个泥点子。

权力带来的快慰大约是能盖过思乡的愁绪，短暂地。

"请坐。"他听到自己说，威严的、不容挑战的慈悲。请您坐下，在您的家里。

和尚（看上去不过四十来岁，满脸横肉，纵欲过度导致动作有气无力，也可能是吓的）唯唯诺诺盘腿坐在地上，已经从某个小兵处知道了来者的身份："都督今日来……来视察，我这儿……"

"师父怎么人不在庙里？"他问，有点诘责的语气。

"平常不需要去，"和尚期期艾艾地回答，"只有做法事的时候……"

拉隆又问："听说你可以看风水、驱邪？"

"是有这样的说法……"

拉隆脱口而出："你能看到脏东西吗？"

僧人不说话了。他半合眼，面向坐在沙发上居高临下的军人，不声不响，好像终于回过神来，有力气装神弄鬼了。拉隆不屑地看着秃顶的男人，穿着有点泛黄的花衬衫和黑短裤，脖子上套了条长长的珠串，摇头晃脑地打起坐来，忽然口念佛号，诵读起经文，最有名的那几句话来回倒腾，如露亦如电，如梦幻泡影，等等等等。末了振振有词，说佛法无边，佛光普照，施主凡有所求，皆有所得，都是些狗屁不通的话。拉隆心生厌倦，刚要站起身，墙壁一道门啪的一声被打开，一个女人的声音尖细地叫道："你又在搞什么鬼？"在场者皆吓了一大跳，只因屋内灯光暗淡，坟墓一样宁静沉郁，实在没想到闪电会从卧室里一个女人的叫嚷中落在人们的头上。

和尚回过头去训斥："你出来干什么！"

"不出来，难不成闷死在里面？"女人回答，接着因为他没泡点茶、端些点心出来招待客人，大惊小怪，光着脚去烧开水，又踩在晃晃悠悠的凳子上，想拿一罐好茶叶。

她踮起脚时，睡裙下摆微微向上升，露出白皙的小腿与脚踝。整整一屋子的男人都在偷瞧那块白色，仿佛命悬于此，心无旁骛。

女人转身端茶过来，拉隆终于看清了她的正脸：正是青春好时光的一张俊脸，双目大而有神，只是因为不注意洗漱，稍显邋遢了些，睡裙胸口还有点油渍，布料也发皱，但胜在身体丰满，胸脯高高顶着，像一只肉质鲜嫩的、啄食了太多饲料的年轻母鸡，叽叽喳喳的；她的额头很高，虽然也照着当下的审美剪了刘海儿，但因为有些油腻，又是刚从床上爬起来，刘海儿便分叉成中分，使她的发顶显得高而尖。长发，烫了小卷，但已经不大新鲜，蔫蔫地垂在背上、肩上，烫染过太多次，发尾泛黄，已经干枯地死去了。

但她的脸是光源。年轻的生命在昏暗的老屋子里闪烁着，与之相比，此处存在的其余一切活人都是陈旧、无药可救的……女人将托盘放在地上，接着也坐下，在和尚旁边，她两腿并着，歪斜地用左臂做支撑的重心，头微微朝后仰，乳房与肚子上的肉，也就毫无遮拦、大大咧咧地鼓了出来。拉隆看了一会儿她粗壮的大腿，白肉皱在一起，松弛开，像一块发得很好的松糕。

"你干什么……你回去！"和尚小声对她说道。女人歪嘴笑了笑，手臂搭上妍头的肩头，轻飘飘摩挲了下他的耳垂。

"瞧你说的，我们是平头百姓，有什么可怕的……"

和尚顿了顿，悄悄去看四周旁人的反应，大约看到有人在笑，或是听到了笑声，他脸慢慢涨红，嘴里又说："不好，不好，这样不好……"

女人不再理会，端起一杯茶，茶杯小小的，在她的指尖摇摇欲坠。她举着杯子，改成跪坐的姿势，眼睛向上瞧，看向拉隆的脸，深切、探究的眼神。拉隆感到自己的脸皮也在发烫，他弯下腰，接过杯子，口中喃喃道谢，交接时，两人手指轻微地相触，细腻的触感，像一块烧红的热铁烫在他胸口。

拉隆喝了茶，接着扭头吩咐士兵：把大师请到赞普住处。和尚惊慌失措被拉扯起身，连袈裟也没换上，就这样滑稽地被人从下午悠长的春梦里唤醒，要去往不知何处。他哀求地看了看拉隆，又与女人交换了一个眼神，她见着后顿时哈哈大笑，尖厉的嘲笑声追在大师身后：他是被半拖着带走的。

只遗留下了一个人：副官站在门口，头低低的，一言不发。其余的人都已经顺着楼梯下去了。男人们发臭的呼吸终于消散。女人扭着屁股站起来去开窗，"这地儿是真闷啊，"她说，"下了这么场雨，还是这样闷。"没头没脑的一句感慨，他听了，感到了奇妙的错位感——仿佛他就是此地的男主人，正在与情人或妻子有一搭没一搭地聊着天。他想了想，开口问道：

"你不是本地人吧？"

"不是，"女人回答，"过来打工的……"她说了一个地名，与拉隆的老家也隔着老远，但又比这儿和他老家间的距离更近，近了许多，怪不得她说话时，嘴里没有那种调子七扭八歪的口音。他放松了点儿，身体向后靠，又问："怎么在这里？"和这么个秃驴待在一块儿，穿一身廉价的连衣裙，脏兮兮的，连正经厨房也负担不起。

"谁的钱不是钱呢？"女人答道。她一屁股坐在拉隆旁边的空座上，拉隆是在二人座的中央坐下的，因此，两边的空位都有些窄小，她臀部上的肉荡漾着，好像就要从扶手下面溢到地板上了，赶紧挪了挪身体，几乎是偎依在了拉隆怀抱中。"谁的钱不是钱呢？"拉隆在心里重复着这句话，突然有了点快乐，一点儿让人疲惫的、对身外之物全然不在乎的快乐。这个妓女行过半个国家的土地，蜗居在一个窝窝囊囊的假和尚家中，每日不是睡觉便是接客——同一个客人，顶上没有毛发、口中没有真理的嫖客。现在她凑上来，对另一个男人施展点残存的魅力，抬起手臂时，胳肢窝散出了淡淡的汗臭味，使这热烘烘的肉体更具有肉感了……似乎对她来说，性交就像从柜顶拿好一点儿的茶叶，只是漫长一日里还算可以忍受的一小部分。思及至此，他站起身，推开卧室门走了进去，女人跟在后头。

床上乱七八糟堆着被褥、书本和女人的蕾丝内裤。她将这些东西拢在手臂里，往地上一扔，脱去了自己的睡裙。窗帘没有拉严实，仍有一半空荡荡的天空；对面黑洞洞的窗户里，可能有人正在朝这儿看……一起叛国行为，主谋是两个异乡人，即将发生，也终会结束。茫茫天地间，这一起苟合不会使世界有什么不同。

"还剩了半瓶酒，要喝点吗？"

拉隆摇摇头，小心绕过床边地上那半空、少了盖子的酒瓶。

因为他们不是敌人，那床上的亲吻便少了些激情，流水一般缠绵。他看着女人利落地解开自己的内衣，露出沉甸甸的乳房，肉滚球一样，盖在他的手掌心上，几乎要把他的十指给吞没了。拉隆又想起了朗达玛——他床榻上的女人，他身后的女人，他脚下被诸多神庙镇压的女人……拉隆压在她的身上，动作时，他感觉到了海洋潮汐的力量，温柔地将他拥入黑暗，轻轻送入无知觉的黑暗之海。他既恐惧又热爱着这融入虚无的危险……在异乡肮脏的床榻上，和陌生人无意义的性爱，这样无趣的风流韵事，本不应该在拉隆的记忆里占据什么了不起的位置。可高潮的那一刻，他清晰地明白过来：有什么东西，咔嚓一声，发生了改变。如同一个停滞太久的零件，终于又再度开始运作。他无意识地注视了太久的人之虚妄，这一天终于真正见到了它的全貌：

"凡所有相，皆是虚妄……"

结束后，女人用睡裙擦干下体，打了个哈欠，问他怎么安排，是要吃点东西吗？但泛起瞌睡，话还没问完，就已经半张着口睡着了。他侧身去看女人的睡容，仔仔细细，从眼皮后发颤的眼珠，到微微鹰钩的鼻尖，到牙齿，仔仔细细看了个遍，再全然忘却，什么也不剩下。下次再会吧！无情的多情女郎……

从女人略带甜味的呼吸中抬起头来，拉隆往窗外看去：雨仍未停。

5.暴雨，一个现代女性的遐思

他不愿意动，身体懒洋洋靠着树干。空心头发被枝叶滴下的雨水打湿，已经塌在头皮上，显得不怎么有精神——陆尚青向来如此。

"总不好就在树下躲雨，对不对？"霍思仁说，"待会儿下大了，准得淋成落汤鸡。"

这么说着，她已经甩开步子，往道路尽头半走半跑起来。雨打在头上，浇得人脑袋乱哄哄的，好像除了奔跑，她想不出别的办法。但行至一半，她回头看一眼，见到陆尚青还远远坠在后头，不紧不慢。雨帘落在两人中间，路灯的黄光被水汽晕染开，烟一般笼罩着身后行过的街道，使人的身形影影绰绰没在了光雾中，似乎就要被狂怒的自然从大地上抹去了。霍思仁顿生不安之情，于是放缓了速度，三步一回头，生怕一不留神，整条林荫大道便只剩下她孤零零一个人。

马路中间已有不少积水，汽车驶过时，那水花溅得老大，海浪一样朝行人卷起，看了倒叫她觉得十分痛快。

暴风雨是痛快的！

雨珠子击打在她身上，沉重的力气近乎让她觉着疼痛。她一时分不清那究竟是春日里的暴雨，还是冬天遗留下的冰雹。这样的打击，竟使霍思仁感到某股热烈的力量，正在湿透了的麻布下积蓄着，因为大雨滂沱的声势也浸透了她的身体。欲望从拘谨的灵魂中挣脱而出，狂热、放荡——毫无疑问，这欲望聚集在了霍思仁的瞳孔中。若是男友眼下站在她身旁，她定然会张开双臂拥抱他，再用力地舔舐、啃咬他的嘴唇，如同巨蟒缠绕一头沉默的水牛。

他们有过激情的时刻，但她却已有些记不大清楚。大学毕业后，霍思仁要去英国读硕士，二人曾有整一年的分离。在那分离前的一星期里，因为依恋与不安，她从心中生出了爱恋的狂潮，这是前所未有的事：在深夜狭窄如棺材的出租屋卧室里，霍思仁搂住男人精瘦的躯体，要他抱紧自己。"再用力些，"她数次要求道，"再用力些！"三更半夜的静谧催生出某种怪诞的精神错乱，她甚至渴望能被陆尚青掐死，在两人密不透风的拥抱之中。

一到英国，她就好了。仿佛陌生空气就是一剂退烧特效药，又或许是她将深情遗落在了另一个时区里。他们约定每日挤出一小时视频对话，几天过后，很快便无话可说，干瞪眼——看对方做饭、吃饭、工作、学习，互相诉说一下前一个晚上做的噩梦。无聊透顶。

过了一个月，她在苏格兰有了一个恋人，是同专业的同学，北方人，高高大大，极能给人安全感。过了半年，她又换了一个情人，这次是个白人，瘦小、蓝眼睛，总穿带绒毛的夹克外套，约莫是经常抽大麻的缘故，脸上挂着漫不经心的微笑——使她很是着迷了一段时间。

归国后，她生出幻觉，觉得陆尚青大概也背着她在上海发生了几桩风流韵事——当然，这是毫无根据的指控。不过于上海再度重逢，她也的确从陆尚青身上，感觉到了隐约、模糊的心不在焉，可能是因为爱欲的缺失，也可能是由于郁郁不得志而生出的抑郁，她难以下结论。

眼下，陆尚青仍慢吞吞的，步调完全不受暴雨的影响。他个人的气力，在平日里虽说衰微羸弱，现在却足以在他身体四周支起一个真空世界。个体的迷你的世界，可以折叠起来、藏在裤兜深处，方便携带、不占地方。

她便停住脚步。在文化宣传栏的小小屋檐下，霍思仁贴在玻璃柜面上，等着另一人从大雨中钻出来。她打了个寒战，衣料粘在皮肤上的不快感，终于慢慢越过风暴的快意，将她拽向了现实……这也是因为她没有继续跑下去、继续向大雨敞开怀抱的缘故。为此，她有点怨恨陆尚青：他不是个可爱、善解人意的情人。他的困倦来得太早了。还未行至中年，欲望便已委顿。

但是，唉，这倾盆大雨之中的奔跑，也不过是一瞬的激情，灵光一闪，转瞬即逝……若是想将它拉扯开成一条细细的银线，一根玻璃线，直直伸向日常生活中的每一个日子，那激情最后必然会堕落为业余演员肮脏造作的演出……她见过这样的演出，朋友圈里，朋友们在花园草地上的婚纱照，新娘子仰头，一张张用画笔与鼠标精心雕琢的脸，双目含泪，含情脉脉去看新郎浮肿的眼睛，色调温和，背景里夏日深沉的墨绿，配词大约是"今生幸好遇上你"或"×××，余生请多多指教"这类句子的变体。

她打了个寒战。

唯有记忆是永恒的保存之所，铁水铸就的保险库。那些过往，自然而然地发生，又自然而然地消亡，在记忆中它们永远拥有一席之地，随时可被唤回，像胡乱下载进硬盘里并不会被人观看的一部部无名电影。

霍思仁在无人的角落做了个模糊的手势：既是表示无奈，也是为了证实自己全然不在乎。这种自我观看的单人舞台剧，时常上演于犹疑与惆怅的时刻，矫揉造作又转瞬即逝。她深吸一口，想专心去观赏这雨，云层坠落大地仿佛星尘降落、被新鲜空气带进无知觉的人的肺中。暴虐的雨，她想记住这个，今日天上地下发生的无数事件里，只有这一样是值得牢牢记下的。可霍思仁到底不是个有耐心的好学生：长时间注视之中，意识渐渐模糊了起来，心跳向了九霄云外，脑袋里白茫茫一片，漫天遍野的虚无白雪。

霍思仁开始胡思乱想。

等待时，她眼角扫到宣传栏里的海报图片，隐约看到一个圆滚滚、穿着花棉袄的小姑娘，卡通形象，面颊通红，笑得双眼只剩下缝。她心不在焉地思索了会儿公益广告，眯眯眼，对黄种人荒芜的审美：西方的与东方的。前者是高颧骨与狭窄细长的黑眼睛，强健有力的步伐，在 T 台上面无表情，高级的美，舶来的美；后者是弱柳扶风、樱桃小嘴一点点，书香门第的小姐，身旁跟了个小丫鬟，炽热的话语从小姐的眼睛流向丫头的嘴——情欲的代言者。

淡妆浓抹总相宜，那完美女人时而姣美如花，时而端庄典雅，时而温婉动人，赤条条从凡人千百年的撰写之笔里生出来，徐徐上升，裸身在阳光照耀下，于女人们的头顶上闪闪发亮。她巨大身躯的阴影投在我们的脸上，生命之源，潮湿幽穴，"你们只要美就可以了，我们来负责欣赏美"。在过去，一个男诗人曾这样对她说过。他们是在网上认识的，匆匆交谈几句，又匆匆断了来往。他的诗里尽是口红斑驳的嘴唇、躺床上抽着的香烟，和卧室里翻滚的叹息；性欲萎靡不振，读了叫人胸口泛起淡淡的恶心，好像胃吃撑一样。

千真万确：我们是活在男性注视之中。我们的美与丑只有在被观看的情况下才能存在、才能得以被区分。是什么来着，以前在物理课本上读到过——观测的结果，被关在箱子里生死相交的猫。观测者是这般宽宏大量：多情是动人，无情也是动人。

她解开发绳，手指插入长发里混乱地梳理它们，像牧羊人粗鲁地朝四散的羊群呼喊，要它们乖顺，聚拢在自己眼前。

雨势不曾减弱。陆尚青终于走到了面前，和她肩并肩，短暂地躲避了会儿，然而终究不是办法。她又说："前面有个大商场，去那儿吧！"她不得不提高嗓门，盖过哗啦哗啦的雨声。陆尚青点点头，依旧是魂游天外，沉浸在自己的狭小宇宙中。现在就是叫他跳进大海里避雨，他也会照做。

商场玻璃后头保安为他们二人拉开门时，天色已经全然暗沉了下去。霍思仁在门口拧起了裙摆，她注意着，让身体优美地微微前倾，照着玻璃上勉强的影像调整自己的姿态。雨水从拳头里涌出，滴滴答答，进了地上防滑垫里，消失无踪。她再将长发缠在手上，做了绞毛巾的动作，越是漫不经心，越能炫示她这头茂密旺盛的长发。一点点派头无伤大雅，她注意到陆尚青的眼神，不由得微微一笑，接着挽上陆尚青的胳膊，在商场内漫步。

如前所说，活在男性的注视之中。

说是商场，这现代都市市中心黄金地段，用奢侈品牌与大理石地板堆砌出来的金钱城堡，却不是"商场"两个字就能形容清楚的。好大的气势！别的不提，光是踏入门后，那清甜香氛的气味，就足够叫人精神为之一振。玻璃橱窗里绫罗绸缎、金银珠宝自是满满当当，温柔灯光照射下，那衣服、首饰与女士手袋显得格外动人。然而没什么人。空旷寂寥，走路时若步子踏得重些，大概还能踩出回音。

朝身后看，一长串雨水湿脚印微微闪烁，她心里终于觉得不自在了，想着脸上出门前化的那点妆，应该已经被雨水冲刷干净；她身上的衣服，也不过是淘宝打折买到手的便宜货，不大贴身，但胜在舒服、价格低廉，也就懒得寄回去换尺码了；她的恋人站在一旁，也羞愧似的不去看橱窗里嵌满钻石的金表。两人站在没有购物者的购物中心里，难得地与滔天富贵这样接近，在老旧居民楼里待久了后渗入骨头缝隙里的寒酸气，也被逼迫了出来。钱的确是了不起的。

大可不必唠叨说这些东西毫无意义。她浅显地思索了会儿眼下这座现代宫殿存在的缘故——人生产出的东西里，大多都没有什么意义。不过是这些对这部分人没有意义，那些对那部分人没有意义。这么想着，她又扭头去欣赏一只摆在圆形橱窗正中央的红底鞋。

　　它的跟细而高，线条优美，将西比尔①的双脚抬离地面，远离尘埃，于半空中享用微小的死亡。霍思仁驻足于鞋前，许久。她心神荡漾，恍惚中双目半合，舌尖似乎品尝到了金钱铁锈的血味。于炫目的想象中，她看见了一双完美的小腿，被微白的丝袜包裹，端庄、可爱地踮起脚，踩进这双漂亮的高跟鞋里。情色的意味含情脉脉地缠绕在脚踝上，那被诸多双眼睛热切打量的肢体，属于一个没有脸与名字的女人。

　　人鱼用嗓音与性命换来的腿和脚，由着一双红舞鞋竭力膜拜。它们背弃真善美，跳着怪诞的舞蹈……最后被斧头砍下，穿着那双鞋跳至远方②。

　　女人，在家中苦修吧！

　　"没什么意思。"过了会儿，陆尚青嘀咕道。霍思仁看了眼他：浑身还是湿透，脸上与嘴唇没有血色，渗了水的廉价衣料贴着腹部。与面前的奢华相比较，他的寒酸是很惨淡的……"已经有了小肚子，身材走样……"霍思仁暗想，"才多少岁——二十七？"

　　连发际线也有些向后的嫌疑。他的脑门呈半弧形，因为终日待在室内不见阳光，皮肤白得发亮，脸显得越发浮肿，眼皮

---

① 　古希腊神话中的女预言家西比尔。她受阿波罗的恩赐，只要触碰尘土，就能永生不死。T.S. 艾略特曾在《荒原》引用与西比尔有关的诗歌作为题记。
② 　"人鱼……腿和脚"出自安徒生的《海的女儿》。"红舞鞋……跳至远方"出自安徒生的《红鞋》。

耷拉着，带出一点疲态。但仍有动人之处。青春的残余与愈发沉重的阴郁，使他的面孔透着某种神秘的光晕。这或许是由于他不喜欢说话，所思所想都锁在了眼珠子后头，因此叫人见了会自然升起探究与揣测的欲望。爱情的火焰大抵由此而燃。

更何况他是真实的，比周遭的天鹅绒帷幕、大理石地板、水晶灯、完美修剪好的棕榈叶都更显得真实……他更是霍思仁的真实，是她已经走了气的爱恋、她的怜悯、她的猜疑和她的情欲，是她安身立命之所在。霍思仁身上不曾生出过温和的性变态，并不会照着庖丁解牛的方式，将他的头颅与性器分割开，再去狂热地跳起莎乐美的舞蹈。或是单独去爱他的眼睛、他沉思的表情、他爱神一样翘起的丰厚双唇。不，不是这样的，她不是靠着这些在爱他……她自我安慰着，一边抬起手，为陆尚青擦去额头上的一滴水珠。

"要不进去吃点什么？"她指了指左侧的一间甜点咖啡馆。既然人不能去欧洲，便把想象中的欧洲搬过来吧！铁雕花栏杆、玫瑰花与玻璃后头鲜艳的甜点，马卡龙层层叠叠，温柔的奢华感；色彩过于纯粹，在淡蓝色墙纸映衬下，全然从自然中剥离出来，那是洛可可与色素的功劳。断头台上的法国皇后举着粉与白的瓷杯，脸颊与嘴唇上依附着胭脂虫尸首的碎末，张口，咬下那糕点，胭脂虫再度与自己重逢了。

假墙和假花搭建好的假花园，空空如也，服务员在门口低头玩手机，淡黄的皮肤，深黄的长发。

陆尚青摇摇头，说什么没胃口吃甜食，手却不由自主摸了摸裤兜里的钱包。她瞥见了，知道里面是没有票子的，票子都在手机里，然而他俩的手机里，那 1 和 0 交织而成的钱口袋中，也不过只有一点零钱罢了。到了月末，住宿、交通与吃穿上的开销太大，没多少剩余，到了周末也只能去不用买门票的公园闲逛。窘迫至此，霍思仁在心底里忍不住哈哈大笑，脸上表情却依旧是庄重与满不在乎间的妥协产物。适当的表演是必要的……拿出坦然自若的气势来吧！

两人四处走动了一会儿，狼狈不堪，又不敢顶着那一双双闪烁的势利眼进店里溜达，实在待不下去。玻璃墙外雨尚未停，甚至在远处响起了钝钝的闷雷，有愈演愈烈的趋势。于是他们用手机软件叫了网约车。雨天交通不便，司机在路上堵了十来分钟，才缓慢到了地方。两人就在门口等了这十来分钟。刚给他俩开门的保安，面无表情地站在一旁，看不出脑袋里正在想什么。她瞧瞧自己身上皱巴巴、湿漉漉的衣服，再看看保安穿着的一套齐整黑色的西服，肃穆地为来客拉开玻璃门，彬彬有礼。

她并不苦涩地意识到，自己是不属于此地的。肥沃的土地产不出贫瘠的果实。而一旦有了这个发现，她心中的惭愧也就烟消云散了。

车子从雨中驶来，停在马路边。两个人冲出去，将温暖、干燥的另一个世界抛弃在身后。

雨夜，霍思仁勉强把昨晚遗留的脏碗筷洗干净，热了剩菜剩饭，就算是晚餐了。两人在大雨中奔波了这么一下午，气力都已经耗费干净，寒意深入骨髓，连交谈或吵嘴的兴致也消失殆尽。他们沉默着进食，再沉默着去洗漱。淋浴时，霍思仁拧开水龙头。在那一下动作发生的瞬间，她想起热水器打不起火，或是能打起火，可一分钟不到就会熄灭。昨晚她被冷水冻得发抖，今晚却不多与浇灌在身上的冷水纠缠（连外头打在墙体上的雨也比这水温暖），匆匆抹了肥皂，连泡沫也没打出来，就冲了水。她的乳头被冰了一下，硬挺起来，便往镜子里看：身体显得年轻。

入睡前，她背过身，面朝墙壁，将手掌按在上头，冰冰凉凉,她想要拥抱这堵墙,但充其量只能滑稽地趴在墙上,像壁虎。身后陆尚青翻了个身,鼻息喷在她耳边,手悄悄从睡衣下摆伸进去,摸她的乳房,口中喃喃道:"怎么那么冷。"

周日再是起了个懒。她是要回自己住所的,这一点陆尚青也清楚,可没什么表示。这也算是种默契。反正再下个周末,她准来——她没别的地方好去。小学与中学数学课本上的应用题:甲从 A 点到 B 点如何如何,许许多多的条件,步行是什么速度,坐车又是什么速度,时长与路途长度,已知这个与那个,求第三样东西;有时候中途插进一个乙,赶路的人停下来交谈片刻,再继续往前——便是这样的数学题目。从我租的屋子到他租的屋子要走多久?刷牙时,她漫不经心地算起了时间、距离、速度,三要素,别的都无关紧要。但她想着在路上停一下,买些水果回去,又因为昨晚雨打得她睡不着觉,打算到家后狠狠补上几个小时的睡眠。

一个已经失去了早晨与上午的周日,是一个打头就让人觉着惆怅的周日。那浪费光阴的愧疚,与游手好闲的快意,相互交织,她扎了个马尾辫,临走前提醒他不要忘了叫人上门修热水器,但隐约有预感:下个周五再来,这儿依旧不会有长时间的热水。

她本打算说:"你一个人在这儿,我不大放心。"话到嘴边,还是咽了回去。她望着恋人疲倦的脸,眼睛下方深深的乌黑色,嘴边未刮去的胡楂儿。这张脸透出乏力的忧愁,使他显得比真实年龄老了许多。霍思仁深知两人间死水般的情感,什么也带不来、什么也带不走。它并不能将一个恍惚的人从他孤独的噩梦中唤醒。况且,无人注视的时候,她会悄悄承认:自己未曾想过要用什么爱与力量去拯救谁。或许那是从前有过的愿望,但已经被浇灭了。辽阔的天地里,每个人都是孤苦无依的，没有什么区别……陆尚青打开了电脑，双手放在键盘上一动不动，在物质世界与精神世界里，他都是迷茫的，没有归宿的，这一点大家再清楚不过……她从心底生出了一点柔情，揽上他的脖子，坐在他大腿上，亲密得有些露骨。

"我们应该结婚。"她在心底里说，但同样十分清楚：这是个天马行空的荒唐主意，所以她才说不出口。

本能地，她在男人的额头上留下了缠绵的亲吻，母亲的吻，悲哀的保护之吻。他大概觉得怪异，又似乎是受到了感动，看了霍思仁一眼，又仿佛承受不住什么，低下头，埋进她下巴与胸膛组成的温暖拥抱之中，深深地叹息。

她想起从前的情人们，两个面容模糊的男人，都曾在床榻上向她寻求过同样的温情。种种对爱的无回报的渴求，好似三四岁的孩童还窝在母亲的怀抱里，贪婪吸食稀薄或浓稠的母乳。他们要她拥抱他们、亲吻他们、爱他们，以此短暂地驱散寂寞，却无法回以热烈的爱情——那才是霍思仁渴望的。她企图依靠爱人而换取被爱，因此终日疲惫不堪……

唉，血液转换而成的乳汁，永恒的白色的爱流淌入刚长出牙齿的嘴巴里。何人不在寻求替代品？温柔的微缩之海荡漾在女人们的子宫中。她挣脱了陆尚青的手臂，连再见也不愿说一声，走了。她要回到自己的卧室里，她不愿做别人的港湾。

这就是霍思仁的周末。

6. 拉隆·贝吉多杰与死亡的一次交手

情事的高潮中带着死亡的意味。拉隆·贝吉多杰在女人的脸上留下轻轻一吻。她睡着了，眼皮轻微颤动，可能是正在做梦。下午，她躺在他的臂膀里，骄傲地舒展开自己的胴体，于旧公寓惨白的灯光下，她更像是雕塑——一尊神像。

她依旧没有名字。大概正是因为她姓名的缺失，拉隆才胆敢一次又一次地爬上高楼、踏进她的卧房。这几日，赞普不再将他召至座前询问政事，监军使也再不去烦扰他的帐篷，用细长潮湿的食指触碰他帐中那张大而沉重的地图。君主与宠臣的漠视极为不祥，搅得他心神不宁，只能在无事的白日钻进赌场桑拿房，找些娼妓鬼混，可待久了，那阴湿、鬼鬼祟祟的水蒸气蒸进身体，烘得他成天懒洋洋，骨头都要化开，心中还有怕得病的恐慌，怎么都不能算是畅快。

拉隆便开始固定去找那僧人的婆娘。两人仍在那套高楼之上的旧公寓里幽会，实在是他提不起兴致，去什么高档酒店里订房间。这地方赌场太多，酒店像一座座碉堡，藏污纳垢，但又太光鲜亮丽，水晶灯从天花板上垂下，照着大理石地板湖泊一般明净，光线折射进拉隆的眼珠子，照亮他脏兮兮的外衣袖口、沾了泥巴的靴子，和黝黑的肌肤——唯有在陈旧、洗不净的床单上，拉隆才会觉着自在。

他是个大方的情人：他给女人塞钱，够她日常开销，并定期叫下属搬许多食物进来，都是好东西，油和米自是不能少，外有新鲜的海货、走地鸡红心鸡蛋、饱满浑圆的土豆与番茄。若不是因为怕火灾，他甚至想堆个壁炉、烧些柴火。

在外面，菜场与商店里已经不剩下什么。这城市的食管被占领军扼在手中，城内的物资开始限额限量，农产品、水、电、食盐，等等等等，都成了他们奖赏表忠心者的酬劳。前天拉隆去当地市场视察，他看着主妇们进进出出，手中塑料袋空瘪像漏了气的气球，衣服脏乱，面上皱着眉头，脸色多已不大好看，有了营养不良的瘦黄与憎恶。他背着双手站在电梯上，徐徐上升，往下俯视为了晚餐而发愁的众人，权力的快感在心中越发高涨，叫拉隆心醉神迷。

但在菜场的顶楼，没有一丝热风、一点香气。这一层楼本来全是便宜的小吃与热食。现下没有商家、没有食客，徒留一位搞清洁的大妈坐在厕所前的食桌旁打瞌睡。他缓步于摊档间的过道，手掌抚过不锈钢桌面，上面贴着五颜六色的菜单："牛腩面""印度薄饼""猪肉丸贵刁"……都已经沾了灰，灶台也是冰块一般寒凉。他看着这些名字，却想象不出它们的模样与味道，嘴巴里分泌出唾液，又顺着喉咙下咽，在口中留下了空虚苦涩的滋味。

为了重焕生机，拉隆让副官开车，将自己送去了女人那里。

中午，拉隆和她在狭窄的小厅里煮鱼汤喝。汤里盐放得太少，但胜在食材新鲜，油水多，汤又是滚烫——在拉隆的腹中烫出了些许安慰。吃剩下的皮与碎肉被她仔细收好，准备拿去喂楼下的野猫。这几天来，猫是附近唯一愿意亲近她的生物。说起这事，她倒是一脸无所谓的模样。"那些阿婶饭都吃不饱，还赶着来往我脸上吐口水，"她哈哈大笑，"真是脑子有病！"

话虽如此，可煮汤的时候，她不仅关窗关门，甚至将一条烂抹布卷起、塞进门缝里，连鱼骨头也被她用不透明的塑料袋装好，口子绑了死结，等着夜深人静的时候被悄悄丢进楼道垃圾房里——就为了不走漏黄鱼腥咸的香气，让长舌邻居再多出几项谈资。

午饭后，拉隆在卧室里脱下制服。女人在洗碗，他听着水池里叮叮当当粗鲁的碗筷碰撞，恍惚间像是又回到了家中。制服被他平整地挂在床边衣柜外，如同一个没有脸、没有四肢的人，朝下望着卧房里发生的一切。拉隆不再去看制服，但他又不敢将那上衣与长裤挂进衣柜里，似乎他需要将这样东西摆在眼前，好提醒自己——然而提醒的是什么，他却并没有知觉。

他先躺上了床。风从遥远的地方吹至窗边，玻璃颤动，时不时发出哗啦啦的响声。拉隆身上发冷，就将一床被子拉开盖上。被褥的布面接触上光裸的皮肤，冻得他直哆嗦，布料不够长，得蜷起腿才能不露出双脚。过了整一分钟，被窝里终于暖和起来。女人洗好碗，推开门跑进来，也脱个精光，掀开被子一角钻进去。她贴上拉隆热乎乎的肉，发出一声叹息。

那双手冰冰凉，仍带着水汽，蹭在拉隆的胳膊上，给他带去了一阵骨头的刺痛。

"好冷啊！"她说，呢喃着，大概很是享用这样的寒意，因为说这话时，她搂紧了拉隆，乳房贴在了他的胸膛处。她的心跳更快，咚咚咚，一只小麻雀在皮下雀跃。"下午多待会儿，晚些再走。"她轻声道，"你走了以后，床就像是冰窖一样。"

这话说得温和而动人，但他还是要早走，甚至比平时更早。今日下午有一次枪决，他得到现场，给行刑人发几包香烟压惊，在此之前还得回营地一趟：家里给寄来的包裹与信件到了，他急着要在行刑前看，因为惧怕死人的景象会玷污了家书。回程的车上，他摇下后排窗户，点了根烟。副官从后视镜看了他几眼，按理说为了安全是不能开窗的，怕有歹徒袭击，可现如今已没有人在意他的死活。拉隆往窗外弹烟灰，暗想下属可能正盼着他被人杀死，如此一来，便可跟上更有前景的新上司，而不是陪着个沉默寡言的失败者日日去找他的情妇。

拉隆嗤笑一声，把烟头丢出去，再顺势将头探向窗外，像一只乘车兜风的狗，瞪大眼睛去看沿途的商厦与行人。风扑在脸上，往他嘴里灌，吹得腮帮子微微鼓起。行车的喧哗、商铺的吵闹、人群的对话与嘈杂足音，这些声响盖过他的脑袋，使他听不清副官的叫嚷——大概是叫他快些缩回去，万一撞上些什么可就糟了。

一整颗头颅被刮下，拉隆想象着自己的脑袋滚得满地的血。开棺瞻仰前得先选好粗针粗线，把身首给缝合回去。

在行刑的地方，一切都很简单。他亲自为行刑者点了烟，也给自己点了一根。那儿个人不说话，一个去看天空，一个专心致志地抽烟，一个低垂下头，用鞋底去蹭地上的蚂蚁。拉隆的右手抬得很远，为的是小心不让烟灰烫到自己的皮靴，左手则是在兜里按着那封信。他读了两遍，很匆忙，现在信封捏在手上，心中尚觉安稳，但待会儿是要死人的，就在他眼前。对于死亡，家书起不了太大的作用。

他们沉默着等待卫兵把死刑犯带到操场上。这是一处学校，似乎是中学，小方块红砖和着水泥，砌成三四座教学楼，半空中还搭着过道，往上看密密麻麻，仿佛是个四通八达的堡垒。现如今已被收编成了个临时指挥中心兼行刑场。操场位于校园的侧翼，草皮疏于打理，已经枯萎了七七八八，旁边升旗台的旗杆也是光秃秃的，没有学生与老师，在淡灰色、没有太阳的阴天下，什么都是缺失。拉隆从眼角瞥见几个人慢腾腾往这儿走，知道是来了要死的人，就眯起眼睛去看。怪就怪在这天气虽说阴沉，可日光似乎是飘浮在空气里，仍旧刺得他不能完全看清楚对方的长相，模模糊糊的。

两个人，个头差不多，一个很年轻，拉隆猜想该是个学生；另一个已经有些年纪，头发稀薄，顶部露出大片的头皮——他一直弯腰、佝偻着背、低头，被架着两条胳膊往前走，脚步拖在地上，溅起一路的灰尘。前一个人却半仰起脑袋，近乎是迈着四方步，走得甚至比一旁的士兵要更快些，仿佛迫不及待要去吃枪子儿。

"戴上眼布。"一人命令道。

中年汉子被粗布遮了眼睛，但年轻人摇头，嘴皮子动了动，拉隆听不清楚，从口形判断，兴许是"我要看着"。他俩朝向拉隆所在的方向，与他离得有些远，两张脸蒙了一层淡薄的雾气，不真实得好似放久了的电影胶片。

士兵把人带到地方后，赶忙小跑离开，操场上便只剩下这孤零零的二人。时候未到，尚有两三分钟，实在是难熬，拉隆不停晃着自己的腿和膝盖，左手在口袋里捏得死紧。信大概早已皱成一团——不碍事，拉隆已在心里默读几回了。

行刑队中有一个矮胖的，大约是队伍里管事的，只见他咳嗽一下，吐出白烟，拉开袖口对着光线看手表，半晌，大约终于分辨清楚分针秒针，便把烟头往左边一飞，面上严肃地朝拉隆点点头，接着将半自动步枪从背上甩下来，双手轻握住，把弄片刻后子弹上膛，咔嚓一声响，听在耳朵里很是舒服，有点像齿轮与齿轮间完美契合的那瞬间会产生的响动。另两人纷纷照做，一时间机械的声音在操场上传开，刺耳地划破了寂静。拉隆赶忙往死囚犯那儿望去：那中年人的身体前后摇晃，抖动得好似独一棵就要被截断的枯树，看着就要倒下了，最后是年轻人靠向他，用肩膀给了点支撑。

到了这一幕，拉隆终于再不能继续看下去。他抬起脑袋，茫然地去眺望无数教室无数紧闭的窗户，一扇扇数过去，终究是没有孩子的面孔。

在开枪前，拉隆听到这么句话：

"……死后下地狱！"

他扭头望去，正好看到两个死囚犯脑袋开花，"砰"的一声巨响，尸体软趴趴倒在地上，刚刚那句豪横的诅咒已经消散在了空气中。行刑者上前查看呼吸与脉搏，无误，已死，一旁的人推着手推车过来，三二一，把新肥料给抬上去吧！

咒人死后下地狱是人临死前说的死话。拉隆注视着尸首被运走，推车后淌了一路的血。两个老婆子拖着一大桶水，用抹布将地上的脑浆组织与碎骨肉聚拢起来，放进黑色垃圾袋内，再去拖地，来来回回，血融进了清水，淡淡的粉色，渗入水泥地里，可能洗不干净了。

至于流在草上的，就让大地消化它们吧！

"年轻啊，小的那个，真年轻啊……"一个老婆子说。她染了黑发，发根灰白，能见到秃噜的头皮。

"嘘，嘘！"另一个老婆子叫出声来，但过了会儿（看四周没人反应），又附和道，"我孙子也是这个年纪……"

拉隆想了想，终于低声问副官刚被枪毙的都是谁、犯了什么罪。他板着脸回答说那是些闹事的人，抓进来几次了，屡教不改。前几天在街上用自制土炸弹袭击了两个落单的士兵，一死一残，上头震怒，省了中间的步骤，请他们吃杀头饭。

"死去的同伴，其中有一个是我的朋友，"副官最后说，"他才二十三岁，三个弟弟，家里老娘病重等着供养。"

土楼里一间挤满了孩童、老人与绝望汉子的房，角落床上病人身上恶臭，什么也吃不下，往被子里呕出酸液，窗户紧闭，年轻媳妇在楼底水龙头前蹲下，洗一盆永无尽头的脏衣服，望眼欲穿，我的丈夫啊，生活的重担磨平了我的肩膀，叫我痛苦不堪。拉隆没心思听下去，挥挥手示意对话结束。那人走后（他同乡沾满血污的面孔，与他无生气的脸合二为一），他仍忍不住去看那块比其他地方颜色更深的痕迹，活人最后的一句话在他脑子回响：

"死后下地狱！"

他转过身去，背对血迹——尽管他知道血迹仍在那里，倒不如说从今以后，血迹也将再不能从他心底里被抹布与拖把洗去——往学校的外围走去。

尸首被搬去火化场，两坛骨灰送还给遗属，摆在黑白遗照前，香炉插三根香，纸钱被火舌卷成焦黑的炭灰，顺着青烟飘进地府里死魂灵的腹中。不祥，拉隆加快了脚步，往人多的地方走。路上，不少士兵向他敬礼，也有熟人，停下脚步问一句："家里最近如何，听说你老婆怀了第二个小孩，是男是女？什么时候是预产期？"

"我希望是个女孩。"他回答。这答案总是保险的。他向来这么说，尽管他的第一个孩子就是姑娘……左右两个朝天辫，皮肤黄黑，被风吹得通红。总喜欢用食指去前后扭动松了的乳牙，现在长得更高了些。妻子在信里说她去年刚做好的新裙子，现在已经穿不下了。"……最近有点发烧，"她写道，"医生看了看，告诉我们是因为她正在换牙，抵抗力下降，给开了维生素糖豆吃。她很开心，一天要吃三颗，早中晚，我得看好药罐，怕她一口气嚼光，到时候身体不舒服，对牙齿也不好……"都是些琐碎的、没有来龙去脉的碎片，但他很喜欢读这些信件，他尤其喜欢那些和家乡的食物有关的文字段落：又杀了一只羊，腿要拿来熏，内脏家里没人爱吃，就送给了邻居，剩下的肉炖汤和红烧，和土豆一起下锅，家里人到最后差点胀破肚皮，闹了几天的消化不良。

他的女儿将不会是个漂亮的女人，他知道，清楚，再明白不过……他自己就不是什么漂亮的人，因此他更希望能有个儿子。一个健康的、壮硕的小子，在草原上骑马，在幼儿园里拿着玩具枪突突突，唱歌，唱祖祖辈辈流传下来的歌谣，让记忆的血脉延续、苏醒、复活。这是他自妻子这次怀孕以来，一直就有的愿望。但今天，他犹豫了，眼球好像浸在了血里，看哪儿都是红色，淡淡的粉，石地永存的罪证。若是我有了个儿子，他对自己说，那我便该想一想，仔细想想：被枪毙的那两个又是谁的儿子，谁的父亲？

算了，他们自找的，一命抵一命，是笔好交易……

每一个年轻人的死亡，都是人类的一次不可颠覆的罪恶行径。他明白，是的，他清楚……忧愁地行走在异乡街道上迷了路的士兵是年轻的，扔炸弹的人是年轻的（那人恐怕还没有摆脱暑假作业，就已经摆脱了生的世界），哀悼老乡之死的副官是年轻的，只有他是老的。他，还有带着军队浩浩荡荡前进的赞普……他们都老了，因为目睹了太多年轻人的死亡，而无法唤回青春。

西方的传说是错误的，沐浴于处女的鲜血里，女人并不能重新年轻。死者长已矣。死去的人对死亡毫无知觉，只有送葬者与凶手清楚死亡的重量，沉沉压在胸口，又轻飘飘好似柳絮、雪花、蛛丝和羽毛，是叫你半梦半醒时突然无法动弹的鬼压床。一朝被从记忆长河中召回人间，俗世的欢乐便会蒙上可疑的面纱。前人说过，不能因烤肉的美味只是一时的，而否认烤肉的美味。但这句话道理不通畅，他想着死者趴在地上，生命的液体从胸口与脑袋上的大洞里慢慢涌出，不可逆转地流失。

他老了，老了，老了……

拉隆不知道该往何处去。女人在中午刚去看过，他已没什么剩余的兴味。舞厅是不行的，纪律不允许，他也不爱那些个吵闹的地方。再说，披着这一身皮去跳舞！只怕腰带煞进肉里，叫他呼吸不过来，呛死在酒精与灰尘之中。回营地也叫他厌烦，太多的枪支弹药，太多活生生、还未死去的精壮男儿，太多的父亲、儿子与丈夫……

出了学校，顺着一条大道，拉隆漫无目的地踱步。他是沿着马路牙子前进的，右手边是一座小山坡，郁郁葱葱的绿色，树丛顺着斜坡盘旋着往上长。左边却是坟场，用围墙圈起，顺着栏杆缝隙往里看：一排排墓碑，一模一样的大小、颜色、石质，在夏天大概会被烤得熟透，现在冷得让人看了直打哆嗦，像大地的臼齿。

拉隆驻足观望了一会儿。他看见了许多名字，多数是外语，读不出来，且生前也不活在他的时间里。无论如何，这密密麻麻的墓地，已经不能再容下两个刚死去的新鬼。

他继续向前，拐了个弯，再度陷进了城市嘈杂烦琐的人群里。现在刚好是下午下班的时候，上班族们从高楼大厦的门口鱼贯而出，依旧光鲜亮丽，但脸上到底没有笑容，没有一天辛苦工作后松弛、疲惫的表情。不，他们到底是战败了，尽管那战争并没有爆发：拉隆只是跟着军队、带着军队进了这座城市，停在此地，一动不动。是有小小的爆炸、漫天遍野的精神反抗、一些飘散在风中的宣传单，然而也不过如此，不过如此……生活仍要继续，没有什么能挡住生活缓慢的洪流，除了一枚巨大的核弹头。

上班族们低着头，左右分开一条空道，让拉隆——这位穿着军皮的壮实男性自由穿梭。被驯服了的羊群，拉隆笑了，可随即又提醒自己小心他们夹在腋下的公文包，里面说不定也有丁零当啷的小玩意儿，一眨眼的工夫就将你轰个稀巴烂，叫你未出世的孩子做了遗腹子。

傍晚，一天白白消逝的惆怅、死人的苦难与对寻欢作乐的向往，这三者占据了拉隆的心与脑袋。他小心注视前方，不与迎面而来的市民们相互对视。偶尔一回头，就能抓住有人从街角，或隔着玻璃墙的咖啡馆里，憎恶地看着他。所以他尽量缓慢、缓慢地动作，给人们一个自我隐藏的机会与时间……但他不需要隐藏什么。他是光明正大地厌恶着这个地方的……还有这地方的人。只除了那穿着睡裙的妓女，和死前高声大喊的死囚；前一个是死亡，后一个也是死亡，有两种截然不同的死亡。

但结果是一样的：一个意识熄灭了，再不能回归。

因此，记住那死者的话语是极其重要的！

拉隆拐了个弯，经过一处庙宇。大门紧闭，台阶上坐着流浪汉。门前两棵参天大树，枝繁叶茂，分权的分权，无极限、无止境地生长，星星点点的绿芽和苍老的树干，他抬头看了许久，再走近去看，树根辐射四散开，扎入土里，那样稳健与牢固，不能不使他嫉妒。

他想了想，三步并作两步跳上台阶去拍门。

"已经关门了！"一个人隔着道门缝喊。可见在故乡的灭佛灾害还未蔓延至此地。拉隆不说话，留足时间让那人从缝隙里看清他的衣着打扮。里面人慌乱地将门拉开，一个小和尚，脸涨得通红，请他在院子里等等，一溜烟儿跑进去将师父找了出来。传道解惑，看上去也有些中年发福，可不卑不亢，双手合十行了个礼，问是否要参观一下这座小小的观音堂。拉隆点点头，夕阳还为他们留了点余光，没有香客，他暗自思索待会儿是否该上一炷香，又不知观音对于镇守此地的外来者的香火，会有怎样复杂的看法。只好按下不表，顺从地跟着老和尚往里头走。

老和尚向他介绍这寺庙的历史，徐徐道来，一草一木一树一花皆有意义。他听了不耐烦，可不好打断，只好盯着主殿前鼎状的香炉出神：小和尚忙着用畚箕收走还在冒烟的香柱与红烛，一天就要结束了。你们也该吃饱啦，他在脑海里与神像们对话，你们轻薄的身体里如何塞得下那么多青烟与供果？从有到无的供奉，燃尽一根香，就是将一份小小的点心送到了神明的口中；烧去一张纸，便是把一些零花钱转入了死者的手里。若是照此荒谬的逻辑，那么人的死亡是否也是一种供奉？

一张靠着墙根的长木椅上，一个年轻的出家人睡着了，靠着椅背，后脑勺贴上了灰墙，仰面，嘴巴微微张开，一动不动。

最后，拉隆被老师父带入禅房深处无人的小房间，一扇窗户、一张桌子与两个木凳子。二人临窗相对而坐，默默无语。窗外是寺庙后院的小竹林，已经没有太阳了，拉隆只能听到风吹过竹林时沙沙的响声。

……然而他终究没有问，没有说出那句使他心神不宁的"死后下地狱"。一点敌意与戒备，足以使一个不那么俗气的僧人止住想要伸过来的援手。他站起身，道谢，告辞，怎么来的就怎么回去。烛火下，观音纯洁无瑕的脸，居高临下目送他远去。他不敢回头……那既是菩萨的脑袋，也是洗不净的血。

拉隆是这样想的：他好像不是会死后下地狱，而是已经活在了个人的困苦之中。不那么令人恐惧，却十分煎熬。他进小商铺买了一瓶酒，灌进去四五口，酒精顺着他的舌头，在他的嗓子里烫出一条通往腹部的火路，醉意上翻，他脚步有些踉跄，这时候若是有人绑了炸弹来炸他，或是举起大石头砸向他的脑袋，他都是不那么介意的。

他将玻璃瓶扔进垃圾桶，"砰"的一声，玻璃好像碎了，晚上收垃圾的人要是不小心，手上可能会割出深深的口子，可他不在乎……他在乎什么呢？举目望去，谁不是死人？一座庙宇摆在那里，几十年过去、几百年过去、几千年过去，里面上过香、扫过地的人皆已成一抔黄土——那么，这些化为尘埃（星星的尘埃，在宇宙里永恒地悬浮着）的人，究竟是存在，还是不存在？拉隆跌跌撞撞地沿着来时的路前进，他看到了无数赶着回家做饭睡觉的男人女人，看到他们的无数后代，看到了骨灰罐，密密麻麻排在寺庙里的架子上，标签是人名和一张黑白单人证件照。他毫不怀疑：火葬场的人是随便将好些人的灰烬平均分配给每一个瓦罐。省时省事省力。死人已经死去了，不要再让他们浪费我们活人的日子了……

在路边，他搭上等待多时的副官的车，回了总部，算是及时赶上一个会议。开会时，他在笔记本上画了一排排的单线小人，空心圆是脑袋，竖线是主躯干，四条斜线便是四肢。火柴人，整整齐齐，密密麻麻，一页有一页，纸里的世界，杀一个便生出十个，总能弥补上。

他画得如此用心，他旁边坐着的人最后不得不拍打他的肩膀，提醒他会议已经结束，您该动身回自己的队伍中去了。

"我今天来是为了看杀人。"他哑着嗓子回答，将画满了人的本子盖上，塞回自己的裤兜。

"怎么样？"那人问，已经迈开脚步，因此扭过身体往他这儿瞧，有些好奇（没上过战场，没见过血，只签过执行死刑的命令）。

他耸耸肩，"一塌糊涂。"他回答。那人听了答复，笑着离去了。

拉隆于是决定不再杀人。

7. 文学与情欲消解在幽会里

与其说眼下的相聚是一场幽会、是在日后回忆起时能大吹大擂一番的一次艳遇，倒不如将它的本质摊上桌面：无趣的闲聊、进食与交媾，一男一女短暂的触碰，和长久、互不想念的分离。

陆尚青照例选了那家远离他原本生活圈的餐厅。它名为"广屋"，位于城市另一端某个老式居民区附近的街头，是一间居酒屋，有榻榻米、吧台与卡座，在里头进餐尚有隐私可言，但若是被领去榻榻米座位，就得脱鞋。为此，在出门前，陆尚青必须选一双没有洞洞眼与异味的干净袜子——甚至关联上了他开洗衣机的安排（每三天一次，冬天则是四天）。

找到广屋是很偶然的：当时他看完展览，于回家的地铁上突发奇想，随意下了地铁、出站台，在陌生的街区闲逛了一整个傍晚。那时候还是秋天，环卫工人来回摇摆用竹条编成的大扫帚，将落叶扫向柏油马路的边缘。一路看去，整一条枯叶的溪流在人的脚下刺耳地鸣叫，踩上去，叶子完全粉碎那一刻的震动，能够透过厚鞋底，攀爬上脚踝、小腿与膝盖。

这震动叫陆尚青十分满足，甚至忘了抬头去看看居民楼后面的夕阳。

大约走了半小时，他终于觉得饿了，但周围并没有新的地铁站供他归家点外卖。他顺着亮起街灯与招牌的林荫大道继续向前，最后，在一个十字路口，他看见了这家餐馆。陆尚青记得很清楚，当时店家大约刚开门，门外摆着个小黑板，上面用蓝色粉笔写着："今日特供：月亮炒面。"里面十分冷清，他上了台阶，往店内张望，认为算是干净别致，便走了进去。

漫步至无名小店，去吃一盘月亮炒面，这其中存在着一种朦胧的诗意。但吸引他一次又一次回来的，实则是菜肴的味道、分量与价格。不知是出于什么原因，陆尚青并没有将那日傍晚的奇遇告诉女友。因此，他顺理成章地将这个地方视为容纳不光彩会面的安全场所。

比如今晚，和文慧的约会。

陆尚青是在交友软件上认识的文慧，他已经忘了是探探还是 Tinder。当时他们互相给对方的照片画了"喜欢"，配对成功后聊了几句，第二周就约出来见了面，顺理成章吃饭、开房、上床，两人相互加了微信，然而聊天是少有，若是再见面，多是遵照第一次的节奏，并且渐渐生出了一套严格的流程：文慧是什么公司里的广告媒体高管，小孩在家附近幼儿园上学，保姆负责接送，她每周三下午会提早下班，花一小时吃饭，花两小时在钟点房，性事结束后搭乘七点的地铁回家，没有纰漏。

交谈中，他们聊到了陆尚青的写作。几次见面下来，陆尚青恼火地发现，他的写作可能是两人绞尽脑汁后所找出来的唯一可聊的话题。所以他必定是谦逊又骄傲的。开场白总是"天天对着电脑，与现实少有交集，所以什么都写不出来，更不要提赚钱"，当对方照例回答"不如找份工作"时，陆尚青又不得不奋起为自己辩护。

"……写作让我自由，但同时又让我不自由。"陆尚青说。桌子对面，女人心不在焉地听着，手上翻开了菜单，视线在陆尚青的脸，与菜单上褪了色的菜肴照片两者间来回闪动。"写东西是我唯一想干的事。"他继续说，全是陈腔滥调，听在自己的耳朵里也嫌乏味，"对我来说，现实世界反而是大梦一场，只有写作是真实的……"

这一通话下来，文慧只抬眼问他："要点烤串吗？"

"这儿鸡胗不错，"他苦笑道，"鸡心也好吃。"

"那就鸡胗与鸡心各来两串，"她对服务员说，"一份三文鱼腩刺身、两个炙烤鹅肝寿司，一碗猪扒盖浇饭，单点，不要套餐。"她耸耸肩，"我讨厌味噌汤。"

陆尚青仍是老样子，选了月亮炒面。这盘炒面他已经点了三四次，照样觉着好吃，虽说它就是酱油炒乌冬，混着猪肉片和大拇指甲盖大小的碎卷心菜。一大摊碳水化合物与半碟子的油，吃完后要犯一整晚的胃胀气，外加上良心折磨，当夜定是难以入眠的——可为了纪念初到访的奇遇，他就是要点，哪怕接下来得节食数日也不在话下。

但这样的纪念已经走了气。自上次他把文慧带来之后，"广屋"失去了它在傍晚渐暗的光线下广袤的自由，堕落成了隐秘的阴谋之地。与文慧在一起便是隐秘的，她不愿将婚外情掺和进自己的日常生活里。她说每周三晚与情人的交媾，就好似每星期定时犒劳自己的一份甜点一样，"不能不吃，也不能多吃。"文慧有许多类似的警句，它们多是些自以为机灵的文字游戏，但不乏趣味。或许她父母确实给女儿起对了名字。

正因为二人的相会的隐秘性，与情事不掺杂质的功利性，陆尚青不免在其中触碰到了性爱肮脏的那一面。在文慧身上，他的舌尖品尝到了动物性的肉欲，不带爱意与柔情，仅只有对生殖器官的热切。欲望像一把火在皮肤下温吞地烧着。

他将这些都写了下来，他只能靠写作去消化他所遇到的一切。

"上次说到你的大故事，"等上菜时，她发了慈悲，开口问道，"你写到哪里了？"

"权力和性。"陆尚青回答，心里觉得懊恼：他还是跌入了造作肤浅的文字深渊。

"'生活的一切都与性有关，除了性本身，因为性关乎于权力。'①"她朗声应答，自得地露出了一个可爱的微笑，双手慢慢回转着陶杯，大麦茶热气腾腾，谷物香喷喷的滋味，徐徐上升，在她的眼镜上蒙了层雾气。

虽说这是已经被滥用了的格言警句，却仍不失其魅力与深意。陆尚青点点头，一边侧过身，空出位置让服务生上菜。

吃生鱼片时，文慧用筷子在鱼肉上抹了一层均匀的芥末，

---

① 出自王尔德。

再浸入酱油里，两面都蘸了调料，没有一处空白。阿喀琉斯大概需要她这样的母亲。陆尚青暗想。日料店内昏黄的光照中，她正好是在"灯下黑"的位置，脸上骨骼走势格外突出，锁骨亦是如此。但生了孩子，快要步入中年，身材已有了发胖走样的趋势。她今天穿的是套装，铅笔裙牢牢箍着臀部和大腿，上身发达的乳房从白衬衫领口里微微向外张望，浅灰丝袜，一双中跟黑皮鞋，脸上妆很浓，但口红掉了不少，偶尔前倾身体，脸从阴影里出来，陆尚青就能看见她鼻翼两侧残余着粉底堆积成的小块小块沉淀物。

他回想着以往在酒店房间的床上。将衣物去除后，她颇有风度、略含讥讽的态度。一个从不曾放权的女人。

他开口，声音暗哑："一切都与权力有关，生活就是权力永不停息的争夺战，写作也是如此……写作使人能短暂地夺走主宰权、虚假地凌驾在现实之上。"

"浪漫得要死"，文慧说他"不切实际""活在云端"，两人都很清楚：她并没有听进去那一番长篇大论，但没有人在乎。文慧说话时笑了，那笑容，在喝了两杯酒后的陆尚青眼睛里，不知为何，竟有些眼熟。她说起最近从 Kindle 上购买的新书，用手托腮，撑在木桌上，另一只手仍拿着小木勺，搅和吃剩下的炖蛋，给捣成泥，黏稠、不成形的淡黄色。

二人在对话中都竭力想要表现出自己博学多才的那一面。她谈到书里使她印象深刻的几句话，他再慢慢引申到政治、日常生活、人们对社会事件的普遍评论，种种相互矛盾的结论。他们的情绪在民族主义与虚无主义之间来回转换，一个正常运行的钟摆，在左与右之中摇摆，了无新意，一个劲儿复述从网上看到的各类言论，没有其他出路，语言垃圾堆之上的死迷宫。

但陆尚青仍喜欢与她见面。不说别的，她笑起来时，薄薄的嘴唇并不牢，一道小小的缝隙，露出一点虎牙和牙肉，确实有种孩子气似的可爱。望着她的笑容，陆尚青倍感惆怅，想探出手去，在女人的额头、鼻尖与腹部的妊娠纹上留下轻柔的亲吻。

"……但我觉得，你应该先从短故事开始写起来，对不对？"她又说，"你前几天发在朋友圈里的小说，我总感到看不懂，好像和人间里油盐酱醋离得太远了……"

她顿了顿，最后总结道："有点儿空中楼阁的飘飘然感。"

她又倒了茶，雾气上升，陆尚青从中辨析出了母亲的面容，叫他有些不安——那张脸模模糊糊从世界的另一头朝他张望：家门口那条后街，橙黄色的夜灯下，孤零零地向他看去。一个迷梦的问候。弥留的病床上伸出一只手，枯干的皮肤在骨头上收缩，皱皱巴巴。不要忘了妈妈，母亲说，嘶哑的嗓音，从被子下闷闷地散出来，混着中药与排泄物的气味，凄厉地追捕了他二十多年，秃鹫一般盘旋在头上。他被父亲半拉半抱起，在濒死之人的嘴上留下一个吻。许多年后，陆尚青依旧认为那病逝者是把最后一口呼吸度给了他，从合不拢的缝隙里漏进了他的口鼻中，再也不曾离去——不管抽多少烟、打多少次喷嚏。

母爱的遗迹：那些长裙，沉闷的、破旧的土黄色与黑色，厚重地挂在衣柜深处，只剩下干燥剂的刺鼻香味。他长大了些，在病逝者阴影的威胁下保持寂静的家中穿梭，带着手电筒与书钻进衣柜，让裙摆垂在自己身上，隔着木板与墙壁，客厅电视的声音像一个遥远的幻境。他经常坐在里面，有一回睡着了，几小时后被粗暴地摇醒，迷迷糊糊，还以为是母亲健康时丰润滑腻的手。

"回床上去，回自己的房间去。"保姆低声道。不要在死人的衣服堆里睡觉，她的意思是这个。

倒不如说这是母爱的变体，再生与又一次崭新的死亡。陆尚青看看文慧歇息在桌面上的十指，并拢，细腻如白玉，新做的美甲，嫩绿色，与春天这个季节相呼应。他抬头看到对方正望着自己，才发现原来她是在等待答复的，连忙宽慰道：

"没什么水平的文字，看了也是浪费时间……"

她挑了挑眉毛（差不多刮得空空如也，再用眉笔顺着眉骨重现眉毛理想中的完美形态）。陆尚青于是想起来：她读大学时是外语系，也有文学课。

"年轻时也爱写点诗、写点散文。"这大概也是她会约陆尚青见面的缘故：在软件上，她的第一句话是"Hi"，第二句是"你简介里说自己是个作家，你是写什么的？"他打了个哈哈，胡诌说主要是中短篇小说，现在准备写个长些的。自由职业？是的。言下之意是他没有钱，没有汽车、游艇、雪茄、模特女友、定制西装与绿水鬼手表，没有其余的男人传到交友软件上的几块腹肌照：他们站在健身房的镜子前，大汗淋漓，眼神深邃地望向手机镜头，另一只手掀起上衣下摆，请看——年轻的、旺盛的肉体，请您品尝；一切皆可物化，无论是你还是我。

但不要失望，小姐太太们，且看看我的灵魂，透过我孤独造作的半身照，那双忧郁胆小的眼睛，和简介里孤独的两个字："作家"。尽管我什么作品也没有，写出来的也只不过是思想的垃圾，垃圾的思想，意识的污秽，没别的。

饶是如此，女人们仍会对他生出些兴趣。这个吃腻了，也尝尝新鲜的。无伤大雅。但要说灵魂伴侣，这年头可罕见得很，莫生妄想，那玩意儿是多么脆弱、娇嫩的花儿，植物园玻璃温室里的玫瑰，寻找了这么多年，他现在反倒愿意牛头不对马嘴地谈恋爱、过日子，那丁点儿幽深的内心世界，光是留给自己消解，就已经有些不够分量了……

陆尚青喝完最后一点啤酒，灯光烘得液体温热，像含了一口还未成形的琥珀。是再聊会儿，还是结账、出发去老地方？那快捷酒店走廊尽头的房间一年四季无人问津，只除了他们。有一次他不小心在床单一角用烟头烫出个洞，再隔一周睡上去，那洞还在老地方，不声不响，平静地向他问候。那是个时空之外的角落，相互偎依时，房门以外的世界是空茫茫无一物的，只是她会时不时看看手机上的时间，哪怕定了闹钟，也会习惯性瞟一眼，奇异的矛盾感：在幽会中，她与外界的联系那样紧密，竟比工作、下班买菜的时候还要紧密；他刚好相反。

"还是我读书太少，"她回答道，"不够水平去读懂你的文章。"

她又说："你有时候也该接地气些……"

何谓地气？他想开口问，但怕这问题听上去像是在攻击人、在嘲讽人，所以沉默不语，点点头，做出肯定的、羞愧的姿态，任由这位情人趾高气扬地指点自己该怎么写文章。攻击越是无知与自傲，陆尚青便越能从中得到某种扭曲的满足感，因此，对于评价，他来者不拒。

"该多写能让一般人看懂的东西。"她总结道。

地气就是泥土里的气体，他在心里开始胡编乱造。闻上去是柴米油盐酱醋茶混杂在一块儿的味道，灶台点燃后的油烟味儿，傍晚时分从学校走出来归家时一路上闻到的使人惆怅的气体。他知道那味道是从人肮脏指甲缝里飘出来的，活人的臭味。这就是地气：家长里短和社会热点。电视台里夫妻情侣婆媳关系调解节目——我被丈夫揍了一顿，她在外面有了野汉子，男人把工资扔上赌桌，单亲妈妈带着小孩寻找可靠的第二任、第三任丈夫，小孩沉迷网络游戏成绩一落千丈、前程尽毁。麻烦事儿一桩接一桩，解决完（或忽略干净）以后，生命也就到了尽头，躺在灵床上，主持人沉痛地宣布这是个好人，尽职尽责过了一辈子，中规中矩地离我们远去了。

就连你与我这段无关痛痒的关系，也是这所谓的地气。陆尚青望着桌对面的女人，她准备叫服务员结账，招手几次也叫不到人，袖子往后缩，露出了手臂内侧一排文身——这还是陆尚青陪她去干的好事。那间文身工作室就在隔壁居民区旁边，老年人从侧门进进出出，衰老的眼睛迟缓地打量那座暗红色的、被改造过的厂房。那天是周末，文慧的老公出差，小孩在外婆家，她好不容易有空闲。两人到地方时，天已经开始黑了。推门进去，前台无人，后头是纵横交错的走廊，他们数次闯入办公室、休息区与正在进行工作的文身室，人们从玻璃墙内侧里，抬头，毫无兴趣地看看这两个莽撞的闯入者。

终于，一个文身蔓延到耳边的男人不情愿地站起身，问他们有预约吗？找的是哪个老师？

哪门子的老师？他在心中嘀咕。

文慧上去与人交涉。等待的时候，出于无聊，他尝试做了些笔记，列了一张混乱的清单，所见即所写。这张单子现在还在他手机里存着，等待着被重新组织成一句句话、一篇篇故事，重见天日。

以下是他的记录：

> 四面墙壁全是红油漆，漆工粗心大意没有刷匀称，珠子凝结在角落里；
>
> 一面墙挂满了拍立得，其中有一个人将"卢湾"两个字文在了胸口，因为上海的这个区被吞没了，他要纪念这个名字；

硅胶头骨模型和做工粗糙的奖杯，某次文身大赛的成果；

一幅红色立体画：红色的骷髅头在画框正中央，四周是太阳光线一般往外延伸的褶皱，很像人的肛门；

一个粗糙的鬼娃娃，没有穿鞋，身上一条白色长裙，有点像婚纱；

一个塑料白色面具，模仿中世纪瘟疫医生的鸟喙，只能遮住上半张脸；

黑色和红色的人造革椅子，模仿手术室里可摊平的手术台，也像是看牙医的躺椅；

等等等等。

文慧半躺半坐在椅子上，文身师在她身边。那人穿了件紫色短袖与黑色短裤，陆尚青凑近去看，察觉到大片大片的文身，如同山茶花一样开满他的身体，多是粗线条的花纹，从衣领里蔓延出来，爬上他剃短了的鬓角。这男人一边和她交谈，一边用油性笔在她的胳膊内侧画上图案，像手术前医生在要下刀的地方画一条长长的虚线。草稿。

陆尚青在旁边踱步，间隙去房间角落里的红色小沙发那儿坐上几分钟，观看女人和对方小声地争论。两人皆词不达意，无法明白对方到底在说什么，他们的话语在空中交织成一团团无意义的对话云。漫画里在角色脑袋旁那块白色的文字圆框。一人焦急地低声说"不、不，不是这样"，另一人冷淡地去修改皮肤上的简笔画，重复几次这个流程，她光裸的胳膊成了粗劣的草稿，布满黑色与红色线条，重重叠叠，一团乱麻。

两人最后勉强达成共识，倒不如说是她放弃了，因为疲惫与焦虑。她脱了鞋躺下去，一个女性柔软、洁白的脚踝，立在红色皮面上，于手术台灯圈下映着光。文身师戴上黑色一次性手套（为什么是黑色，他百思不得其解），咳嗽一声，拆开酒精棉小包装袋，抓紧她的上臂，给那微微下坠的胳膊肉消毒，来回涂抹，佝偻着背，公事公办——然而这一幕在陆尚青看来，却是无比地色情，至少使他的神经受到了点刺激，背脊上一阵发凉。

服务员拿着机器出现在桌旁。陆尚青从文身的回忆里醒来，付了钱。数字在预算内，他总算心安。两人分了账，拾起桌上的纸巾抹嘴，披上外套，大腹便便地往外走。陆尚青下楼梯往街面上跨，踉跄一步，有些不胜酒力，尤其是啤酒的气与炒乌冬面的油搅和在了一处，打嗝时满嘴的怪味儿。他抓紧铁栏杆，后头服务员拖长音喊了一句"当——心——！"尖而细的音色，刺得他耳膜发痛。

"我倒觉得，你该写写别人，别老只写自己的事儿。"她突然开口，若无其事地继续刚才的话题，仿佛沉默时她一直在这么仔细思索着。陆尚青振作起精神，仔细听着。"只写自己总是会腻的，对不对？"

"所有的写作都是在写自己。"陆尚青条件反射地回答道。她不悦地皱了下眉毛，低头看看手机屏幕上的未读消息。

出于怯弱，他找补了几句："我现在倒是在写一个和以往不同的角色。"

"哦？"

"是一个赞普，就是吐蕃的末代皇帝，"陆尚青解释道，语速很快，虽然他知道对方并不感兴趣（眼睛还盯着微信对话框），"这赞普想要灭绝佛教，还将经文和佛像埋在土里或丢进水里，又逼僧人去打猎吃肉，最后自己引火上身——"

"挺有意思。"她答道，下一秒越过人群，进了地铁闸门。

那种与文学——真正深切、痛彻人心的核心之物——的隔阂，正在陆尚青的眼前按部就班地上演着。他们往地铁站台走，得坐三站路才能到酒店。在这路上，文慧专心处理工作（或与朋友们闲聊），陆尚青只呆看地铁窗外隧道内壁上一张张光明的广告海报。在那一刻，第一百一千次地，他重又领略到了拉隆的孤独。

下班的时间还未到，人人都有座位，但他是站着的。他吃得有些撑了，得站一站，好让炒面缓慢地滑到腿肚子里。食物消化时，一股热气上涌，熏得他睁不开眼睛，绷紧手臂抓着吊环，头抵在胳膊上，险些就要睡着。然而在昏昏睡意之中，一个模糊的疑问，在他的大脑里就要浮出海面。这疑问总体而言，仍和刚才的对话有关，又或是说，与刚才的对话所缺失的东西有关——

在前几日，他独自一人去了衡山路。那是条极美的街道，因老式的欧洲别墅和梧桐树而闻名于世。这其中，靠近大马路的地段，有一栋独门独户的小洋楼，里头是个三四层高的书店。那时依旧是夜里，他闯进去，忍着缺氧带来的晕眩（书店总会有这么个毛病），慢慢逛上了顶层。一个人在讲话，英语，随着他脚步的靠近，演说的内容逐渐变得清晰：大约是某个作家在宣讲自己新出版的小说。现场围坐着的多是学生模样的年轻人，似乎是为了大学课的任务而来的，脸上表情僵硬，看了叫旁人暗自觉得好笑。陆尚青悄悄蹑步过去，像围捕什么猎物一般躲在书架后，从缝隙里去看、去听，心底里不知为何，既激动，又有些实为自傲的不安。

对于百无聊赖的学生们，陆尚青同样也有几丝艳羡，只因他在自己的生活里已遇不上纯粹文学性的事。最多便是同伴的一句"写得接地气一点吧"。永远是批判，永远是居高临下的怜悯，永远是一气呵成的评论，没有交流，没有启迪，没有共鸣。他甚至无法向人诉说自己正在写的这篇小说，尽管他已经不厌其烦介绍了数十次。"哦，是那个西藏的故事吧？"他们老这么说，绞尽脑汁回想一番，末了耸耸肩，"听着就很复杂。"

在书店，被不知名的文学讲座所触动，陆尚青短暂地决定要去读个文学硕士。当然，刚走出书店门，他就打消了这个念头。他想，象牙塔也有象牙塔的苦痛。那苦痛对于写作，甚至可能比日常生活的枯燥无趣更具备毁灭性……

酒店前台仍是原来的人。男人，不到三十岁，见到他们推开门，心照不宣地点点头，但仍等陆尚青说完"大床房，两小时"后，才装模作样在键盘上打几个字，接着用恍然大悟的语气答道："有房间。"那人拿出钥匙，另一只手收下现金，刚好的数目，不需要找钱。这张百元大钞已经在陆尚青右半边的裤兜里待了一整日，被焐得温热而柔软，粉得娇嫩欲滴，飞入抽屉深处，与它的兄弟姐妹们再度相聚。

在酒店房间里，他们轮流淋浴。不过是象征性往私处涂抹沐浴露，用水匆忙洗净。两人都不约而同忽视了浴室里的毛巾，文慧甚至连洗了手后擦干也不去碰它们，她只用纸巾。擦拭时，他能瞥见文慧手臂内侧的那行黑字，一串手写体英文，他老是忘记去问她那行字写的是什么。

暖空调轰隆隆地运转着，像一列老式火车，可热风是微乎其微的，因为机器陈旧。站在风口，能清晰闻到尘土的霉味儿。她湿漉漉上了床，打了个喷嚏，只用手掌擦了擦口鼻，就去搂陆尚青的脖子，亲昵地往他嘴上送去一个吻。

这时候，他一般想不起他郁郁寡欢的女友。事实上，他想不起世上的所有一切。他甚至想不起眼前的这个女人。他便亲吻、吮吸、拥抱，与一具炽热的躯壳交缠。有时候在梦中，陆尚青也是这样——什么都想不起，让欲望的河流在自己身上徒然地流淌着。事后往回看，就仅有一片空白，在脑袋里，也在身体上。

对着一对沾了一点纸屑的乳房，他打了个饱嗝。

8. 朗达玛其人其事

乌依东丹①的脑袋里拥挤着许多稀奇古怪的主意。有一次，他命人将一个区的行道树统统砍下，改种榕树，因为原来的柳树与杨树飘絮太盛，让他在某次出行时打了一连串的喷嚏。街道自此便是光秃秃的，直到他把目光转去了别的地方，也没能长出什么树荫。说到底，南方的树种并不能从高原的土地里肆意发芽。人们只好往电线杆上贴假花与假叶，不然眼睛盯着满是尘土的大道看太久，很可能会熬出毛病。

还有一回，他打算在城郊的山体上装一面巨大的镜子，折射阳光，解决山谷里常年阴雨、光照不够的问题。他暗地里希望那会是一面水银镜，浑圆、轻薄，朝着太阳的方向转动，整个都城的人只消一仰头，就能瞧见那块耀眼的圆斑：赞普在大地上借了日光的恒星。然而这念头终究没有成真。太不现实，那些老工匠摇头道。他们年轻的徒弟倒是跃跃欲试，可造价又过于高昂——相比起窃取太阳，他更渴望把宫殿修整一番。

他还习惯在年关将近之时，派人去都城内四处搜寻流浪汉，将他们收集起来，一车车把人扔到城外极遥远的地方，使

---

① 乌依东丹：朗达玛的正式名号，藏语意似为"小而坚稳的"。出自林冠群：《唐代吐蕃史研究》，台北：联经出版事业公司，2011年。

他们只能步行着往回走，或是寻找下一个容身之所，直到冷死饿死在郊野之中。

"太难看。"被问起缘由时，他是这么回答的，"在天子脚下要饭，成何体统！"

与朗达玛有关的奇闻逸事实在是数不胜数。

但这一次不同。这一次，乌依东丹是带着名垂史册的目的来的。之所以有这么个念头，一是心腹们左右总夸赞他有军事才能。再则，自他继承王位以后，成日里就只在玩乐上下了苦功。与名字相反，乌依东丹的身体被色欲、食欲与财欲吹胀，沉重地压在妃嫔与床榻之上；但于臣子而言，朗达玛却越发显得轻浮，没什么分量。他逐渐开始派遣不动军队，权柄似乎略有些不稳了（若一定要说实话，他会对自己承认，那东西少有在自己的手上出现过：通常都是贵族们在说话），因此急需一场疆域的扩张来证明自己的神威。

事成之后，他又担心起军功被整个儿地夺走，那些寡言的军人会闯进宫殿，用长枪将他从高座上挑下。就像十五岁那年父亲去世后，他惧怕自己也会被害死，于是想尽办法与各个家族示好服软，贵族们叫他做什么，他便做什么，纵使是令人将自己也信仰的释迦牟尼统统抹去，也在所不惜。自那以后，母亲再不愿与他多说话，甚至暗地里也管他叫"朗达玛"了。她怨憎儿子作恶多端、丢尽皇家颜面，到头来竟与害死自己丈夫的人同流合污——

母亲！他在心底里说：活着！活着比什么都强……

这座城市被占领不足个把月，乌依东丹就慌慌张张将自己的王座搬了过来。抛开那些个龌龊不说，他此次亲临，也是为了领略海滨城市的风情。海、瘦弱的女人与精巧的饮食，它们无一不吸引着乌依东丹。他急需要一次远行，待在原处越发地使他不能忍受……灭佛进行到了半途，逻些显幻之神殿①幽闭回廊里神佛的脸庞已被砸破，门楣上供养人的雕像业已腐朽，屠夫在神殿中央屠宰牲畜，剥下皮毛披盖在泥塑佛像之上，内脏与腔体刚离开牛羊的身体，仍在跳动，就已盛在佛的双手中。在主事人的陪同下，乌依东丹曾亲自去巡视了一回。血污的气味极冲，兼有人的臭气，因为寺庙已成了乞丐窝。流浪汉们（这回倒是得到了乌依东丹的默许与忽视）在神殿里生火烤肉，将木质廊柱拆下当作柴火，上头刻有飞天——飞入火中，化作荤食的燃料。

他站在那儿看了许久，脑袋中很不合时宜地，想起了前几年在寺庙中念诵过的祈愿：

"——赞普乌依东丹陛下也祈愿，脱离短命业障，获得长生，而愿新建佛寺及佛塔，修葺旧寺，且祈愿神人供塔及日月所存天地之间，佛法长住不灭，而为众生福德之本。"②

离开时，从庙顶上跌落入土的金色琼鸟③斜眼朝乌依东丹瞪去，将他吓了一大跳：暮色将近，瓦砾堆中，一张愤怒的脸，张开鹰喙、露出利齿，朝他发出无声的怒吼。那吼声萦绕在他的耳边，像藏身于森林中的猎物被射杀前不祥的预感。深夜，乌依东丹无法入眠，火盆太旺，烧得汗珠一滴滴从额头上跌下。他坐起身，伸手抓住身边妃子的胳膊，妄图从女人肌肤的凉意中摄取些什么……到最后却连熟睡妃嫔的手腕也被烫热，红了一圈，像一条无形的锁链捆进了肉里。

他松开手，掌心按在额头上，于记忆深处翻滚起了来自异域的传闻。那是许久以前的故事了：为了掠夺财物，肆叶护可

① 逻些显幻之神殿：大昭寺藏语全名的汉译。

② 出自《赞普祈愿文》，引自林冠群：《唐代吐蕃史研究》，台北：联经出版事业公司，2011 年。

③ 琼鸟：汉译金翅鸟，佛教护法神之一。

汗率部队袭击了缚喝国①的佛寺。当夜，在佛寺外的郊野，可汗驻扎军队，却于睡梦中被寺内供奉的毗沙门天②刺穿了心脏。醒来后，他的心脏果真刺痛不止。可汗便急急召唤僧人祈祷谢罪，可还未等人到来，便已一命呜呼。③

乌依东丹仍记得讲故事的人是何等绘声绘色："……只见那护法神手持长戟，怒目圆睁。他大喝道：'汝有何力，敢坏伽蓝④！'"那声叱喝于乌依东丹脑海中再度响起，惊得他半边身体发麻，另半边微微颤抖。可怖，可怖！他盖住自己的双眼，又急忙松开，张望起昏暗的寝宫，深恐琼鸟双翅上金灿灿的羽毛会飘落在眼前。"我也没有办法，"向着三公里外半埋于土下鸟首人身的金色大鹏，乌依东丹乞求道，"我也只是命运的一枚棋子……"

第二天，乌依东丹下令封闭逻些显幻之神殿，再不许人进入。

在远离众神殿的南方，他终于得到了胜利，于是迫不及待地赶赴边疆。但现在看来，胜利是来得容易的，如何把持住这一胜利，才是真正艰难的任务。

军队的人都不大喜欢他。乌依东丹并不在意这个。他凌驾于军队之上，起码表面仍是如此。人人皆心照不宣，对他这尊

---

① 缚喝国：又作捕喝国、薄佉罗国。其地据推定系在今之阿富汗北部的巴尔夫市。来源百度百科。

② 毗沙门天：又称多闻天，佛教护法神之一。

③ 出自《大唐西域记》，玄奘著："近突厥叶护可汗子肆叶护可汗，倾其部落，率其戎旅，奄袭伽蓝，欲图珍宝。去此不远，屯军界火。其夜梦见毗沙门天曰：汝有何力，敢坏伽蓝。因以长戟贯彻胸背。可汗惊悟，便苦心痛，遂告群属所梦咎征，驰请众僧，方伸忏谢。未及返命，已从殒殁。"

④ 伽蓝：即佛教寺院。

瘟神毕恭毕敬，背后嘴里会喷什么粪暂且不提。进了城以后，他们占据了许多宏伟的政府建筑，其中一处被挪来做了军队的指挥部，部队就驻扎在附近。他在监军使的陪同下，大摇大摆地参观了一番。于入口的门头，他看见上面悬挂着一行外语字。懂得这门语言的下属低声在他耳边讲解，但现如今他只记得那翻译的前半句——"上帝名城"。之所以记得，是因为这几日，他总在心底里翻来覆去琢磨这四个字，暗地里觉得那是一个启示，一个征兆，或一个预言。乌依东丹想象着百年前，不知名的异邦人被命运驱使着写下了这一行字，为的便是在百年后，向远道而来的乌依东丹承诺那无上的荣光。

这样的想象使他得到了很大的快慰。

当晚，占卜者为赞普掷骰。在帐篷里，乌依东丹听着外头人声嘈杂，色子四处翻滚，哗啦啦作响：战士们围着篝火席地而坐，赌博、饮酒与争吵；占卜者在灯下凝神注视面前刚刚停止转动的卜具，口中念念有词，半张脸隐没于阴影中。两个世界仅有一道门帘之隔，乌依东丹自得地想，但两个世界都是因我而存在的。我即是所有的世界的总和——

"啊！"那占卜者最后抬起头，向着光朗声念诵（声音阴柔、语调造作，使乌依东丹的后颈汗毛倒竖）。只听他道：

> 啊！铁箍围在四周，
> 镶上蔚蓝边框，
> 苍天永不会变。
> 银河纵面牢固，
> 群星不会坠落。①

---

① 卜文出自陈践：《敦煌吐蕃文献选辑占卜文书卷》，第154页，民族出版社，2016年。

"大吉！大吉！"念完卜文后，占卜者欣喜喊道。

他脸颊涨得通红，看上去不似作假。乌依东丹哼了一声，摆摆手，让人退下。一旁监军使笑逐颜开，站起身为赞普亲自倒了杯酒。监军使应当是知他所忧，所以才弯腰向他敬酒，一边恭贺道："神佑赞普——！"乌依东丹将酒整杯饮下，用粮食酿造出的纯净液体如同黄金一样醇厚，滚烫着切开了他的喉管与胃。在那炽热的飘飘然之中，他长舒一口气。

银河纵面牢固。夜里，他吃得太撑，出了帐子，在卫兵的保护下走了几步。酒精仍烧灼着他的脑袋，于跌跌撞撞的幻梦里，乌依东丹看见几个只有影子的人围上了他。影子们手拉着手，连成一个密不透风的人圈，接着顺时针奔跑起来，跳起粗糙的舞蹈，乌依东丹却听不见脚步践踏土地时的声音，只有某种咒语一般的喧哗，在他耳边反反复复。他一部分的神志明白这只是醉酒的产物，剩下的那部分却被吓破了胆。然而一抬头，乌依东丹竟在那深红的夜幕上看不见一颗星星，一颗都没有。一瞬间他恍然大悟：故土的占卜在此地是无效的。这儿的银河——虽纵面牢固，却不曾见过群星。

从那晚上开始，每一夜，乌依东丹皆是噩梦缠身，或是恶鬼朝他扑来，或是罗刹女劈开他的身体。熏了再多的艾草、烧了多少火盆，全是徒劳。他再度想起故事里的可汗，于是急忙搬离帐篷，决心要住进有天花板和地板与承重墙、梦魇无法潜入的屋子里。原本乌依东丹已经看中一栋官邸：南欧风格的建筑，外墙是很可爱的粉，正面朝向海，夕阳下沉时，能听到归来的货船群齐齐鸣笛，惊起岸边几行白鹭。可过几天后，乌依东丹仍是将行军床塞入指挥部算是舒适的办公室内（要躲开碎玻璃、撕成条状的窗帘布和砸得稀巴烂的红木桌椅）。首要是为了影响，总不好抛下军队同袍，只赞普一人过上吃香喝辣的奢华生活。那个词叫什么来着？民膏民脂？

第二个原因乌依东丹永远不会大声承认——连想也不愿去想：他害怕这座城市。这个城市使他害怕，走在街上使他害怕，听不懂的语言使他害怕，当地人用沙袋和石砖砌成的街垒使他害怕，蒙上面孔、只露出一双眼睛的年轻人使他害怕，连金屋银屋也无法抵挡的噩梦使他害怕。他需要热乎乎的人气为自己壮胆。军队虽与他有隔阂，可身上穿的到底是一样的制服；安全而不安稳，焦虑而非绝望。

与指挥部同住，乌依东丹便是活在同胞之中。也不对，他睁开眼睛瞪着黑暗中的天花板，无声地纠正：在外面街道上神出鬼没的那些个夜游神，与他也是同出一族：一样颜色的皮肤，一样颜色的头发，以及一样颜色的眼睛，只是我们晒得黑些，他们离太阳更远些。在同一大陆板块上活着的同样的人，却愚蠢地站在了我们的对立面。他们赢不了，是的，太小家子气，充其量只能看个亮、听个响，也许会杀死一两个运气不好的小兵，但不过如此……你怎么可能对抗群星与太阳？别无他用，只是垂死挣扎，宣泄屈辱所带来的愤怒罢了。"但问题在于，"乌依东丹痛苦地想起，"我是这出闹剧的门面……记者会、电视采访、报纸头条版面，都是我在说话，我！"

虽说他其实是热衷于在镜头前露脸的。

乌依东丹念起监军使撰写的演讲稿来，真是头头是道。他喜欢强烈的语气词、有劲儿的形容词、引用了前人名言的长篇大论、行文优美的段落和短窄的诗句。他尤其爱念情绪高涨的结束语。那激昂的快意深深地感动着他的心——但他也只是朗读者罢了。录音机，复读机。这儿的人渐渐也开始管他叫"朗达玛"，血红的三个大字印在杂志封面上，街边便利店报刊架上一排排齐刷刷全是他的面孔，里面详细讲解了一个暴君混乱荒淫的私生活。他掏出枪来，又把枪塞了回去，外面的世界正在注视他，期待一颗错误的子弹打破寂静……备受瞩目，这张发了福、胖乎乎的白脸，短鼻子，小眼睛，半秃顶，三四层下巴肉和松弛的脖子连在一块儿，可真够瞧的。

到处都是！

如今，乌依东丹走到哪儿都得带着人看守他的性命。比如说现在，他卧房的门外便有哨兵把守。子弹上膛，双目炯炯有神，像用青铜铸造的人像。前半夜两个，后半夜两个，中途交接。两组人交换位置时，军靴会在地毯上摩擦出细微的沙沙声。今夜凌晨，他睡不着，那响动在走廊里回荡、传进门板，进了乌依东丹的耳朵，使他平静了些许。重归安宁后，乌依东丹闭上双眼。天气很沉闷，空气里载着尚未落下的雨水，沉重地压迫着人的胸膛与心肺。他不得不张开嘴，口鼻同时吸气、呼气，于是喉咙里咯嗒作响，吵得他更睡不着了。

他回忆起了高原，稀薄、轻盈的空气，近乎不曾从人的身体里穿过。

想想史书，乌依东丹悄声对自己说，再熬上个把月，等一切安定下来，他就能回去，回到高山上的红与白的宫殿里，那里再不会有使他做噩梦的雕像，只会有更牢靠的权力、更庞大的财富、更多的孩子……

为了寻求安慰，乌依东丹想到了自己的儿子，一个仍在腹中，一个已经三岁，胳膊和腿像莲藕一样，一节节的肉；脸蛋从生下来就肉鼓鼓，人人都夸是福相，和赞普一样。但他暗地里希望他儿子能瘦点，清秀些，去读书，戴一副黑框眼镜，出国上大学，穿着学士服在校园的草坪上哈哈大笑，无忧无虑……

会的，会的，这一代人会吸取上一代人的教训，正如同他从他父亲身上学到：为了立于不败之地，你总得抛弃点什么。他父亲吃了那顿晚饭后，双腿打哆嗦、昏厥在浴缸里，被人发现时还有点气，送进医院吐了大半夜的清水，终于还是一命呜呼，连半句遗言也挤不出来。乌黑的脸，嘴唇发白，眼珠子鼓出来，像河豚吹胀了自己的身体。乌依东丹不会这样死去，他离水总是很远，远离这个诅咒。为了来这座城市，跨河时他穿了救生衣，躺在船舱里听天由命。"我的儿子会吸取我的教训，"乌依东丹在心中道，"我的儿子会远远地躲开风暴，在草地上栖息，没有忧愁，安详地活着，一头自由自在的小牛犊。"

孩子是一切。

这世上存在着那么多的风暴……从海上生成、胀大，把海水、鱼儿、棕榈树和白沙吸进旋涡，扯碎它们……这世界上有着那么多的风暴，我得小心翼翼踮起脚尖行走，在风暴与风暴间寻找——或是一个孤零零的山头，或是一座孤零零的小岛，或是一位孤零零的小妇人，或是自己孤零零的后代……从这些东西上，人能找到安宁。我的安宁是我的孩子，我要扩大我的安宁。我要离开这座使我无法生育的城市，回到与我说同一种语言的女人们身边，看着我的火焰烧入她们的肚子，一团团火焰，在子宫里燃烧，烧成一个新的孩子。

乌依东丹回忆起这么一桩事情：他的一个远房表姐，家中不算富裕，成日里被左邻右舍与亲朋好友指指点点，因为她非要跟女人搞在一块儿，死活不肯和家里介绍的相亲对象结婚，逼得父母把她送进精神病院。便是皇亲国戚，到了年龄，也是要与男人结婚的。被放出来后，他动了恻隐之心，专门跑去看了一回。人仍活着，只是身体冷冰冰的，河滩上硕大的黑石一般寒凉，脸上睁着一双死人的眼睛。

他记得小时候与这表姐一起玩耍，她的那双手上升着去摘树上的果子，火一样滚烫。

做丈夫的冲丈母娘抱怨，说婆娘在床上一动不动，跟头死猪没什么区别，还怀不上儿子，诞下的竟全都是女儿，三朵金花。只能生出赔钱货的赔钱货。"会有小子的，会生出来的，"那母亲讨好道（鞠了个躬），"结婚前看了手相，算命先生说她命中有子，两个儿子！我们找的这个算命先生很灵的……"

不知现在又生了几胎。

将表姐抛之脑后，乌依东丹翻了个身。他听到角落里一个人嘀咕道："还没睡着？"借了窗外照射入的灯光，他看清了对方的面孔。这请来镇邪的和尚仍捏着佛珠，冲着前方发愣，也不念经，也不打坐，就瘫在沙发椅上，打哈欠，双目呆滞。如此怎能阻挡邪祟？然而还有一种可能性——他依旧是不敢去思考的：沾了血的佛手握起拳头，再不会佑护乌依东丹。不一样，他安慰自己道，这里的人与神怎么会知道那里的事情！纵使是知道，那也应当清楚：他并不是始作俑者，他毫无办法……

熟悉的恐惧再度回潮。乌依东丹听着钟表来回摆动，咔、咔、咔，一分一秒的时间浮上水面、蒸发入了云端。他眨眨眼，在眼球快速的颤动里感到了晕眩，一点斑斓的色彩从眼前划过。这地方闹鬼吗？他问过那和尚，和尚说赞普一身正气，四周又有军队镇邪，不必害怕。可以把红色的旗帜挂在床头，红色辟邪，和尚解释道，红旗本身也是极阳之物。他照做了，又在枕头底下放了把小刀：但凡是杀气重的东西，鬼怪皆不敢靠近。他甚至赶走了随行的妃嫔，找了个酒店胡乱安置了那几个女人——阴气太旺，他不敢近身。

乌依东丹回想起自己的噩梦。

这几天，他老是梦到同样的场景：和一个看不见脸的女人上床，正是兴头上，床铺突然化开，成了沼泽地里的泥浆，冒着白泡，咕噜噜咕噜噜，破裂时散发出臭鸡蛋的味道。有人从陆地上向他抛去一根法式长棍（这还是他来了以后才吃到的东西），叫他踩在面包上；他哀求，扔块木板下来吧，扔一棵树下来吧！但一双人的手，在湿润的泥土里摸上他的大腿与下体，勾着脚踝慢慢往下沉，紧迫感在血液里流动，他呼吸不过来，翻起白眼。

乌依东丹突然喘了口气。在记忆噩梦的时候，他不知不觉又将那梦做了一次……凌晨三四点，黑夜沦为了无尽头的深渊，在这之中现实与梦境近乎没有边界。他伸手去搓自己的脚。它们露在被子外面，踝关节仍残留着女鬼手指收拢后的触感，冰冰凉，是因为正对着窗缝透来的冷风。可别感冒！已经不年轻了，力不从心，子子孙孙沉积在阴茎深处，不再像以前那样——旺盛、活跃、给他带来无休止的烦恼与快乐。离开故乡前，乌依东丹就已经小心翼翼减少了找女人的次数。每次性事结束后，他总感到身体里的一些能量流失在了女人肥厚的身体里……看看那些枯瘦、头发和牙齿统统掉光的老年男人，哆哆嗦嗦，没根拐棍哪儿也去不了——阳具的替代品。他可不能这样虚弱下去……他吃很多肉，以牛肉居多，它们代替流失了的肌肉，填充到肚子与四肢内，天然的肉毒杆菌。不像女人们，得往自己脸上注射人工合成的神仙药，隔三岔五就得去一趟诊所，皮肤光滑，皱纹被撑开，面孔像肉做的面具。他同样大吃补药，一颗颗人参与灵芝，苦涩地振奋起他的精血。哪怕肚子里脂肪堆积成山，哪怕鼻头终年红润，哪怕成日浑身燥热心烦意乱，这些东西也仍是要吃的。

和尚打了个喷嚏，用手去擤鼻涕，惊醒了快要睡着的乌依东丹。他终于忍无可忍，开灯，翻身起来抓上那人的衣领。和尚哎哟一声，被拖着出了赞普的卧室，连着那串刺啦作响的珠子。赞普居高临下看了光头男人一眼，用力摔上门。

惊天动地的一声平息后，他听见外面哨兵带了那人离开，脚步声沉闷地在走廊里回响。

好一头蠢驴！

9. 跳吧，八字舞！

陆尚青回了澳门。

南方大地已布满晚春深绿色的斑点。过关闸后，他往右手边看，那是一片尚未被遮挡的天空，左右对称的晚霞照亮了大地。晚霞，这张开怀抱的大鹏金翅鸟，在空中闪烁着璀璨的光辉。它羽翼边缘的云线微微化开，一如鸟雀飞翔时被轻风拂过的绒。因此，晚霞仿佛是活着的，仿佛即将降临人间，只是由于身形庞大，所以动作缓慢，注定会在到达目的地前湮灭。

这是在大城市难得一见的景色——巨人大小的笔直高楼，或是爬藤一般互相缠绕的旧街道老居民区，都难以将晚霞从天地的牢笼里解放出来。陆尚青脱下外套，搭在胳膊上，一边散热，一边注视许久不见的霞光。良久，直到夕阳的光把角膜烧得有些干涩了，陆尚青才转过身，往巴士站走。

下车的车站仍在老位置。往前几步，老家就在人行道旁。楼道门泛着铁锈血腥的气味，肃穆地朝他致意。在十年前，这老房子就已经卖不出去了：楼宇陈旧，没有电梯，面朝狭窄马路，背面是阴森森的天井，没有阳台的人家往窗口外晾晒被褥与内裤，红的紫的绿的，镂空的与老土的，浸在车尾气里，再往私处上贴去……

楼房外部那层砖经不住多年的日晒雨淋，一一脱落，跌入垃圾堆，再不能被寻回，连记忆也一并被遗失：他想不起新搬进去时，这栋楼是什么模样了。

陆尚青在底层的铁门外等待，因为找不到大门钥匙。下午七点钟，学生与上班族早已回了家。隔着铁门栅栏往里看，楼道空空荡荡，只有一整面墙壁的信箱，几张水费电费账单从口子里露出来，漆黑中一道惨淡的白。他嗅到晚餐里红烧鱼的味道，腥而油，佐以辣椒刺鼻的香气，搅得腹中咕咕作响、鼻子又瘙痒难耐。油烟忽地往外涌，约莫是刚出锅。陆尚青打了个喷嚏，连忙朝前几步。隔壁是商店门面，但铁闸门早已落下、牢牢关死，上面贴着招租告示。但从告示纸张的状态来看，已是许久不曾有人盘下这店铺。

陆尚青在门前徘徊，百无聊赖，他反复去念那串招租电话号码，数字从舌尖上滑过，带走的只有唾液——口中越发干渴。

他又观察到：几根草从破碎的墙砖缝里蜿蜒长了出来。见不到光，它们近乎是灰色的，但依旧焕发着无法被水泥迫害的生命力。他想起小时候种过的那盆含羞草。他日夜浇水，却忘了拔杂草，于是一株不知是从哪儿来的野草破土而出，愈发健壮，成了大气候。"太晚了，"母亲看着他捧在手里的花盆道，"它的根应该已经和含羞草长在一块儿了。一荣俱荣，一损俱损……"

前头，一个妇人推开铁门。他连忙凑过去，把对方吓了一大跳。

"小陆？"那女人上下扫了他一眼，认出那张脸，颇有些不可置信地提高了嗓门，"是小陆吗？"

三楼的王太太，从外头辗转到了此地，扎根结果。临到头丈夫却出了车祸，人没了，对方赔一大笔钱，她就带了个女儿守着房子过活。没有正经工作，左邻右舍无人知道母女俩是什么经济来源。他读中学那会儿，每次放学，冲着家走，拐到这条街上，一抬头，就能瞧见她穿着那条蕾丝花边磨没了的绸睡裙，在阳台的晾衣绳上晒刚洗好的衣物，比如胸罩，比如小背心，比如丝袜，又比如小孩的衣物，像个杂货铺子，满满当当挂在防盗网后头，水珠往底下仰着头的人嘴里滴。他吃到过一次，尝着是洗衣液甜腻的香味儿，反应过来后，脸腾一下就红了。

若是早早干完了活，女儿在家安静写作业，王太太便会站在天井底层摆弄几盆花草，说是因为家里闷，要出来呼吸点新鲜空气。然而天井不过才巴掌大小，往上，四面墙全是一扇扇紧闭的窗户，连穿堂风也是少有。

她总是穿得邋遢——但这邋遢中自有一种妙不可言的肉感。有时候她嗑瓜子，瓜子皮倒收拢在塑料袋里，不敢乱吐——她毕竟是外地人。楼里男人们下班回家时经过她身边，胆子大的，会忍不住往她浑圆的臀部上拍一巴掌，调笑一番。王太太便回过头，轻飘飘瞪一眼，长长的斑驳红指甲，食指和拇指捏住对方的脸颊，亲昵骂一句："给你老婆瞧见了哪能办？"

"你怎么回来啦？"多少年后，她站在陆尚青面前，笑问道，"家里还有人没有？"

陆尚青摇摇头。她仍笑着，和十几年前一样，依旧是甜蜜的笑容。当然，容貌大不如从前，头发大约一直在染，已经泛起了枯黄。左右面孔上的肉失去光泽与弹性，脸颊下垂，眼皮耷拉，皱纹与可疑的斑点只堪堪被屋檐的阴影遮盖。年轻时靠肉体的青春闪烁出的那点魅力，上年纪以后就不复存在了，但双眼照样是有神的……她伸手去摸陆尚青的肩膀，捏了一捏，羡慕道："真是长大了。"最后说自己"老得不像样"，拉着陆尚青唠叨半天，矮胖的身体堂而皇之地挡在门口。

"时间过得是快。"她感叹道。他听了却没什么感慨。

她又问："你是去了上海吧……是在哪里上班？"

陆尚青含混说是在一家媒体公司。对方一知半解，点点头，叫他有空上自己家里吃饭，提到女儿毕业后在这附近找了工作，依旧与自己住一块儿。两个小年轻可以见见面、叙叙旧——陆尚青和她女儿话不曾说上过半句，那木板一样不善言辞的石头人，闷得能叫人伤心落泪，简直想象不出是从眼前这妇人的肚子里生出来的。他随口答应，不过心里已经暗下决心：要关上门，安安静静在家里写东西、看书，哪儿也不去。

陆尚青是为了完成小说才回的老家。

在出租屋里，他终日灵感枯竭，若再枯坐下去，定会产生精神崩溃的危机。他不得不向童年寻求帮助，因此买了高铁票，拖着半人高的行李箱辗转回到了故乡。在巴士上，他有幸得了个靠窗的单人座位。车子曲曲折折地绕着，将小半个澳门重又带回到了他的面前。隔了五六年的光阴，建筑与街区的皮相早已发生了大变化，万幸骨相尚存。透过新油漆与新商店招牌，陆尚青瞥到了童年旧日风光的些许残留。

澳门于他而言，便像是多年未见的老相识，从初时不敢相认，再到重又熟络起来，这其中的过程的确需要时间与力气。

刚下车那会儿，陆尚青心脏跳动得十分剧烈，似乎身体比大脑更先一步明白过来：这目的地给予他了不得的震动与迷茫。于是，他站定喘了口气，想等血液与神经平复下去，再迈开步子向前走，不料挡住了下一辆巴士下车的乘客——他被后面的人催促"阻住晒啊"，连忙低声道歉，浑浑噩噩，就这样回了家。

"这次待多久？"

"不好说。"他回答道，隐约起了逃回外乡的欲望。

"我昨晚还和我家姑娘讲起你呢！那时候你们家老有钞票

了，开的车都是最漂亮的，气派的嘞。可惜附近小孩子不懂事，拿钥匙往你爸爸的车子上画道道，把老陆给气的，非要跟停车场的保安吵架。我们那时候哪里懂什么监控，找半天没找到人，最后么也就不了了之了呀……"

是，是。陆尚青随声附和。还是不能说：当时他已经是自己上下学，不用大人接送。钥匙串挂在脖子上，左右摇摆，最大的那把是里面那层铁门，最小的那把专开楼下邮箱。它们很快便生了锈，染红了他的校服衣料。那天下午考了期中考，不消说，又是一场彻头彻尾的失败。他拖着步子不肯回家，想起那车，就拐去了停车场，想仔细看看——大人们总不许他坐，不是怕费油，就是嫌他衣服不干净。

刮汽车时，他胆子不够，先是拿了邮箱钥匙，一条细细小小的白痕便够了——可没有成效。不得已，他换了大钥匙，刺啦一声，噪音杀进他的耳朵里，使他牙齿发酸、骨头打战，转身逃回去，心里怕得发抖。第二天夜里就听到父亲在家里骂骂咧咧，喊是哪个挨千刀的王八蛋下的手，咒那人全家死干净，一个不留，祸害啊祸害。他低头看着饭碗，一声不吭。母亲在旁边劝道：

"不就一道印子吗？去修一修便好了……"

父亲一拳砸在桌上，惊得碟子里的蒸鱼弹了下身体。他咬牙切齿，一个字一个字从牙关里挤出来：

"你懂什么，这是侮辱……这是对我人格的侮辱！"

说完这话，他低下头，喉咙里发出沉重的咕噜声，浑身肌肉死死绷紧，张满的弓，没有靶子的箭。死寂停滞在室内，只有他的哽咽。最后，他慢慢呼出一口气，跌坐在沙发上，捂着脸呜呜哭了起来。

（刚买车后不到半年，母亲就在车座上找到了条女士内裤。

那天夜里她咆哮着，把内裤扔到了丈夫头上，骂他贱，骂他下流，骂他买了辆车就装大款——实则是个穷光蛋。）

父母已入土多年。死者长已矣——但还是不能说！

与旧邻居告别后，陆尚青进了楼道。依旧是老式感应灯。他重重跺脚，脚底板一阵发麻。灯应声而亮，抑或是那一下的力气透过水泥板传进了开关内。他向上走，一道道去数紧闭的大门，有些是新的，有些还是老样子，只是更旧了些。这些门伴随他度过了少年时光，永远永远都是关着的、不通畅的门，与他隔得那样近：二楼一个大姐姐，戴了副眼镜，曾送过他糖果与文具；三楼藏着一个在内地被父母偷偷生下、不敢见光的小女孩（悄悄来了澳门，与外婆生活在一起，苍白的小脸，眼睛总往别人的玩具和零用钱上乱瞟）；四楼一对年老夫妻，老头一直是半聋，身上烟味极重，或许连烟雾报警器都能被呛出铃声；老太太腰弯得很低，像一颗在水里煮了太久、缩紧皮肉的虾仁。她成日里在天台上开垦、种菜，一到天热的时候，肥料的臭味顺着风往家家户户里灌，当真令人作呕。

还有许许多多他或许还记得，但现在并不能回忆起的熟面孔。他们统统被锁在那一扇扇门背后，终于与他没了联系。

陆尚青停在门口，喘着粗气，双手红得发亮，因为要拉着行李箱一层层往上爬，掌心处全是勒痕。他掏出钥匙（不再像小时候那样被麻绳穿起，在胸前丁零当啷作响），插入钥匙孔时碰着门锁，沾了一手的灰。打开家门，尘土的气味扑面而来。他去开窗，插销上全是锈，用了半天的力气，也只勉强挤出道缝。成日都是没有风的，风全被周围建起来的大厦挡住了……他进了厨房，水电还能用，因为之前出租给一对年轻的夫妻，房子没成为无人问津的废物，还能给他挣点零花。他弯下腰，在柜子里找到一块抹布，擦了擦桌子，又擦了擦红木沙发，坐下——红木的横条面太低了，他差点儿是往后摔在上头，搞个尾椎骨骨折，在这荒无人烟的老家。

"这下可好，"陆尚青环顾四周，轻叹口气，"好极了。"

楼下当铺已经关门，取下了那个硕大的"当"字。其艳俗的霓虹灯光，再不能从对面楼的窗玻璃反射进来，刺在他的眼睛上。陆尚青进了卫生间，打开镜柜，里面积了一层厚尘，仅剩下前任租客留下的牙膏皮和一枚安全套。两样东西安安稳稳相互偎依着，靠在角落里。前者阻止牙龈细菌增生，后者阻止地表病毒增生，放在那儿，倒有些同病相怜的意思。

年轻夫妻的爱与憎恶可从这厕所窥见一角。浴缸内侧斑斑驳驳，用得太多、洗得太少。墙壁瓷砖蔓延着冰面上也会有的裂纹，从一个拳头大小的坑四散开。一个暴怒的男性或女性，洗澡时打在墙上，沉重的苦痛，无处发泄，淤积在心里，冒着泡的泥泞。陆尚青把手握紧，轻轻放在这浅浅的破洞上，比画了下，发现那应该是个女人的手。可惜中介退租前没上门检查，该叫他们赔偿的。

陆尚青心中滑过一丝懊恼，转头就把这个念想抛在了脑后。

客厅中央原有一把摇椅——在他不能见光的春梦里时常出现，前后摇曳，吱吱呀呀。继母改嫁那年把摇椅带走了。不值钱的家当，情感价值高于经济价值。临走前的夜里，她给陆尚青做了顿晚饭，哭肿了眼睛，愁眉不展地看他吃油煎带鱼和红烧肉。两样都是她的拿手好菜。那晚，她久违地开了口、说了些什么。他听了，不愿记住，任由话语随着摇椅一同离去……他走向阳台，不愿看那空荡荡的地方。无声的指责，那么多年过去了，仍悬在他的头上，活脱脱一个恶毒的诅咒。

……她嫁给了一个便利店老板，第二年生了个儿子。三十五岁，也是高龄产妇了。远走高飞前，他去那店里买过一盒烟，看见她坐在收银台后百无聊赖，婴儿吸着乳汁，还睁不开眼睛。她用笔记本电脑看宫斗剧，未出月子，残破的、肿胀的面容，一抬眼，看见自己以前的继子站在面前，痛苦得眼睛都要燃起火来。

想着她，就好像被圣灵持剑刺穿心脏后留下的那道溃烂创口，一种说不清道不明、近乎是暧昧的疼痛，无规律地在陆尚青身上发作。在这里发作得尤其厉害。他一时头晕，有些站不稳，连忙去抓阳台窗下的搁板，差点儿掀翻几盆旧植物。

涌上脑袋的热血渐渐退却后，他将濒死的仙人掌搬下。这些天它们大约是靠雨水过活的……那么多年，就没有一丝邪风把盆栽吹到地上、砸碎某个无辜可怜虫的脑壳，当真是个奇迹。他踮脚往下看，十分熟悉的角度。他曾多次玩味过跳楼自杀这个主意：这高度若是真跳下去，大概只能瘫痪在床上，沦为一个废人——若真是如此，现如今又会沦落到什么地步呢？

仙人掌无处不在的软针硬刺扎进他的皮里，要是拔不出来就麻烦了。以前大人警告过，说刺若不及时弄掉，就会顺着血管流进心脏里，让人痛苦不堪地死去。但这肉眼看不清楚的刺，并不想杀入他的心脏。它霸道地换了宿主，一心要在人的皮肤上生长，吸食血液——倒是比清水更有营养。最后长成个巨大的刺，比人还要高还要大，依然拔不出来，根深深潜入肉的深处，和经脉混在了一块儿……一荣俱荣，一损俱损。一起活下去吧，我与我的刺对抗整个世界！

然而小说还是要写的。他本该再去卧室看看床垫，却懒得动那个脑筋，干脆从背包里掏出笔记本电脑，一开机，页面就是上回停下的文稿。他检阅一遍，改了些错字病句，可等要继续写下去的时候，手指又僵在了键盘上，不知该打什么字才好了……我为什么要写这个？陆尚青百思不得其解，我为什么要将西藏吐蕃末代赞普死亡的始末搬上现代舞台？百思不得其解。他对霍思仁讲过这个故事（他身边的人少有能逃过一劫的）。她没什么表示，仅只是点点头，说了个"好"，没什么别的评价。

"写什么都是在写自己"，这句话使陆尚青备受折磨，直到最终想通：自我已经是个足够庞大、复杂的主题了，为什么要为此觉得沮丧呢？但陆尚青仍是不明白，拉隆·贝吉多杰的命运与他的命运，到底有什么样的相似或相悖之处，竟使他中邪似的下了笔，且远没到结束的地步……

这个故事该怎么结尾？

他突然站起身，激动地来回踱步。创作的快感，如同高潮前咬向下嘴唇的隐忍，正挑逗着他。陆尚青明白：在写完这个故事前，他是不会离开澳门的，也就是说，不能离开这简陋的老屋。食物靠外卖员，垃圾也靠外卖员。"帮我扔到楼下垃圾房里。"塞点小费，重又得到一个干净混乱的家。他不能困在昔日的坟墓里写作……

第二天他睡到中午，眼睛未睁，就已经听到楼上嗡嗡的装修声。一阵头疼，可能脑袋在他醒来前，已经熬了许久了。他起床，去刷牙、洗脸，用的还是在上海买的牙刷牙膏，像家乡的土壤，带在身边以求得到一点安慰——然而他现在正是站在家乡的土地上。他回了客厅，找不到自己的旧衣服（不是被扔了，就是被租客们打包带走），只好胡乱穿了件过瘦的衬衫——读大学时，为了拍毕业照而买的白衬衫，肩膀那处几乎要裂开。他看了眼镜子里的自己，精神错乱的怪异，"爸爸看到会怎么说呢？"母亲总会这样讲，"你这样做，爸爸看到会说什么？"

爸爸是沉默的。人到中年，他就不再说话了。续弦后——

陆尚青疑心这短暂的继母便是父亲那位粗心大意的情妇——他靠软绵绵的暴力来与人交流。他砸桌子、摔碗筷，接着咳嗽，睡到床上，眼睁睁看自己腿上、胳膊上的肉自己吃掉了自己，只剩下个空荡荡的囊袋。晃晃荡荡，他们最后抬他去火化场，轻飘飘好似羽毛，重量被病痛消化得差不多了。

陆尚青移开目光：镜中人的脸上闪动着亡父留存人间的影像。他套了件外套下楼，想四处走走。街对面有家川菜馆，前几年是烧烤店，再前几年是早餐店，在他小时候似乎只卖鱼蛋与公司三明治。变来变去，面孔换了几批，可一定得是家饭馆，卖吃的给这儿的住客。大概是第一年的餐饮在店铺里留下了太厚重的油烟味儿，使后来人没有别的选择。

他对老板打了声招呼：与他一样，仍不是本地人，不知如何就到了这儿，携家带口，盘了店，半死不活。老板娘是个人物，风风火火，切起猪蹄与牛板筋来毫不含糊，一刀剁在菜板上，震得旁人骨头发麻：每天早上准备的时候，老板娘总坐在店门口，一把刀，一块磨刀石，一盆水，刺啦刺啦，偶尔溅起火花，惊跑在路边玩耍的小孩与宠物狗。

靠门口的桌椅刚收拾干净，他坐下，点了一碟炒土豆丝、一份猪蹄汤和一碗白米饭。已是吃午饭的时候，仍没什么客人，老板娘顺势坐在旁边那桌，身上还散着后厨的烟火气。她拿了点花生米，跷着二郎腿，一边嗑，一边把皮吐得到处都是。她丈夫时不时从厨房的方形送餐口探出头来，要她少吃点、少吐点，"看看你身上那些肉，还吃，还吃！"

那老板娘愤怒地朝他瞪了一眼，可那愤怒是转瞬即逝的，鬼魂一样闪过。她不反驳，不回嘴，只是继续搓掉花生米上的那层红皮，慢条斯理地将象牙白的果仁送入嘴中。动作十分考究。但轻飘飘的花生皮飘得到处都是，划地盘一般，范围越来越广，桌面上地上撒满细屑。老板端菜出来，见状，和陆尚青抱怨道："说她也不听，一整天净吃这些零食，里面全是糖、全是油……我这还不是为她好？"

"哪儿能呢，"老板娘吃完花生，用围裙下摆抹嘴，慢条斯理道，"你不就是怕花钱吗……"

"这话说的——我挣的钱，不给你花给谁花去？"

吵吵闹闹又是一天，也算是弥补了店内过于清闲的窘况。陆尚青低头喝汤，并不是不羡慕这样的夫妻感情：人要想得少，做得多，方才能有完满的希望。只是这样的完满，在陆尚青看来，也是有些混账的。他买了单，也就不必找回那些琐碎的零钱了，给老板娘多买买零食吧。老板那辛苦了半辈子的脸上露出了点笑意，褶皱和褶皱间的笑容：哎，行，好，多谢多谢。可不知道关起门来背后会怎么说："打发乞丐哪？"

碗筷收了个干净，他歇在座位上消食。此时手机振动。霍思仁的名字在屏幕上跳跃，怒气冲冲。

"你什么时候回来？"一接通她便问。因为是躲进公司大厦的楼梯间，这问话听上去深而远，滚雷一样轰隆隆。

"我写完就回来。"陆尚青回答。

"不如我请假去陪你？"她又问。

"不用。"他脱口而出，但说完就后悔了：太过粗暴，他伤了对方的心。

两人沉默了一会儿。趁着这沉默，陆尚青站起身往对面楼上看，正好又瞧见寡妇在晒贴身衣物。那条绳子还是老绳子，黑色，系在阳台两端的墙上，不是条水平线。为什么一天到晚都在洗衣晒衣，这点陆尚青一直百思不得其解。但他仔细看去，见到女人的脸上，在正午日光的照射下，浮动着祥和、安宁的光泽。她的嘴巴张合着，应当是在唱歌。他小时候在家里听到过，似乎是老家的地方小曲儿，听不出什么名堂，但她一遍又一遍地唱着，嗓音裹了蜜一般甜，粗壮的腰肢和着节奏左右摇摆，让那歌也镀了层玫瑰色的气息。

陆尚青出神地看着女人晾晒衣物的背影，几乎没听见手机另一端女友的呼唤。

"……随便吧，"霍思仁最后说，"你向来是随心所欲，爱干什么就干什么的。"

他皱起眉头，收回目光。"你怎么了？"他问，声音像生锈的刀子一样钝。

"我就是搞不懂你在想什么，"霍思仁道，那喊叫是突然爆发的，把陆尚青吓了好一大跳，"你不要同居、不要结婚，好，随你。可半句话也不说，一个人跑回去，甚至不给我打个电话说一声！你明明在那儿已经没有亲人和朋友了。就是有，你也不会去联系……你就是要一个人过，你就是喜欢坐牢，哪怕是在老家……"

"不要这么说，"他哀求道，"我确实是为了写这本书……没有别的原因。我过几天便写完了，很快就会回去……"

妇人晒好衣服，低头瞧见了他，兴高采烈冲人挥手，裙子往上扬，乳房晃动。

他也挥挥手，徐娘半老，尚还有些味道。

"我真搞不清楚，我俩之间到底是怎么一回事。"她低声说。叹息，惶恐藏在话语背后，一个无依无靠、任人宰割的小姑娘。"这算是什么恋爱呢？你和那些女人……"

她又不说了，停在原处。但意思已经送达：你在外面鬼混，我统统都知道。他忍不住想笑，又忍不住想哭，不明白这三十年的时间里，他是如何会长成现在这个模样的。必定是哪个环节出了差错，某颗螺丝太松，另一颗又太紧。"怪模怪样一人，"霍思仁的家里人是这么说他的，"怪腔怪调的，不正常。"毒液是何时渗入我里面的呢？他自问道。抑或是说杂草的种子吃进身体后，鸠占鹊巢，孩童纯洁无瑕的魂魄被夺去了日照，渐渐枯死，李代桃僵。他想拍打自己的胸脯，将肮脏的血肉吐出来，但或许弄巧成拙，呕出个幼儿，得不偿失。

"不要这么说……"他重复道，想不出别的应答。哪怕这时候，他也要在脑海里尝试写下矫揉造作的诗歌——他已经全然不知该如何真诚地向别人说出实话了。

霍思仁听不到想要的答案，于是挂了语音通讯，恐怕短时间内不会再回他消息。她的沉默是满怀恨意的，这恨意因他而起。为此，他憎恶自己，但由于通话匆忙结束，也暗暗觉得放松了些。他将手机塞进兜里，往店外走。老板与他道了再见。毫无疑问，刚刚那几分钟，那人一定是在旁边偷听着整段对话。陆尚青抑制了奔跑逃离的冲动，步子放得尤其慢，仿佛什么都没发生——确实也没发生什么，也不会发生什么。霍思仁想结婚、想生小孩，倒不是她确实有这样的愿望，实在是因为没有比结婚生子更安稳的节奏了。然而他却是不愿。若要问起原因，那又是没完没了的自我剖析与悲观诊断。不说也罢！

爱情告一段落。陆尚青吃得太饱，连嗝也打不出，于是在附近街道随意散起步。人行道年久失修，这儿被树根挤出几块地砖，那儿裂了道缝久而未补。人潮汹涌，他的双脚踩在不平的地上，老觉得不稳，心中越发烦躁。

他想起在珠海的奶奶家。上小学时，陆尚青偶尔会去那里过暑假——一个大而荒蛮的居民区，绿植一不留神就蔓延进了每一处缝隙和角落。到了夏天，树上会有蝉，草上会有金龟子：荧绿的虫云，如鱼群在空中游动，学生在后面追赶。他们的杀伤力可比昆虫强得多。

中央花园正中间养那丛竹子，细细的芽被一双双嫩手拔出、丢开，满满一地的死去的芽儿。作恶不为了什么，孩子们只是喜欢拔芽时微涩的触感。

要是捉到了金龟子，还活着，那就藏进铅笔盒，写作业无聊了可以偷偷瞧上一眼。它的光泽，哪怕在死后，也能持续许久，久至他从中感到厌烦。还有那棵让他吃了一顿打的大树，在二十多年前已是如此挺拔、高大，枝条四散，像一把无所畏惧的宫廷扇，点缀着孔雀尾羽上华贵的眼睛——他便是为了抓那上头的金龟子，才上不去、下不来的。他被大人解救下来后，用力拍打那树干，黑灯瞎火，也看不清楚什么，忽地碰到片叶子，比手掌还大，顺手往下一拉，叶子拔下来时，断裂的叶茎流出白色的汁液，沾上手变干后黏黏糊糊。

他小时候觉得那就是橡胶树，无数黑皮肤的苦力，前仆后继，为白色的黏液付出生命，日日夜夜。

过了十几分钟，他感到乏了，于是往回走，看向自家的方向——转来转去，他仍是在家附近。一排排亮起灯光的窗户中，那扇黑洞把所有的家庭温馨的气息、所有的春日新生的气氛、所有的新割好的青草的芳香，吸了个干净，什么也不剩下。无人居住的居室是完整无瑕的废墟，继承者在其间徘徊，心生恐惧——他孤独地回了那被称为"老家"的房子里，曾见证他中考语文近满分后举家欢庆的圆钟，黑檀木底，吊着个小小的布谷鸟，仍在一左一右地摆动，仍规规矩矩地报时。然而曾跟着黑色时针分针前行的人们，不是已经死去，就是逃离了此地再不会回归：彻底从表盘上摔落在地，粉末混入寂静的永恒黑夜之中；远远地离开，再不愿想起那些陈旧、可爱的往事。

这是死亡真实不虚的力量。提及死亡，能想到的只有墓碑、十字架、骨灰罐、病床和黑白遗照，死者安详地朝外看去，面带端庄微笑，或神情严肃，仿佛是在说："是的，我知道我要死了，我接受，我接受。"然而这是死广卡通化的形象。将死亡打扮成一个肃穆、庄重的老绅士，彬彬有礼握住你与他的手。死亡尖利、可怖的那一面被虚化了，像动物园里的一只小老虎，尚未学会捕食，就被人要挟着穿上粉色小纱裙，游客举在手中拍合影。

不，死亡不是值得人尊敬、需要人敬而远之、虚心等待的事情。死亡是孩子在亡父亡母的床榻上入睡。他的胚胎受精于此，他的父母合眼于此。生死同床——死亡是孩子在入睡前，终于看清楚那荒诞、恐怖的巧合，正如流行电影所说，巧合与命定只有一线之隔。

……他想起父亲的灵堂。

葬礼过了半程，一只蜜蜂悄悄躲藏进白菊花束里。嗡嗡嗡嗡。台上的人发言。嗡嗡嗡嗡。大家穿着黑西装黑女裙，哭丧着脸，沉痛怀念，可耳朵只听见了它的舞蹈：嗡嗡嗡嗡。他走了神，回忆起小学还是幼儿园的图画册上，蜜蜂是跳"8"字舞的，又发现那8字横过来就是无限的意思。嗡嗡嗡嗡，仿佛是大自然某种难以捉摸的波纹、锋芒或是精灵，向一个死去了的子民送上自己的献礼。关于生与死的真理，可能是由一只蜜蜂吵闹的摆尾舞呈现出来的。只被他所捕捉。他，死者的儿子、死者在世上的分身……用着他的生，陆尚青见证了自己父亲的死。不必惊慌，你的精血与脑汁得到了延续，因为人类的命运就在那个躺倒在地的"8"里面。莫比乌斯环无限的循舞。

这样的想法给当时的陆尚青带去了极大的慰藉。

但最后还是烦了，嗡嗡嗡嗡，无休止的蜂鸣，扇得他神经发颤，静不下来，在他父亲的葬礼上都集中不了精神。

倘若是在专心回忆童年时父亲健壮的身体、病床上慈爱痛苦的眼睛，那倒还情有可原。

可你满脑子只有那只发了疯的蜜蜂，黄色苍蝇。

结束时，他绕场一周，企图将小家伙找出来。起码用一个玻璃罐罩住它，挪到外头放出去，让它尝一尝还未从枝头被剪下的鲜花的花蜜的甘美的滋味——可怎么也找不着。

父亲的遗照现如今挂在何处？不记得了。那是张无牵无挂的照片，没有笑，忠于亡者，那双疲惫的多层眼皮的眼睛。

推开书房门，在中学时代的书桌上，陆尚青翻开自己的日记本（堆在书架上，一层浮灰，书页发黄），字迹太过潦草，时隔那么多年，他自己也只能勉强读懂其中一些句子。大部分不过是对同龄人之愚蠢及无药可救的抱怨和讥讽，没什么特别的。只是后来的内容愈发晦涩难懂，有些诗，有些小片段，有些断断续续的短句，比如"自杀是人群细微的死亡"，以及：

"人是不自由的。不自由就是地狱。"

看来看去，打母亲死后，那说不清道不明的阴影就已经聚拢在陆尚青的头上了。

愤怒——他想要战胜一些什么；绝望——他不知道要与什么东西进行战斗。

陆尚青打开电脑。他没有说谎，小说的确已经进入了尾声，就要结束。再见了，孤独的拉隆！射出利箭弑杀君主前，史文里的拉隆·贝吉多杰喊了句："风环地、地环水、水灭火，金翅鸟胜水龙，金刚石穿宝石，天种制阿修罗，佛陀胜狮子王，我亦如期杀非法之王。"正是这句话给了他震动。他反复默诵，感受那节奏、韵律与文字本身的优雅之处。因为太美，所以反而不大可能是拉隆·贝吉多杰在那一刻会从嘴里说出来的话。

刺杀是冒失的，需要勇士醉酒般的勇气，需要劈开混沌的勇气……这一点让他心生向往。陆尚青把玩着这些句子，再一次将它默写在了草稿纸上。"我亦如期杀非法之王。"从这暗杀者精彩绝伦的宣言里，他得到了母亲死后他一直渴求、需要、无法拥有的某样东西：一件武器。武器是战斗者才能挥舞的。这战斗既是面对人的战斗——其他人和他自己——也是面对生命和死亡的战斗。在创作之中，他模模糊糊地期待着某样东西的到来，或是神谕，或是一声当头棒喝，教导他如何举起武器，如何握住我手中的笔如同握住一把利剑——斩断那捆紧我的藤蔓。虽说甚至连我自己也不知道束缚我的究竟是何物……你要对我说话，世界！

在童年、少年、青年的悲剧之屋中，他摊开书稿，已然是半癫狂了。

那无法痊愈、安全无害的癫狂。

生活正从他的生命里消失，几年前，他便已经清晰地感知到了这一点……他踏进了黑暗的隧道，往没有尽头的尽头前进着，离身后的光亮处越来越遥远。他终会迎来入口消失的一刻。然而时间对于这一刻是无效的。这一刻——它不是发生在现在，就是发生在过去；不是发生在过去，便是发生在未来。

拉隆没有脸的脸从书稿中浮起，但拉隆的嘴仍藏身于陆尚青的腹中，话语闷在了脂肪下，一片空白。

对着密密麻麻的文字，他喃喃道：

> 我已经将你书写了那样地多，拉隆·贝吉多杰——
> 我杀死暴君的主人公，
> 我无法反抗命运的英雄，
> 我孤独的新生儿，
> 我——！

10. 拉隆·贝吉多杰迎来地狱的终结

于情人的床榻上，拉隆睡了一场大觉。

那深沉的睡眠耗干了拉隆的力气，以至于醒来时，竟如同重又出生了一次那般漫长：从土地深处无垠的黑暗宇宙里，拉隆向上、向上，刺穿地表，迟缓地张开他神经的触角，好似一株野草。

在拉隆身旁，女人不耐烦地动了动。"这么早。"她嘀咕道，没醒，依照习惯，仍是不着一缕，半趴着，脸朝向墙壁的方向。拉隆看不清她的表情，唯有那具胴体呈现在眼前，一半沐浴于灯光下，一半藏匿在被褥里。右乳柔软地挤压在床单上，像母羊的乳房，美得好似牧人的梦。

他跨过赤裸的身躯，下了床，穿上衣服，接着坐在地上，开始发呆。

睡眠结束后猛烈的灰霾挥之不去。拉隆脑袋发胀，四肢无力。眼下只想抽根烟、喝点酒，可这屋子里既没有烟，也没有酒，倒是残余了满地的空啤酒罐。他拾起一个，绕着圈儿晃了晃，察觉到里面还有些液体，赶忙往嘴里灌——啤酒发苦，没了气，掺了粉末，好像是有人将烟灰点在了里面。

早餐就此结束。

拉隆抓着床边桌的一角，慢腾腾把自己拉起来。桌腿发出不祥的嘎吱声。他去厕所洗脸、刷牙，趴下去冲马桶又吐了一回，眼泪鼻涕稀里哗啦，肌肉酸痛，跪也跪不住，身体发软。昨晚吃下喝下的各类泔水在他胃里发了酵，集结成一块坚硬、难以排泄的臭石头。腹部仍是鼓鼓囊囊的，他摸了摸自己的肚子，仿佛里面有个顽强的幼儿，死活不愿出生。不怪你，不怪你。他将冰水泼到脸上，打了个哆嗦，一边神志不清地唠叨，对着镜子照来照去。世界是个垃圾场，谁愿意出生呢……谁愿意出生？

胡楂。他要拿剃须刀，手指摸到镜子上，怎么也打不开后面的储物柜，拉隆才想起来，他并不是站在家中主卧的洗手间里。这儿的镜子薄薄一片、整面贴在墙上，不怎么牢固，被粗暴的手拉扯久了，有些松动，随时可能会跌入洗手池，溅起碎片、扎入漂亮的脸蛋。

而拉隆——拉隆还未回去，还未睡在妻子的身侧，单手隔着纯棉睡衣抚摸那鼓起的肚皮。苦涩的懊恼。胃酸上涌，腐蚀食管，可他不敢再抠喉咙，仅一杯自来水灌下去了事。若是继续吐下去，他害怕那双干涩的眼珠子会啪嗒一声掉出来，击打起老大一片的水花——喝太多酒有失明的危险，离燃烧瓶[1]太近也是一样。都是一杯美妙的毒液，都是一瓶热烈的液态暴力。前者腐蚀肝脏，后者割裂人的面孔。

盲人阿炳戴一副墨镜，摇头晃脑拉起《二泉映月》。除此外还有什么曲子？还有什么曲子能够向听者描绘永恒的黑夜？拉隆说不出。前天，在医院慰问士兵，拉隆看着被燃烧弹刺瞎的年轻男人躺在医院病床上。于心中他问："你该如何活下去？"同一小队的另两人已经入了土，投掷汽油弹的歹徒也长眠了（死在学校的操场上，鲜血和脑浆化为污染草地的血露珠），仅剩他一人，孤零零地去铭记那阵火光。拉隆轻拍他的肩膀，赞扬他做出的牺牲。这后天的盲人茫然握住拉隆的手，口中重复道："是我应该的，是应该的。"血早已止住，绷带缠在眼窝上，围了好几圈，洁白无瑕，像悬浮于圣人头上的光环

---

[1]　燃烧瓶的外文原名"莫洛托夫鸡尾酒（Molotov Cocktail）"。

李鲽·过三关　　**267**

跌落下来、遮盖了圣人的双眼。然而白纱布上该鼓起的地方却凹陷了下去，暴露出可怖的畸形。

一天换三次药，呻吟声像牧场里牲畜被宰杀前的哀叫。

放下枪弹，改练二胡吧！

浴室里，拉隆听见女人说了句话，于是探出头喊：

"什么？"

"你说要带我去永利吃自助餐的。"女人沙着嗓子叫，尚未睡醒，仍有浓浓倦意。她搞不清楚时间，以为已到了午时："我是不是该起床化妆了？"

"改天再去。"他回答，按下马桶抽水键，一池子的污秽转起了圈儿，水管轰隆隆轰隆隆，埋在水泥墙里蜿蜒曲折的管道发出低沉吼叫。洗手池水龙头的水流变细了，丝线一样细。得等好久，水箱才能喘息着再喝饱一次。

他随便扯了个理由："我刚想起今天要开会。"是有会议，虽然他已长时间不去出席了。

谎话，粗制滥造。女人低低抱怨了几句，扔开内衣，复躺下去。这次是朝着外头。她拱了拱被子，很快又睡着了，脸上昨夜的妆尚未洗净，泪腺下方是晕开后干涸了的黑眼线液，眼皮上还有亮晶晶的闪粉，面颊微红，枕头也沾了口红的污迹。长发乱作一团，橡皮筋不曾解开，马尾辫乱糟糟团在头顶，一个耳环还在，另一个已经不知去往了何处。拉隆摇摇晃晃，俯身看了会儿她的睡颜。他将女人粘在眼睛上的一缕长发拂至耳后，忽地生出一丝柔情，于是凑过去，与她亲了个嘴儿。

隔夜后微微发馊的香水，盘旋在她已有些衰老的脖颈上。

拉隆饿了，就去开厅里各式各样不成套的木柜抽屉，找零嘴儿果腹。有色情光盘，有磁带，有素食主义营养手册，有许许多多破了产的计划书。他一样样翻过去，哎呀呀，满手的灰！奶粉生了锈的铁罐一个个被撬开盖子，然而半点吃的都不曾有，连一粒米、一根菜叶子也见不着。拉隆于是想了起来：昨晚大吃大喝了一番，连猪牛羊的下水都丢进火锅里涮了辣汤。今天送生鲜的那几人迟到了，干脆没来，或许以后也不会再来了。

拉隆幻想着自己回到营地后收到通知：卸任——交出武器——赶紧滚回老家。他的胃在灼烧，那是没消化掉的酒精作威作福。要是对着点燃的火柴哈气，定能喷出一道长长火焰。

关灯关门时，拉隆悄悄地，踮起脚走路，不可不算是个体贴的情人……他不愿多走路，身体懒洋洋，但仍推开了楼梯间的门。下山容易上山难，抑或是反过来？他奔下楼梯，像一个止不住要往冒险故事主人公身上压的大圆石球，滚动滚动滚动，二十三楼眨眼过去，万幸没摔断脖子。他出了大厦，冷风一吹，清醒些许，脚踝隐隐作痛。确实是老了，他对自己说，强健的体魄、旺盛的性欲、乌黑的头发……一去不复返！

一个男人经过拉隆的身旁，恶狠狠撞了下他的左肩膀，"借过！"那人喊，头也不回，快步逃进大厦，不敢看他的眼睛。

拉隆往地上啐了一口，但还是没干什么不理智的事情。比如开枪、扒电梯门、去控制室乱按一气，使电梯厢上不去下不来，将敌人憋死在不着地不着天的半空中。不，不，不……残留的醉意让拉隆没有力量去恨与爱。他只能鼓起全身的力气（每一根头发、每一块还未被剪下的指甲，和每一点剃不干净的胡楂），呼吸、勉强地迈开步子。

饥饿、反胃、头痛欲裂，得去吃点什么——！

早上六七点，天已经开始亮了。不是地平线上朝阳升起时光芒四射、恒星出东方那般突兀的亮……天亮是渐变的过程。黑色，无杂质的、纯粹的黑，从夜幕缓缓下落，回到土地里，将染布让给另一重颜色。朝暮是一个褪色复又染色的动作。他越往前走，天就越亮，好像是他将黑物质踩进了泥里……拉隆喜欢未大亮时的天空。他喜欢鸟雀在深夜里突然开喉，过早地预言黎明的到来；他喜欢深巷里遥远的犬吠，使人听了觉得夜是幽静的，早晨也是幽静的，太过幽静以至于野狗无法承受，非要连声大叫召唤白日。

他漫无目的地前进（这些天，他通常都是漫无目的的），行过一栋栋大楼，行过准备开市的菜场，行过正在进货的超市，行过阴湿小道。

他回想起女人温暖的嘴唇贴在额头上。

拉隆找了个小摊，坐下，生疏地点了碗馄饨，大摇大摆，又有些惭愧。四周的人悄悄看着他，窃窃私语，不知道一个残酷的镇压者怎么会和他们一起吃早饭。那眼光叫人很不好受，但他受着了，自认为问心无愧，能昂首挺胸走在人群之中，不管是哪里的人群——但别人不知道哇！

"我可不是杀人狂。"他在心里大喊大叫，馄饨在勺子内晃晃悠悠，因为他手抖，因为他酒劲未消，因为他心跳如鼓："看着！我的手指上没有洗不掉的鲜血！"

然而人是他所属群体的代表。没有别的办法。拉隆是他上级的代表，反过来，当朗达玛趾高气扬把驱梦失败的和尚推出去枪毙时，他代表的也是拉隆。群体是一人，一人是群体。拉隆很清楚这一点……他听到有人问了句什么，另一人回答了句什么，一段满怀恐惧与小心翼翼的怒火的对话。他听不懂他们说这门方言，尽管他愿意保护他们，甚至可以付出生命，不是出于对他人的爱，而是出于对自己的爱。他不愿继续活在个人的地狱之中。

需要勇气，成吨成吨的勇气，才能把人从他的同族中切割开来。无可奈何，拉隆付了钱。摊贩见鬼一般接过他崭新的大钞，一双黑乎乎、油腻腻、老而硬的手把零钱抛了回去。

那钱币铸刻了陌生的文字，叮当作响，高歌着愤恨与驱逐。

他逃回了那座观音庙。

已有几个年老的香客进去了，路过门口的乞丐时丢下几个硬币、一张小钞。拉隆也往里走，顺手将早餐摊档找回给他的零钱统统倒进小钢碗里。流浪汉想要道谢，可看着他，动作却别别扭扭的，说不出话。那双漆黑肮脏的眼睛，在拉隆的制服和鞋子上来回扫视，皱起鼻子，嘴巴里发出"唔、唔、唔"的奚落声。拉隆没再理会，进了寺庙，把尴尬的世界留在外面。小和尚在扫院子，看见他进来，依旧慌里慌张的，既鼓不起勇气叫他滚出去，又抹不下面子逃回禅房里，若是继续扫地，装作看不见他，未免又太装腔作势了些。霎时脑子里的转动，就像透明手表背后的机械运作一样，使人一眼便能看透。

这一次，拉隆走过去，双手合十，弯腰拜了拜。小和尚连忙扔了扫帚，也拜了拜。

"哪儿能买香？"他低声问。

他买了三根香，用香炉中间那根粗壮的鲜红色蜡烛点燃，跨过门槛，进了主殿，在蒲团上跪下，行了三次礼，然后退出去，将香插进香炉中。香灰断裂打在他的虎口，使他手抖了抖，应当是留下了印子。一人在他耳边说："去洗洗吧，那里有水。"他一回头，看到老师父站在身旁，于是笑笑，顺从地去开墙角的水龙头。

他们进了后厢房，仍是老地方。两人面对面坐下，与上次不同，这次，他们畅快地谈了许久。开始时是他提问，对方作答。再往后，拉隆便只是听对方说话了。拉隆任由僧人的话语落在自己身上：它们如同一团温吞的云，将拉隆托住，往天上升去；又像是一场细细的春雨，温柔地包裹着他的身体，使拉隆就要与雨丝一同融化在广袤无垠的草原上。事后回忆时，他几乎记不起当时两人聊了什么。多是些佛学理念与知识，没什么特别的——只有肉身近乎化为乌有时的动荡，在他的胸膛里回响着，惊心动魄。

长谈后，师父唤小和尚过去，叫他带着拉隆去后边的厢房里剃头。小和尚的手哆哆嗦嗦的，刀刃磨蹭在头顶，十分不爽利，让拉隆很担心结束后会是满头的血肉模糊。

师父最后道："戒疤不必再烫——你手上那个便是。"

拉隆·贝吉多杰点头称是。

他顶着个苍白、光溜溜的脑袋回了指挥部，穿的仍是军装。一派滑稽样。路上行人终于不再用看穷凶极恶之徒的眼神注视他，而是瞪大了眼睛，发散着无害的好奇。甚至有小姑娘捂着嘴咯咯直笑，被旁边的老妈子一巴掌打上嘴巴，改成号啕大哭。而拉隆·贝吉多杰呢？他镇定自若。从庙里借出来的那点神力仍维系着他的信念、他的四肢与他的微笑。虽说脑袋上裸露在外的皮肤，被春风吹得有些发冷。剃刀太用力气的地方也痛痒难忍，可他没有抓挠、没有遮挡，大大方方将自己的脑壳袒露在世人眼前。就一个肥白的光脑瓜子，所见即所得——"我不杀人"的宣言，在太阳底下闪闪发亮，昭告天下。

他去作报告。刚踏进会议室就吓得同僚们鸦雀无声，一个个惊恐地往他脑袋上瞧。窃窃私语。开始时还有人以为是个恶作剧，是戴了个光头套，因此伸手在他耳边摸索，寻找翘起的边缘——最后不得不承认：一位前途无量的都督，确实是剃了个光头。

"不错，"拉隆微微一笑，"我的确皈依了。"

"以后岂不是不能吃肉、不能近女色？"他听到角落里的嘀咕，"真是发神经……"

会议结束后（人人仓皇逃离，生怕那带着疯癫传染病的虱子叮咬上自己），拉隆·贝吉多杰被推去了朗达玛面前。朗达玛觉得拉隆疯了，又觉得丢面子，甚至忘了把他赶回老家，只批了个长假，勒令他让那头发长回来。"哪儿也不许去，听见没有？"赞普大喊，"你就待在这儿……长头发！"

拉隆哈哈大笑。

他或许确实是疯了的。拉隆·贝吉多杰（他在心里琢磨"贝吉多杰"①四个字。他以前从没仔细琢磨过这名字。如获新生后，这便像是个新名字了），醉醺醺进了观音庙，烧了三炷香就皈依我佛。茂密得使多少中年男人眼红的头发落在地上，混着尘土一同被扫去。

你也可以带发修行。庙里的师父说。

那多没意思，他回答，现在不是流行那玩意儿吗——仪式感。生活中要有仪式感，看破红尘也要有仪式感。三千烦恼丝，没了，连带着烦恼一股脑儿全被带走。他摸摸自己的头皮，要不了多久，它就会像皮革一样厚实。他想买瓶发油，或者给打上一层蜡，叫冬天里胖乎乎的麻雀落下后也立不住、站不稳，打滑，像是在溜冰。

副官来接人，阴沉着脸。他判断自己仕途将要受阻。这判断是正确的。

朗达玛对他大发雷霆：你就这样让大人瞎胡闹？

嘘，乱说什么，他怎么管得了我——又不是我婆娘。

"就是你婆娘也管不住你！"对方扭头怒喝，"拉隆！你在乱搞什么！"

---

① 贝吉多杰：意为"吉祥金刚"。

老婆在家含辛茹苦多少年，孤独地把小孩拉扯大，还要照顾老人，还要做年夜饭，好几盆菜合着肉（"荤食！"他在脑袋里大喊），放在院子里乘凉，上头蒙一块白布，等男主人回家过年。现在她丈夫是个和尚，不近荤腥、不近女色，还去信仰在老家已被砸个稀巴烂的神明——她能等来什么？

"那庙你去了不过两趟。"朗达玛对他的行踪一清二楚，他毫不稀奇，"里头是有什么东西，把你迷得这样失魂落魄，竟还烧了香？败坏、败坏的品德！"

朗达玛扯着嗓子发泄一通，末了精疲力竭，却死活不能从拉隆嘴里撬出一句有用的话——拉隆本人也不明白他剃度与出家的缘故，又如何能与他人说明呢？他只渴望将自己放逐，放逐在人群的边缘。这是凭借本能而非理性所作出的决定。他回想起死去的人们，那句"死后下地狱"的诅咒……但他并不是因为这一句咒语而吓破了胆的。现在，拉隆看得更清楚了：存在着两座地狱，一座藏匿于土下，一座潜伏于心中。死后世界他无法计较，生时却是可以自救的。皈依便是他自救的方式……

朗达玛叹了口气，怒气已消。失望和不解，他摆摆手，无言地叫拉隆·贝吉多杰滚蛋。带上"·"后头的新名字，和晕头转向的副官滚蛋。

在车上，副官惊恐地从后视镜往他脸上看，死死咬住下嘴唇，大约是在用尽全力堵住一个已经涌至嘴边的问题。但拉隆毫不在乎。下车后，他打了个哈欠，大摇大摆往自己的帐篷走去，无视了沿途一路的注目礼。昨晚闹了一宿，白天来这么一下，什么精神也没有了，该躺床上美美睡一觉。

"我以后就只吃素了。"拉隆·贝吉多杰转头对副官说，"你告诉厨子一声。"

对方点点头，面无表情。

"你怎么想？"他又问，指指自己的脑袋，一毛不剩。

对方摇摇头，面无表情。

"你也适合做和尚。"拉隆·贝吉多杰笑道，"考虑考虑？"

见到副官吃了死苍蝇一样的表情，他哈哈大笑进了帐篷，将衣服与靴子脱下，赤条条站在中央。对着镜子，拉隆横照竖照，觉得新奇得很，又想以后出门可能得一直戴帽子了：既怕头风，也怕晃到别人的眼睛。

然而在床上，拉隆·贝吉多杰辗转反侧，并没有安然入睡。他一会儿觉得有蚂蚁进了被窝，在他的皮肤上慢吞吞爬行，但手指摸上去却是空无一物；一会儿听到鸟雀在外头叽叽喳喳，吵得他昏头涨脑，然而附近并没有绿树，更提不上有鸟窝；一会儿感到有人重重地压在他身上，就要掐死他，暗杀、骨灰罐寄回家中，如同那些死了的士兵——

"应该的……"盲人说过的话在背景里鬼鬼祟祟地来回游荡，"这牺牲是我应该的……"

极为不祥。拉隆喘不过气，似乎已经被压在了棺材里；接着又飘飘欲仙，灵魂出窍，脱离肉身，跃向九霄云外，超凡脱俗，遗世独立——下一秒重重跌落回地面，粉身碎骨……如此循环往复，折腾得拉隆·贝吉多杰心神不宁。在半梦半醒之际，他偶然咳嗽一声，却还是摆脱不了群梦。拉隆不由暗自猜测：或许邪魔已经从朗达玛肥胖的肉里逃了出来，扎进他的光脑壳内。因为他少了头发做遮蔽物，在天地间赤裸裸地将自己的脑袋暴露了出来……他的手挣扎着伸到枕头下面，握住了一串佛珠：情妇送给他的礼物。

那天他们鬼混完躺在床上歇息，女人说看他印堂发黑、唇色暗沉，似有不祥之兆。

"老头子教我的。"她一边吞云吐雾，一边从手臂上撸下菩提子珠串丢到拉隆·贝吉多杰的怀里。这老和尚的赠品，在手里用人油不知搓了多少年，已经包浆了。"他别的本事没有，看人相面还是厉害。就是喜欢偷摸女孩子的手，屡教不改。"说起这段，眼神稍稍温和了些，烟头丢进啤酒罐……

　　拉隆·贝吉多杰一言不发。他想了起来：那是个平庸、有一点滑头的男人，喜欢赌博，庙里的供奉由他的手变成筹码，流到赌桌上，一干二净，当真是梦幻泡影。被枪决后，男人仅有的一套房子照遗嘱留给外地的亲戚，对方淡淡的，不愿来这么个剑拔弩张的地方——只为了一套歪歪斜斜的一居室。女人没地方去，干脆留在这里接待新客人。电话通知她去收尸的时候，拉隆·贝吉多杰还在与她厮混，眼睁睁看她挂了电话，号啕大哭，泪珠子落在胸口，湿了好大一片，像乳汁太多的妈妈，深色痕迹久久不愿离去。

　　……他又想起那个年轻人，少年，脑浆和血爆裂出的诅咒。

　　在帐篷的梦里，拉隆·贝吉多杰回到了高原上。他骑着马，背着弓箭。太阳高高悬在正空，一片云彩飘来，然而光束从云层中央破开、射入大地，那草原绿与黄的色彩，使做梦者觉得世上只可能有这两种颜色。他低下头，看见一只野兔斜躺在地上，利剑穿心。它蹬着脚、抽搐，勉力抬头向他望去，突然发出怪叫——厉声怪叫，把他吓得跌下了马，哎哟一声，将自己吓醒。

　　妻子在耳边叹息道："怎么了？"睡意蒙眬。他伸手过去安抚，没事，睡吧，孩子有踢你吗？孕妇甜甜一笑，将他手掌拉过去，按上肚子。"强壮的小子，"她说，"你听听，还会说话咯！"拉隆·贝吉多杰俯下身去，耳朵贴在紧绷的肚皮上，一片寂静，连血液流过血管的声音也没有。哎呀、哎呀，莫非是个死胎？他急得浑身发抖，额头直冒冷汗，焦心等了半天，终于听见里头胎儿翻了个身，一点儿动作的涟漪，紧接着是一句大喊："死后——"

"——下地狱！"一双手将他摇醒。拉隆·贝吉多杰睁开双眼。醒来时，他口中还在重复着那句话。没有灯，一片漆黑，他一定是不知不觉睡到了深夜。"谁？"他问，什么也看不见，只听见呼吸声，轻柔，带着花果的香气。他朝那个方向探出手去——空无一人。

"拉隆·贝吉多杰！"一个声音喊道。

这声呼喊，就像惊雷炸裂在寂静之中。拉隆·贝吉多杰手臂一扭，惊叫一声，摔回床上，光裸的后脑勺磕上床头。他顾不得别的，抓起那串佛珠，屏住呼吸。他听说鬼魅会在黑暗里呼喊人的姓名，一旦答应，灵魂就会被吸走。可怕呀，可怕！拉隆·贝吉多杰甩了甩珠子，颗粒相互击打，哒哒哒的脆响，请万千神佛、请赠送佛珠的妓女救我于可怖苦难之中！

"拉隆·贝吉多杰！"那声音又喊，"你的信仰在哪里？"

"在这里！"他答道，嗓音抖得不像话，他举起菩提子，高高对着空中不存在的幽灵，"退下吧，魔鬼！"

"我不是魔鬼。"那声音回答。接着，一双柔软的手，他无数情人的手，他妻子的手，他女儿的手，轻轻按上他的额头。强烈的爱，他感觉到一种震荡魂魄的爱，包裹了他的身体，使他像是在温暖的、没有光的海里随波荡漾……拉隆·贝吉多杰发出一声叹息。

接着，那声音说："拉隆·贝吉多杰，听我说——"

那声音说啊、说啊，漫漫长夜，每一时每一刻每一分每一秒都被这声音胀满。拉隆·贝吉多杰跪坐在床上，一边流泪，一边倾听那声音，只觉得应该立刻死去，消灭自己，让意识永不复存在。如此，才能不让他愚昧的后半生辜负这神圣的瞬间。

"拉隆·贝吉多杰，"那声音最后道，"现在吐蕃之成就者仅你一人，杀恶君的时候到了！"

于是，拉隆·贝吉多杰从千梦之梦中醒来。他的头脑不似以往醉酒呼呼大睡后那般混沌。夜里发生的事，虽说只是幻梦，他却将每个细节都记得一清二楚，就是现在早晨起来，待会儿对下属说了什么话、做了什么事，都不会有这样清晰的记忆。

拉隆洗了把脸，再度坐回床榻上。他仔细琢磨一番，梦中的神谕渗入至大脑深处。他慢慢品味出背后的凶险，不由得出了一身冷汗。

"万万不可，"他在心里想，"这恶念于我心里存了太久，像盆栽里的野草，一朝不除去，便有了昨夜里的爆发：恶念伪装成吉祥天女降临人间，教唆我破杀戒——万万不可。"

就在拉隆·贝吉多杰打定主意，要将梦里神圣天女命他去做的事彻底忘干净时，他撑在身侧的手，摸到了扔在被子上的那串佛珠，拉隆察觉到手感不对，连忙举起珠串，对着泻入帐中的晨光细细观察：每一颗珠子都长出了一丝绿芽。轻轻用手指捏住芽尖，皮肤上会有微微发涩的触感。看似脆弱，可怎么用力也拔不下来。他将它们放在鼻尖处嗅闻，闻到了昨夜惊醒时那股清甜香气，不由大感困惑：究竟是佛珠发芽带来了梦，还是梦催生出了新芽？

最后，拉隆将菩提子塞回枕头下面。他呆坐在床上，一动不动，等副官觉得不对，进来唤人起床，他这才慢吞吞回了句："知道了。"他实在震惊，就连面对稀薄早餐也没顾得上发火。

在情绪稍有平复后，拉隆·贝吉多杰从帐篷里出来，打定主意要离那串佛珠远些。这一天放了晴，驻地四周的老旧高楼，与夹在缝隙里苦苦挣扎的加盖民宅，在晴日里一览无余：每一个陡峭的斜屋顶，每一处狭小肮脏的阳台，每一段摇摇欲坠、栏杆低矮的楼梯，每一块在白天萎靡不振的霓虹灯招牌，每一件被风吹得鼓起、落在电线上的女士内衣——清清楚楚。

这是全然人造的世界，和自然无缘。但因为阳光明媚，也因为人不能不被他同胞渴望生存的信念所感动，这一日里，便是暴露在外、最龌龊下流的角落，也是可爱的，富有人情味儿的。士兵们闲着无事，一手端着饭盒，另一手遥指某家"按摩馆"或是"俱乐部"，紫粉色的大名，阴部的大门只在午夜后敞开。男人们坐在地上，细数桩桩粗制滥造、香水味儿熏人的艳遇。太阳晒得人懒洋洋的，谁还想恨人，谁还想用子弹结束另一人的性命？

拉隆·贝吉多杰站在帐前，迷思占据了他的心房。他召来侍卫，问昨夜营内是否有异动，对方回答一切正常，大人。接着犹犹豫豫说黎明前听到他的帐内，有人在大吼大叫，仔细倾听后方才发现，那是拉隆·贝吉多杰自己的声音。对方掀帘进去，只看见拉隆·贝吉多杰坐在床上，双目紧闭，嘴中念念有词。

"我当时说了什么？"拉隆·贝吉多杰追问道。

"许许多多我听不懂的话，大人。"对方回答，态度恭敬，"但最后，在重新入睡前，您说了四个字。那我是记下了。"

"是什么？"拉隆·贝吉多杰喊。

"'如期照办'。"侍卫答道，脸上慢慢展露出一个险恶的微笑。

"你必定是听错了，我没答应过这话。"拉隆·贝吉多杰回答，绝望地否认着——他手上还在敲一颗早餐里的煮鸡蛋，对着支撑帐篷的铜杆上的铁环。乒乓乒乓，把它们都砸碎吧！

"拉隆·贝吉多杰,"吉祥天女突然用侍卫的身体道,"在此生灵涂炭、千疮百孔的土地上,你是唯一一个能消灭作恶者的人……"

拉隆·贝吉多杰斜眼看过去,不知是天神的使者还是魔鬼本人侵占了这具身体。他尝试往旁边走一步,但侍卫拉住他的胳膊,高喊他的姓名:"拉隆·贝吉多杰!拉隆·贝吉多杰!"

另一个声音加入了,一个接一个,直到最后,士兵们既是被煽动,也是因为本身就都是疯子,一个个跳上餐桌,一边鼓掌一边大喊:

"拉隆·贝吉多杰!"

拉隆·贝吉多杰慌忙挣脱开那一个个企图抓住他的手……他惊惶地看着那一张张空白的脸,在心里向上苍祈求怜悯:"我不想杀人,我不想杀人!"然而顶上依旧是个晴天,没有突如其来的冰雹,没有响雷,没有闪电与暴风雨。拉隆·贝吉多杰便明白,天上的神明不愿接受他的胆怯懦弱。

走投无路之际,他突然想起为他剃度的那家观音堂,一个微小的世外之地,于是连忙抓起帽子,话也不多说一句,挤过人群,往寺庙的方向奔去。士兵们不再喊他的姓名,站在原地,目送他离开,脸上没有任何表情。

寺庙空无一人。

拉隆·贝吉多杰拍了半天的门,没有人来应答。他将耳朵贴在门板上听了半天,心中虽然惧怕会有神神鬼鬼在门那头喊——比如他的名字,比如那句话:死后下——可到底没有声音,沉默是比什么都要恐怖的,他明白这一点……沉默是最强有力的拒绝。

拉隆·贝吉多杰将额头停靠在门板上,低低喘了口气。他叫了太久,嗓子也冒火。他直起身,怀疑自己实则是还未醒来，仍只是在梦里，就连观音堂、剃度、出家、法号，都只是梦罢了……但这想法让他十分沮丧，且无法证实：佛珠扔在床上、人群扔在了身后。他摸了下脑袋，上面还是空的，没有一根头发，连新发的渣滓也不存在。

为了揪出现实，他决心要去找赠送他佛珠的女人。现如今，他甚至怀疑这女人其实是个妖妇，女巫，或什么占卜者、神的代言人。回想起来，整件事巧合太多，太过于顺理成章，似乎拉隆·贝吉多杰一开始就被盯上，注定要去犯下一桩滔天大罪。这次他没有耐心爬楼梯，进了升降机，他按下二十三楼的按钮——若是现在把他困在这里头，也总好过去行刺朗达玛。他暗地里希望有什么事情，巨大、不可抗拒，横卧在他与朗达玛中间，叫他死活也碰不上这个痴肥、残酷的人……

女人给他开了门。

"我这儿还有人。"她说，指了下房门紧闭的卧室。拉隆·贝吉多杰摇摇头，陷进沙发里，六神无主，连香烟也点不燃：怎么都找不到打火机。她说我来吧，用火柴划出火苗，弯腰给他点上，那道深深的乳沟正对着他的鼻尖。他深吸一口气。人的气味，温热、暧昧、转瞬即逝，女人躯体可爱的柔软。拉隆·贝吉多杰动了下手指头，想去抚摸那对乳房，可想起来这是禁止的，不被允许。他突发奇想：若是破了色戒，或许这重任就会从他肩上消失，和他再无关系……

"我走了。"嫖客开了门，看到有新的男子坐在客厅里，丝毫没有表现出惊讶的意思。

女人过去拥抱他，在脸上留下湿漉漉的色情的亲吻。水花的声音。拉隆·贝吉多杰别过脸去，觉得眼前这一幕——丑陋、虚伪而不堪一击。他握紧拳头，又慢慢松开。

嫖客把门关在身后，轻轻的咔一声，将死人的房子留给了他们二人。

"你饿了吗？我煮点粥去。"女人说，嗓音里全是笑意。因为能在前一个情夫面前炫耀后一个情夫，得意扬扬，花孔雀一样开了屁股上根根竖起的羽毛——但那该是雄性。

"你的脑袋怎么这样了？"洗米的时候，女人高声问道。

拉隆·贝吉多杰没有回答。他站起身，走到阳台上，闻到了化肥恶臭的气味，眼睛向防盗网外头四分五裂的世界看去……他寻找着一切的可能性。逃离地狱的可能性，死后不下地狱的可能性，纵身一跃的可能性。他注视着阳台下方的坟场，许久后，唯有一声叹息。粥水翻滚的味道从身后传来，淡薄得好似一尊白瓷像。在心中，拉隆暗想：神的意志不可转移。于是回身，喝了碗粥，与女人道别。他没有拒绝女人的吻，神奇的是，从这个吻里，他得到了一点力量……

他知道那一天朗达玛的行程。之前副官向他报告过，拉隆漫不经心地将日期与地点记在了脑子里，似乎已经料到了会有这么一天……朗达玛是要去见当地文化机构的代表，一个友好交流，露天下轮流发表讲话，座无虚席，请当地人观礼。他们要签一个什么协议，在那座破破烂烂的科技馆旁设立了大舞台。拉隆·贝吉多杰不记得内容，也不必去问。协议都是一样的。

于是，拉隆·贝吉多杰回了营地取枪。配好枪弹后，临走前，他想了想，重又戴上了佛珠。他神色自若地叫人开车送他去参加活动，下车后还笑着拍了拍驾驶员的肩膀，因为司机没耽误时间，路已经很熟识了。

科技馆——因为彩灯与彩纸、缤纷的气球而重返了青春——周围用栅栏围起了人群与舞台，拉隆寻了个侧门进去。没人阻拦，虽然眼睛都往他头上看，但他还穿着他们的衣服，还是他们中的一员。进去吧，拉隆·贝吉多杰，进去吧！

副官小跑过来。

"已经开始了？"他低声问。朗达玛洪亮的嗓音在人群之上回荡着。副官点点头。拉隆想了想，将那串佛珠从手腕上取下，交到副官的手中。

"你眼圈太深，印堂无光，似乎会遇见不大好的事。"他一本正经胡诌道，"这个送你辟邪用。"

对方道了谢，犹豫了会儿，还是把菩提子给戴上了。后继有人。拉隆让副官回到自己位置上去。而他——还要四处走走，看看人群是否安全，也许会有不法分子潜入制造混乱。副官不疑有他，规规矩矩离开了视线范围。拉隆·贝吉多杰再扭过头，向舞台中央红桌布后那一排坐在一块儿、咧嘴大笑的高级官员望去。太阳猛烈地压迫着所有人的头颅——睁不开眼睛，手掌搭在额头上，什么也看不清。拉隆·贝吉多杰心里一动，暗想这倒是好机会，只是不知道朗达玛坐在哪里，万一奔到面前，还要一个个仔细辨认，自然是不会成功。

"正中间。"旁边的人说。

拉隆·贝吉多杰转过头去，看到同僚淡漠的脸，双手不由得抖了抖。但他强打起精神，点点头。那人不再做理会，低声和旁边的人说起了午宴的安排。

……拉隆·贝吉多杰摸了摸自己的枪。

他决定等快要结束、朗达玛与代表们从座位上慢吞吞站起来下了舞台、记者围在四周的时候——在最混乱的时刻下手杀人。现在拉隆无所事事，就只好站在原处抱着手臂，张望、胡思乱想、等待，漫长的等待，他盯着舞台中央看了太久，眼球不由得开始流泪，身体里汹涌着疲惫，和一种盖过一切的兴奋——往狂热的极端攀升着的兴奋。迷醉，他放纵自己沉浸在狂热之中，心脏几乎就要爆炸，但面上看起来，仍十分冷静、毫无异状。他甚至让服务员给自己拿一瓶水来：他们在外只能喝密封的水，其余的一切都有毒药的阴影。

拉隆·贝吉多杰听到了尾声。

记者们拥到中间去拍照。拉隆混入其中，还扶起一个不小心摔了一跤的女记者。她道了谢，但嘴角紧绷，拉隆·贝吉多杰于是知道她不是自愿来这儿拍照、问问题、做笔记的。"我也一样。"他一边走，一边对女记者说。

"我们都有必须要完成的使命，拉隆·贝吉多杰。"吉祥天女回答，左手不忘拍掉膝盖粘上的草与泥。

他点点头。

他们从舞台上下来，亲切地接受起采访。记者们举着麦克风，一个压过一个地喊出自己的问题。拉隆·贝吉多杰感到闪光灯与嘶吼声形成了一个回旋的风暴，几乎要把自己的灵魂给卷走。他定下神，用从军多年培养出来的钢铁意志，最后一次集中起精神。他一只手插在兜里，握着枪，小心翼翼按下安全栓，同时双腿一点点、极富有耐心地往前挪，一个人接一个人地超过去，身体和平地拂过每一个人的臀部、背部与肩部。一个女人扭头看他，马尾辫发梢扫过他的鼻子，他忍住了一个喷嚏。

"拉隆！"朗达玛看到他被记者兽群吐了出来，惊异大喊，"拉隆·贝吉多杰，你怎么在这里？"

朗达玛是不安的。拉隆知道他觉察出了异状，这是被杀者死前最后的灵光一动。拉隆·贝吉多杰顿了顿，明白所有来宾、所有记者、所有在科技馆四周骂骂咧咧的当地人、所有坐在直播摄像机背后看着电视的观众——所有人的注意力都集中在了他身上。世界正在注视我，这个世界因我而存在。他从眼角扫到有几个士兵正慢慢往这里走，包括他的副官。拉隆·贝吉多杰知道：不是此时，便是永生永世的悔恨。于是拉隆上前一步，鞠了一躬，直起身时，右手顺势从口袋里掏出枪，四下忽地失去了声音——

他开枪，一声巨响撕裂了人群，逃跑的、拍照的、大喊大叫的、跪在地上干呕的——人潮为拉隆分出一条笔直大道，他跌跌撞撞走过去，一定要看，要看！这张大街小巷都贴着的脸，在将来很长一段时间，也将继续占据所有人的视线……朗达玛躺在地上，眼睛睁得老大，一动不动，额头中间一个血糊糊的大洞，脑浆与血，一阵阵往外涌出，叫拉隆想起了被他杀死的那只野兔。

在对死亡的注视之中拉隆终于意识到朗达玛和他并没有太大的区别，他们都是被命运驱动着前进到了现在的位置——

有人大叫——拉隆被四五个人抓住，拳头打在头上，一阵晕眩，枪从手中脱落，又一次击打，疼得他闭眼跌在地上。"死了！赞普死了！"一个声音慌张大喊，他知道这是神在告诉他：你完成了任务，你是自由的了。于是他张开手臂，接受更多的殴打与咒骂——有人一脚踩在了他的脸上，军靴的皮质味儿，眼前一阵发昏，这一下是多么的可怖——

"来吧，来吧——"被鲜血淹没双目的拉隆·贝吉多杰大声呼唤："——黑暗！"

（京权）图字01-2024-5382

图书在版编目（CIP）数据

过三关 / 李懿著. -- 北京：作家出版社，2024.12. --
（澳门文学丛书）. -- ISBN 978-7-5212-3166-3

Ⅰ. I247.7

中国国家版本馆CIP数据核字第2024LE1785号

过三关

作　　者：李　懿
责任编辑：杨兵兵
装帧设计：意匠文化·丁奔亮
出版发行：作家出版社有限公司
社　　址：北京农展馆南里10号　　邮　　编：100125
电话传真：86-10-65067186（发行中心）
　　　　　86-10-65004079（总编室）
E-mail:zuojia@zuojia.net.cn
http://www.zuojiachubanshe.com
印　　刷：三河市北燕印装有限公司
成品尺寸：133×214
字　　数：230千
印　　张：9.5
版　　次：2024年12月第1版
印　　次：2024年12月第1次印刷
ISBN　978-7-5212-3166-3
定　　价：42.00元

第 一 批 出 版 书 目

王祯宝　《曾几何时》

水　月　《挥手之后还会再见吗》

邓晓炯　《浮城》

未　艾　《轻抚那人间的沧桑》

吕志鹏　《在迷失国度下被遗忘了的自白录》

李成俊　《待旦集》

李宇樑　《狼狈行动》

李观鼎　《三余集》

李鹏翥　《澳门古今与艺文人物》

吴志良　《悦读澳门》

林中英　《头上彩虹》

赵　阳　《没有错过的阳光》

姚　风　《枯枝上的敌人》

贺绫声　《如果爱情像诗般阅读》

袁绍珊　《流民之歌》

黄坤尧　《一方净土》

黄德鸿　《澳门掌故》

梁淑淇　《爱你爱我》

寂　然　《有发生过》

鲁　茂　《拾穗集》

穆凡中　《相看是故人》

穆欣欣　《寸心千里》

以上按作者姓氏笔画排序

第 一 批 出 版 书 目

澳门文学

Coleção Literatura de Macau

本丛书由澳门基金会暨中华文学基金会资助出版　作家出版社

曾几何时　王祯宝／著

第二批出版书目

太　皮　《神迹》

尹红梅　《木棉絮絮飞》

卢杰桦　《拳王阿里》

冯倾城　《未名心情》

朱寿桐　《从俗如流》

吕志鹏　《挣扎》

邢　悦　《被确定的事》

李烈声　《回首风尘》

沈慕文　《且听风吟》

初歌今　《不渡》

罗卫强　《恍若烟花灿烂》

周　桐　《除却天边月没人知》

姚　风　《龙须糖万岁》

殷立民　《殷言快语》

凌　谷　《无边集》

凌　稜　《世间情》

黄文辉　《历史对话》

龚　刚　《乘兴集》

陶　里　《岭上造船笔记》

程　文　《我城我书》

程祥徽　《多味的人生之旅》

———————

以上按作者姓氏笔画排序

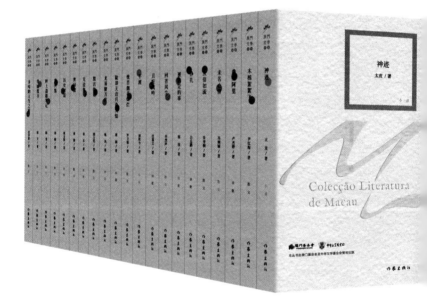

第三批出版书目

太　皮《一向年光有限身》

李文娟《吾心吾乡》

何　贞《你将来爱的人不是我》

陈志峰《寻找远方的乐章》

吴淑钿《还看红棉》

陆奥雷《新世代生活志：第一个五年》

杨开荆《图书馆人孤独时》

李嘉曾《且行且悟》

卓　玛《我在海的这边等你》

贺越明《海角片羽》

凌　雁《凌腔凌调》

谭健锹《炉石塘的日与夜》

穆欣欣《当豆捞遇上豆汁儿》

———————————

以上按作者姓氏笔画排序

第三批出版书目

一向年光有限身
太皮 / 著

吾心无羁
李文娟 / 著

你将来爱的人不是我
何处 / 著

寻找远方的家
骆骁 / 著

看红楼

断世
第一部

图书馆人孤独志

且行且

我在海的这端
李·玲 / 著

计划

河流

在喜悦之巅与夜

Colecção Literatura
de Macau

本丛书由澳门基金会及中华文学基金会资助出版

作家出版社

第 四 批 出 版 书 目

李观鼎《滴水集》

李烈声《白银》

陈雨润《禅出金瓶 悟觉大观》

陆奥雷《幸福来电》

杨颖虹 《小城 M 大调》

凌　谷《从爱到虚无》

袁绍珊《拱廊与灵光：澳门的 120 个美好角落》

黄文辉《悲喜时节》

梯　亚《堂吉诃德的工资》

蒋忠和《燕堂夜话》

———————————

以上按作者姓氏笔画排序

第四批出版书目

澳門文學 丛书